顾乡行

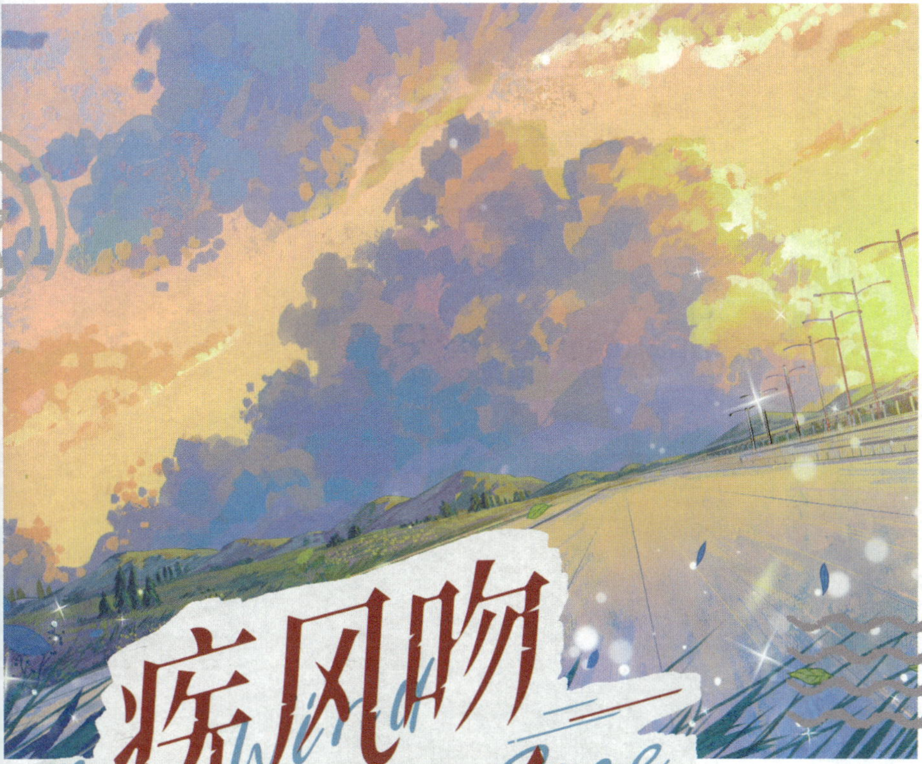

疾风吻玫瑰

The Wind The Rose

顾子行
— 著 —

江苏凤凰文艺出版社
JIANGSU PHOENIX LITERATURE AND ART PUBLISHING

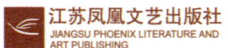

图书在版编目（CIP）数据

疾风吻玫瑰 / 顾子行著 . —— 南京：江苏凤凰文艺出版社，2024.5
ISBN 978-7-5594-7796-5

Ⅰ.①疾… Ⅱ.①顾… Ⅲ.①长篇小说 – 中国 – 当代 Ⅳ.① I247.5

中国国家版本馆 CIP 数据核字（2024）第 008431 号

疾风吻玫瑰

顾子行 著

责任编辑	周颖若
特约编辑	半　霄
封面设计	Laberay 淮
出版发行	江苏凤凰文艺出版社
	南京市中央路 165 号，邮编：210009
网　　址	http://www.jswenyi.com
印　　刷	河北鹏润印刷有限公司
开　　本	880mm×1230mm　1/32
印　　张	9.75
字　　数	296 千字
版　　次	2024 年 5 月第 1 版
印　　次	2024 年 5 月第 1 次印刷
书　　号	ISBN 978-7-5594-7796-5
定　　价	49.80 元

江苏凤凰文艺版图书凡印刷、装订错误，可向出版社调换，联系电话 025-83280757

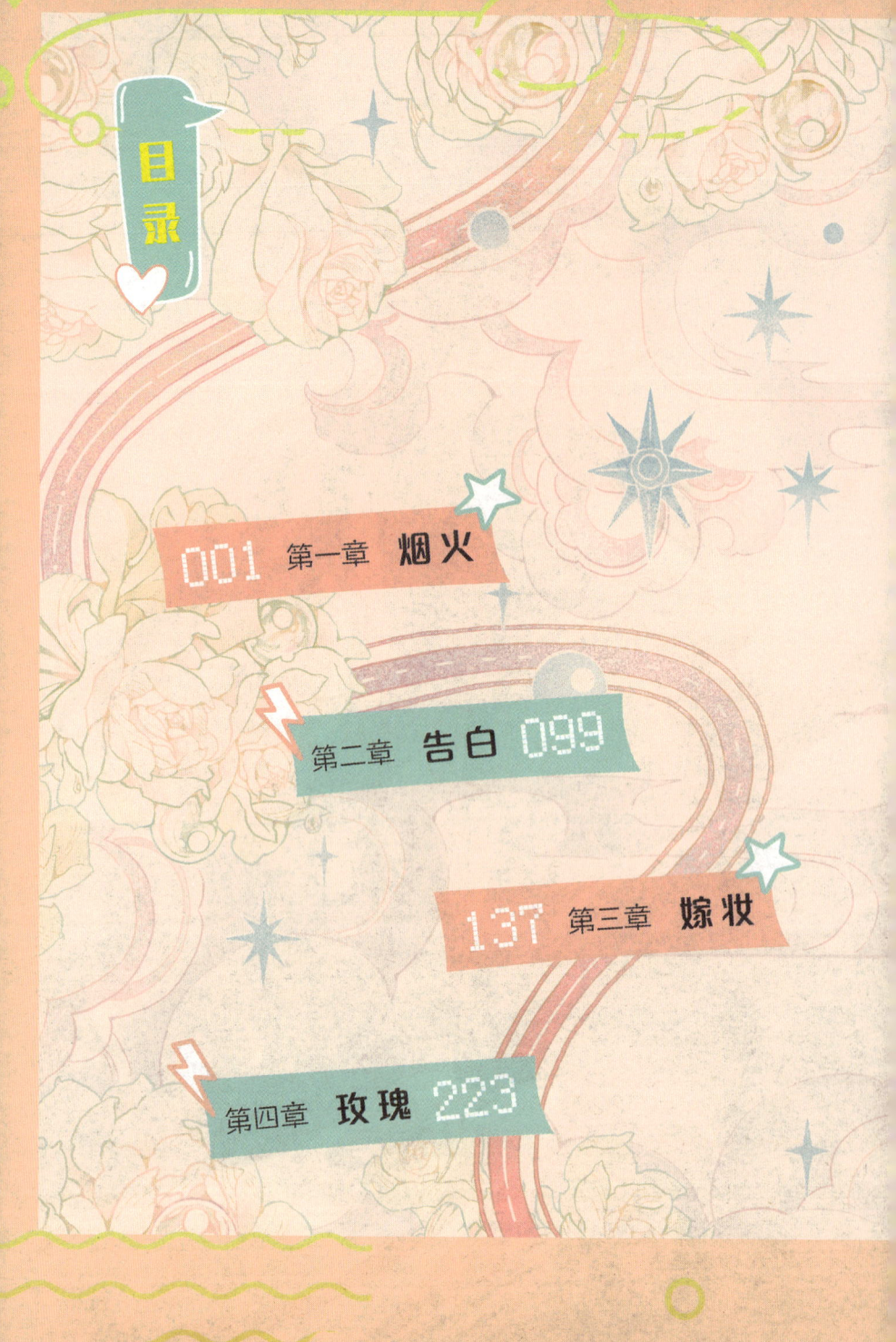

第一章 ★ 烟火

1

9月，南城。

几场小雨过后，蒸腾的暑气消散殆尽。

晚上十点，喧嚣渐止，城市正以一种看不见的方式安静下来。

去往西山景区的大道上，只剩几辆摇摇晃晃的晚班车，在斑驳的梧桐树影里缓慢地穿梭、挪动。这些"老爷车"每次刹车、加速，都能听到发动机"突突突"的喘息声。

一辆白色机车划破夜色疾驰而去，马达声轰鸣狂躁，似一只发疯的豹子，消失在视线里。它路过的地方，掀起一阵剧烈的风。

头顶硕大干枯的梧桐叶被风卷着徐徐坠落，再被不甚明亮的街灯一照，成了发光的夜蝶。

轰鸣之后是极度的安静，每一只夜蝶坠地的声音都格外清脆。

老旧的公交车碾轧过去，车厢里不知谁说了句："明天要降温咯，不晓得要穿什么衣服。"

叶柔一路将车子骑到了山顶。

她转动钥匙熄了火，长腿从摩托车上下来，皮靴踩地，骨肉停匀的小腿在灯光里一晃而过。山风舒爽，她反手摘掉厚重的头盔，拔掉钥匙。晚风瞬间将她的发丝吹散，干净漂亮的侧脸露在了空气里。

山中的秋意更浓，西山是南城海拔最高的地点，在这里可以轻而易举地俯瞰整座城市。为了方便市民观景，市政部门在这里设置了多个观景台。

叶柔把车子丢在路边，拾级而上，在观景台的最高处停下。举目远眺，近处是大片幽暗的竹海，往外是城市里绵延璀璨的灯火。

灯火是遗落在人间的星星……

她盯着那圈光亮看了许久，眼里波光流转。

手机在皮衣口袋里响了起来，苏薇薇给她发了条语音消息："叶大小姐，生日礼物收到了？"

"嗯，刚试过。"

"感觉怎么样？"

"马力十足。"

"那就好，姐姐我这血汗钱没白花。"

叶柔弯唇，说："谢谢。"

"谢什么谢？"叶柔刚听完，苏薇薇又给她发了条语音，"柔柔，你回来了，好歹发条朋友圈，我好呼朋引伴给你整生日派对啊，回国第一次过生日就等于重生。"

"好。"叶柔笑了下，把手机收进口袋。

山风未停，满山的竹子被卷成了漆黑汹涌的波浪，沙沙作响。头顶的月亮很细，钩子一样挂在墨蓝色的天幕上。她脑海里划过一道嚣张而又低沉的声音——"月亮笑了，你也笑一个。"

叶柔因为那句冒出来的话，盯着月亮看了许久。半响，她将手机举起来，对着墨蓝色的夜空拍了张照。

她并不擅长摄影，虽然用的是顶配版本的手机，也只捕捉到一个模糊的残影。

她垂眸，用指尖将那张照片放大，看了看，勉强可以看到月亮尖尖的角，漂亮的眉毛蹙起又松开，算了，懒得再拍第二张了。

她给那张图简单地配上一行字，发了朋友圈：

露从今夜白，月是故乡明。

不知从哪里飘来的雨，说下就下，冰凉刺骨。

叶柔看看时间，十点半了，该回去了。

她从那观景台上下来，重新跨上摩托车。昏黄的灯光照到她右脚的脚踝上——一朵黑色的玫瑰映入眼帘，花枝细软，娇艳冷郁。

山路寂静，又是下坡，回程的车速比来的时候更快。

雨点打在皮衣、皮裙上，啪嗒作响，叶柔伏在高速行驶的机车上，衣摆被风卷着往后掀起，如同一只鹰。

长庆街是南城著名的酒吧一条街，白天这里冷清空寂，夜晚一到，它摇身一变，就成了纸醉金迷的代名词。

晚上十点。

江尧把车子丢在门口，抬腿走进了一家名为"零"的酒吧。

他长相出众，刚一进门就有人看见了他。音乐嘈杂，对方为了让他注意到自己，站起来，夸张地挥动着手臂喊："尧，在这里！这里！"

江尧嘴角勾起一抹淡笑，不疾不徐地走了过来。

"瞅瞅，我们的主角终于来了。"

"姗姗来迟。"

"你懂什么，这叫压轴，你见过春节联欢晚会里哪个大咖会提前出场？"

"那倒是……"

几个人你一言我一语地说着话，把最好的座位让了出来。江尧也不谦让，坐进去，随手解了衬衫上面的纽扣，忽明忽暗的光照得他一截锁骨微微发亮，有种放浪形骸的痞意。

"尧，你这是打哪里来的？"有人问。

"家里。"江尧往沙发椅里靠了靠，随手拿起桌上的一个空杯，交叠了长腿。他生得高大，那卡座被他的长腿一塞，就显得有些挤。

"哥是不是刚洗过澡？一股沐浴露味。"

"嗯。"他懒懒地打了个哈欠。

不知谁笑了下，调侃道："大宝，你尧哥家沐浴露什么味你都知道啊？"

"废话，我哥又没女朋友，总不能是女人身上的香水味吧，肯定是沐浴露……"

"不是，尧尧你干吗不谈女朋友？我要是长你这样，我妈抱孙子的手都得累断。"

江尧转了转手机，没参与这个话题，他脸上的情绪淡淡的，看不出在想什么。

穿着黑白制服的酒保见来了新人，端着托盘过来倒酒。这桌喝的都是威士忌，他也给江尧倒了一杯。

玻璃杯刚放下，便被一只修长的手推了回去。

"换杯气泡水，谢谢。"

酒保有些惊讶，问："您不要酒吗？"

那个叫大宝的人替江尧答了："不喝，不喝，赶紧换。"

新入队的人不清楚情况，问："哥是不会喝酒，还是酒精过敏啊？"

江尧难得回答问题，声音懒懒的，带着点倦意："喝酒误事。"

那人挠了挠头，嘟囔道："喝酒能误什么事？大不了找代驾呗。"

江尧为什么不喝酒？

这个问题，队里的人都好奇。之前也有人问过，但每次江尧都给人甩脸子，最后大家都默认这是个禁忌话题。

"酒又不是好东西，车手不沾最好。"

"对对对……"

很快有人适时转移了话题。一帮人从 WRC①比赛聊到竞争车队，江尧全程兴致缺缺，眼睑耷拉着，他睫毛很长，这么垂着眼睛，给人一种他在睡觉的错觉。

"听说老吴要走了？他可是我们队最优秀的机械师。"

江尧皮肤很白，额前的短发下有一双细长的眼睛，眼神清澈锐利，偏偏眼尾上挑着，让他在气质上平添了一缕张扬，左边眉骨上方压着一粒暗红的小痣，随着他抬起眼皮的动作，那粒小痣也跟着动了下。

他笑了一声："你听谁说的？"

"老吴的朋友圈啊，你没看？那简直就是告别宣言。"

江尧一只手摁亮了手机，点进朋友圈，滑了一小段。他没有看到老吴的告别宣言，却看到了叶柔发的那条动态。

他们分手五年，互不联系，这是她发的唯一一条动态，他一度以为她已经把他删了……

江尧垂眸盯着照片里的那轮弯月看了许久，目光微微闪烁着。

苏薇薇在那条动态下面点了赞，并评论：欢迎叶大小姐回家，明天叶柔过生日，来参加派对的人找我报名，有红包。

---

① 世界汽车拉力锦标赛（World Rally Championship）简称 WRC。

江尧退出微信，看了下日历，明天确实是她的生日。

屏幕熄灭，他的脸重新陷在了阴影里，只剩下一个冰冷坚硬的轮廓，喜怒难辨。

服务生重新为江尧送来了气泡水，他喊了江尧两声，见对方迟迟没反应，就把杯子推到了他手边。

话题还在继续——

"老吴这一走，我们队痛失一员大将，下个赛季不知道要怎么办。"

"那有什么关系，找新的技师呗，有钱能使鬼推磨。"

"不行就去别的车队挖，我听说'风暴'他们准备花大价钱聘请一个从国外回来的机械师，还是个大美人。"

"女的啊？那容易，让尧尧去使个美男计，哪个女的见了不迷糊？"他边说话，边用胳膊捣了捣边上的江尧。

江尧冷嗤一声，道："什么意思？我是拉皮条的？"他说话声音虽然低，却带着一股压迫感。

那人干笑两声道："我这不是想为你牵根红线嘛……"

"不需要，蓝旗亚就是我老婆。"

蓝旗亚是江尧赛车里最宝贝的一辆，内部结构改了又改，外观却还是保持着几年前的老样子，用现在的眼光看，早就过时了。

江尧这么个事事都追求新潮、刺激的人，每逢大赛却只开蓝旗亚。

"你那车都开多少年了？让队里给你去国外重新搞一辆……"

江尧瞪了那人一眼，俊脸已经拉了下来，语气也冷："我和你说过了，那是我老婆，你娶的老婆能随便换？"

那人张张嘴，还没说话，江尧已经提着衣服出了卡座。

看江尧要走，大宝也立马追了出来。

"哥，我跟你回去，蹭个车。"

江尧不置可否，扯着嘴角，很淡地"嗯"了一声。

大宝真名叫李堡，是江尧的领航员，江尧的副驾驶座上除了他没有别人，但是今天他刚拉开门就被江尧喊住了："上后面坐去。"

"心情不好啊？"

江尧没说话，李堡只好扳倒了副驾驶座的座椅，认命地往后爬。

跑车帅是帅,但后座不留门,坐着多少有点憋屈。

车子飞驰在寂静的马路上,后视镜里冷不丁冒出一辆白色机车,风驰电掣地超过了江尧的跑车。

李堡惊道:"嚯!这骑机车的小姐姐太酷了,连你的车也超。这不得和人比比?"

江尧踩了油门,跟上去。除了胜负欲,更多的是别的,刚刚那抹背影他太熟悉了,刺痛了他心里某个柔软的角落。

跑车的声音在路上轰鸣起来。

叶柔发现有车跟着自己,一下将油门拧到了底。李堡扫了眼江尧的仪表盘,惊呆了。

在江尧几乎追平她时,叶柔一个右转进入了一条小巷,他视线盯着前面,左右脚灵活操作,跑车在路上做了个干净利落的大摆尾,漂移着进了小巷。

无数黄叶被风卷落,如万蝶陨落。

走了不远,李堡看到那辆白色机车停在路边,车上的女孩已经下去了。

江尧一脚把车子踩停了。

李堡瞬间发觉不对劲儿,暗骂了一句:"哥,这是警察局。"

李堡的话还没说完,里面就走出来两个人,一个是那个骑机车的女孩,头盔已经被她摘了拿在手里,另一个是警察。女孩扭头往他们这里指了指,说:"警察同志,就是这辆车。"

李堡还在犹豫要不要给他们经理打电话,江尧已经打开了车门……

2

雨还在下。

沥青路面浸了水成了天然的镜面,橘色的街灯照进去,成了无数轮模糊的月。

"姑娘,是不是这辆跑车?"那名警察问。

"对。"叶柔点头道。

"这事归交管部门管,我已经帮你打了122,交警一会儿就到,我去帮你把他叫进来。"说着,他往外看了眼,笑了,"还挺自觉,下车了。"

叶柔抬眼看过去,脸上的表情顿时僵住了——

街灯昏暗,男人立在几步开外的雨幕里,白衫黑裤,地上落着一个颀长的影子。纷飞的雨丝被街灯镀成了金色,打湿了他额间参差的碎发。

雨水滑过他眉骨上的那粒小痣,没入敞开的领口里。他皮肤冷白,黑眸深邃,眼神冷淡,透着些玩世不恭。

民警已经走到了他面前。

"接到群众报警说你在城市道路恶意尾随竞逐,需要你配合调查。"

"行啊。"他把手插进裤兜,懒懒道。

小巷里空旷寂静,叶柔看着他踩着皮靴,踏碎了那一地月亮,一步步走过来……

高大的影子笼罩住她,他的脚尖碰到了她的脚尖,叶柔下意识地往身后的台阶上退了一步。只是他太高了,她即便站在高处,也才到他的下巴。

江尧挑了下眉,嘴角冷淡地勾着,似笑非笑地在她脸上扫了一眼,道:"请问,报警的群众就是你吗?"

江尧这个样子,像是完全不认识她了。

也是,五年了,他们彼此都变了不少。当初他们之间也没有什么刻骨铭心的爱情,会忘记她是再正常不过的事。

叶柔仰着脸,说:"对,是我。"

"可以啊。"头顶的人忽然冷嗤了一声,侧身绕开她,进了警察局。

他的腿很长,几步就到了光亮里,只留给她一个瘦削的背影。

叶柔长长地吐了口气,跟进去。

一路上,她都在思考要怎么和警察说自己不报警的事。

江尧已经不记得她了,她执意要报警就好像是在故意提醒他自己是谁似的,她不想这样。对于潦草收场的恋情,相忘于江湖是给彼此留最后的体面。

到了那灯火通明的警务大厅里,民警递给江尧一张单子,说:"姓名、身份证号、联系电话填上。"

江尧接过去,伏在桌上,刚龙飞凤舞地写了个"江"字,忽然听到一旁的叶柔说:"警察同志,这中间存在点误会,天太黑了,我看错了,追我的不是他,是别人,我不报警了。"

他们做民警的,什么情况都遇到过。女孩没受伤,又是自述报警,要撤销也容易。他从板夹上抽了张单子递给她,说:"在这里签上字就可以走了。"

江尧闻言,眉毛瞬间蹙了起来。

"警官,她说我没追她的车就没追啊?你们不用找证据吗?"

那警察用一种看二百五的眼神,上下打量着他。

江尧随手拉开一旁的折叠椅,仰面坐上去,指节在桌上敲了敲,一条长腿嚣张地伸着,眉眼间尽是无赖之气。

"警官,我车上有行车记录仪的,你一看就知道了。这样吧,她要是不报警的话……我报。"

"你报什么警?"那警察问。

"检举自己超速啊,你们不管?"

真的有病。

叶柔也看不懂江尧要做什么。

李堡刚给他们车队经理打完电话,火急火燎地冲进来,正好听到这位爷检举自己的言论,差点没气得吐血。

这时执勤的交警也到了。

江尧开始一本正经地陈述自己的"犯罪经过":"警官,我举报自己在解放西路段超速驾驶……"

叶柔不想继续待在这里看江尧发疯,她转身询问旁边那位民警:"警察同志,请问我可以走了吗?"

"可以的,已经帮你办过撤销报案的手续了。"

"谢谢。"

叶柔将手里的头盔戴上,刚走出去一步,忽然被坐在那里的江尧扣住了手腕——

叶柔回头,对上那双深邃的眼睛,那里面有着不辨喜怒的戏谑,他狡黠地笑了下说:"警官,她是目击证人,不能走吧?"

交警点了点头。

叶柔只好暂时留下。

交警登记了江尧的信息，问："喝酒了吗？"

江尧淡笑道："没有，早几年我女朋友不让，戒了。"

听到"女朋友"三个字，叶柔没有过多的情绪变化，江尧这样的人，应该不会缺女朋友。

交警往他手里递了个酒精检测仪，说："吹一口。"

江尧依言，低头长长地吹了口气。

交警拿过去看了看，确认他没喝酒，问："为什么开快车？"

江尧抬眼看了眼叶柔，故意拖着长腔说："不为什么啊，就是看到了漂亮的姑娘，心里痒痒，想追，一不小心开快了。"

他的神色又顽劣又坏。眼前的江尧忽然和记忆里乖张肆意的少年重叠起来，万千心绪涌上叶柔心头，又酸又涩……

那交警扭头看了眼叶柔，确定江尧口中所说的漂亮姑娘就是她。

边上的民警说："尾随是违法的，不知道？"

"知道啊，"江尧说话的语气依旧轻佻，"那要是我有证据证明她是我女朋友，是不是就不算尾随了？"

女朋友？

民警、交警、李堡齐刷刷地愣住了。

叶柔不知道江尧葫芦里卖的什么药，也不想和他过多纠缠，说："我不认识你。"

江尧看着她，玩味地弯着唇，问："你确定？"

叶柔捏紧了指尖，答："对。"

江尧敛了笑意，站起来，说："警官，我有证据可以证明她撒谎。"

他从口袋里摸出手机，指尖在上面快速点了几下，将屏幕掉转过来。

叶柔瞳仁微颤，心跳猛地暂停。

屏幕上是一张他们从前的合影——照片中叶柔靠在江尧怀里羞涩而清纯，江尧搂着她的腰，背后是波澜壮阔的大海和腾飞的海鸥，阳光灿烂，他们的脸上满是笑意。

她不知道江尧为什么要留着这张老照片。记忆里的少年从来不是个会念旧的人，他喜欢新鲜的事物，喜欢冒险，喜欢刺激，喜欢与众不同。

"要是这张不够，还有别的……"江尧指尖在屏幕上滑过，作势要滑到另一张照片。

叶柔打断他："够了，我们谈过，分了。"

"哦，现在记起来了。"江尧声音很低，嘴角勾着，却不像真的在笑。

他们两个是什么关系，倒也并不影响交警开罚单，他联系同事调取了解放西路段的监控，说："扣六分，罚款一千元。"

李堡听到扣六分时，略微松了口气，幸好不是全扣，不然他们经理明天肯定会捏爆他的头。

从警察局出去，先前淅沥的小雨竟然转作了倾盆大雨，电闪雷鸣，狂风乱卷，气温也降了好几摄氏度。

李堡"嗖"了口气，叉着腰站在那门廊下吐槽："这秋天的雨也这么猛烈啊？我还以为秋天就是温温和和的呢，秋高气爽、天高云淡，语文书里不是这么写的吗……"

江尧没有说话。

向来温和，并不代表没有暴风骤雨的力量。

他就亲眼见识过……

一旁的叶柔"咔嗒"一声扣上头盔，径直到了摩托车旁。

江尧目光一滞，快步追上她进了雨幕，喊了声："叶柔……"

叶柔顿了步子，转过身来，看向他。

江尧站在那台阶上，暴雨如注，雨珠落满了他的脸颊。白色的LED灯映进漆黑的眼睛里，其中的玩味不见了，竟有几分专注的深情。

从前，她常常喜欢吻他的眼睛，因为那时候，他眼里的锋芒会退去，深情又温柔，和现在莫名有几分相似……

"我送你回去。"他说。

叶柔看了眼他停在不远处的跑车，笑道："还是不用了。跑车的底盘低，暴雨天气最好不要开出门，进气口进水，修起来会非常麻烦。当然啦，如果你钱多人傻的话，当我没说。"

说完，她不等江尧回应便跨上了摩托车，将油门拧到底，"轰轰轰"地消失在了暴雨中。

江尧盯着她消失的地方看了许久。他的玫瑰回来了，但还是不要他……

李堡从那门廊里下来，打了个大大的喷嚏。

"哥,咱回去吧,这天冻死人了。"

到了车里,李堡拿着纸巾擦脸上的水,说:"这又酷又漂亮的小姐姐,真是你前女友啊?"

江尧神色淡淡地应了一声:"嗯。"

记忆里的叶柔总是温温曦曦的,和他说句话就脸红,很乖很乖……

"我刚才还以为,你故意扣分罚款是什么新的搭讪方法,谁知道她是你前女友。这姑娘又飒又漂亮,你们俩咋分手的?"

江尧手一抖,跑车掉进了一个水坑,"刺"的一声熄火了。

"哥,这可是平地,柏油马路,连个弯都没有,你把车整熄火了?"

江尧脸都黑了,语气自然好不到哪里去:"下车,进气口进水了。"

"不会吧?你这前女友嘴巴开过光吧?"

"别废话,给老吴打电话。"江尧语气不佳。

"老吴带老婆出国旅游去了,你这车可能得寄回原厂弄。"

3

暴雨没歇,狂风未止,白色的机车一路飞驰而去,沿途溅起无数水花。

十几分钟后,叶柔到了城西的别墅区。

身上都是水,她边往门廊里走,边将潮湿的外套脱下来,里面的运动背心还是干的。她把皮筋一解,被冷雨浇湿的长发坠下来,遮住了纤细白净的蝴蝶骨。

屋子里点上灯,暖气也开到了最大。

手机振动了下,她表哥贺亭川发来条消息:柔柔,你爸已经知道你回国的事了,我那儿你住不长。

叶柔吐了一口气,指尖在屏幕上点了点,回了三个字:知道了。

当初她不顾家里人的反对,放弃练习多年的大提琴,去德国学了机械,她爸叶朗一生气和她断了父女关系。

叶朗下了死命令,家里的任何人都不许接济她。贺家虽然是南城首富,但赚钱的生意都是和叶家做的,所以贺亭川也不好明着忤逆叶朗。

贺亭川这里住不长,就只能找别的地方住了。找别的地方住就得交房租，赚钱养活自己。

叶柔给苏薇薇发了条消息：薇薇，你前两天和我说的那个车队的事，怎么样了？

等了一会儿，见没有消息发来，她抱着衣服去了浴室。

贺亭川这个人尤其追求生活品质和细节，浴室里有一面超级大的镜子。叶柔脱掉背心，对着镜子照了照。一周没健身，马甲线还在，这大概是她回国到现在唯一值得高兴的事了。

洗完澡出来，她一把推开了朝北的玻璃窗。

冷风夹着雨吹进来，瞬间将氤氲的水汽驱散干净。

雨比刚刚小了些，却还没有停，水珠"滴滴答答"地敲打在窗棂上，四野空旷，万籁俱寂，极远的路上有车子飞驰而去，她忽然就想到了江尧——

第一次遇见他的那天，也下着小雨。

她记得很清楚，那是个冬天的早晨，寒风刺骨，路上碰到的人都裹着厚厚的羽绒服。

她前一天温书睡晚了，起床有点迟，没来得及吃早饭。

等她狂奔到学校，肚子饿得咕咕作响。

南城中学斜对面，有个卖烤饼的摊子，生意特别好，那天下雨又考试，难得没人排队。

从小，她爸叶朗对她的管教就极其严格，她几乎没外食过。那天不知道是太饿了还是好奇，叶柔在那卖烤饼的摊子前停了下来。

"买烤饼？"

"对，买一块。"

"姑娘，可能要等一会儿，行吗？"

"行。"叶柔付了钱，站在炉子边上等。

那老板做饼的速度非常快，炉子里贴了十几块，暖融融的热气从炉子里升腾，化成了阵阵白雾，香气弥漫。

炉子里的饼做好了，那老板拿着铁钳一个个将它们夹出来，放在一旁的铁盘里，说："自己装。"

叶柔从旁边扯了个袋子，翻过来，刚伸手过去，还没碰到饼，手腕忽然被人捏着提了起来，与此同时，头顶响起一道不耐烦的声音——

"喂，同学，排队。这饼可不是你的。"

叶柔侧目对上一双漆黑微亮的眼睛，少年不过十八九岁的模样，高出她一大截，很瘦。零下七八摄氏度的天气，他短袖配短裤，脚上穿着一双白色的运动鞋。

天上正飘着小雨，他懒得打伞，短发立在头上，笼着一层薄薄的水雾，整个人看起来又帅又痞。

他把她的手拎离饼摊后，一抖手里的塑料袋，端过那铁盘，一股脑儿将那些刚出炉的饼倒了进去。

叶柔皱了下眉，她以为这么多饼里面，至少应该有她的一块。

那老板讪讪地解释道："姑娘，确实是他先来的。"

叶柔看了下时间，决定等下一炉。

但是下一炉，江尧又复制了一遍前面的操作，依旧一块也没有给她留。

叶柔有点恼了，问："你到底买了多少？"

江尧钩着那袋子在手上晃啊晃，语气有点欠扁："不多，也就四十块。"

也就……四十块？

叶柔有点无语。

"你吃得完？"

"吃不完，大家一起吃呗……"

叶柔看了眼他手里的袋子，那里面顶多有二十块饼，也就是说她还要再等好久。她又看了下时间，来不及了。

"老板，饼我不要了。"说完，她转身要走，忽地被人从后面拽住了书包。少年的声音里带了一丝嚣张的笑意："干吗？不买了啊？"

"明天再买。"

"明天买，今天不饿？"

叶柔没说话，他不知什么时候用袋子单独装了一块饼，递到了她面前，说："喏，先给你一块。"

叶柔的视线在他修长的指节上停了一瞬，很快地接过来，说："谢谢。"

走出去一段路，听到身后有人在说话，她不知怎的，一直在捕捉他们的声音——

"江尧，难得看到你愿意让人加塞儿啊！是认识的人？"

"不认识。"少年的声音有些冷淡。

"我还以为你看到人家姑娘好看，心生爱怜……"

江尧踢了他一脚，骂道："有病？"

叶柔已经穿过马路到了学校门口，主干道上的车子一辆接着一辆，两人后面的话已经听不清了。

这时，铃声毫无预兆地响起，叶柔加快了步子，一路往教学楼狂奔。

江尧咬了口饼，看着远处狂奔的背影，笑了下："是挺好看，还很乖。"

那人惊道："你刚才看她了啊？"

"废话，我眼睛又没瞎，当然看了。"

语文考试结束，前后的女生扎堆儿聊天——

"江尧昨天和人打球，一对三赢了。"

江尧？叶柔确定就是早上遇到的那个男生。仿佛是因为这个名字，她又多听了几句——

"他初中休学了两年，比我们大两岁。"

"咦？柔宝你初中是不是也休过学？"

"嗯。"她初二那年因为生病休了两年学，这点倒是和江尧有点像。

铃声响了，女生们终止话题，教室重新变成了安静的考场。

那天之后，叶柔每天都能在各种女生嘴里听到"江尧"这个名字。

很奇怪，她只匆匆地见过他一面，却好像认识他许久……

手机在浴室外面响了起来，叶柔的思绪回归，她拿了条毛巾，将湿漉漉的头发裹住，出去了。

苏薇薇的声音又甜又软："柔柔，你怎么才接电话呀？"

"洗澡去了。"

苏薇薇笑着说："车队的事，我已经帮你问好了，明天就可以去。"

"工资怎么样？"叶柔问。

"他们对你的简历很满意，但可能需要看看你的水平再定。"

"也行。"

苏薇薇叹了口气,道:"不明白你为什么好好的大小姐不当,跑去修什么车,风吹日晒的,多累啊。和你爸撒个娇,服个软,他还真舍得把你往外丢?"

叶柔坐下来,笑了声说:"没自由。"

苏薇薇嘟囔:"自由有什么用?填不饱肚子还受罪。"

叶柔顿了顿,说:"薇薇,你听过大漠晚上的风声吗?"

苏薇薇不懂她的浪漫,说:"都是风,和我们这里的能有啥区别?"

叶柔吸了口气道:"可能就是……听过一次就终生难忘吧。"

苏薇薇的手机打进了电话,她匆忙结束了聊天:"不和你说了,月老娘娘来电话了。"

"又是催婚?"

苏薇薇充满哀怨地说:"何止!那根本就是逼婚,我最近相亲都要相吐了。"

叶柔挂掉电话,手机跳出一条通知,是某个赛车游戏发来的系统消息:您的好友JY上线啦,快来和他一起赛车吧。

这个游戏她早卸载了,可能是因为手机号一直没变,账号没注销,系统才给她发了推送消息。

她记得,当时游戏的好友栏里就只有江尧一个人。

所以这个"JY"只能是他。

几秒钟后,她又收到一条系统通知:您的好友JY邀请您加入比赛。

这条通知后面还有一个网页链接,叶柔不小心点进去,手机已经自动替她完成了下载……她立刻点"返回",但是贺亭川家的网速实在太快。

软件下载结束后就自动登录账号了。与此同时,系统里忽然传来江尧那慵懒带笑的声音:"老婆来了,欢迎老婆,要亲一口再开始吗?"

4

叶柔被江尧的这句话惊得半天没缓过来。

不过,她很快就发现,这其实只是一句系统录音,只要她不点屏幕上的"开始"按钮,这句话就会一直循环播报。

这声音的确是江尧的,却不是现在的江尧的,而是五年前的……

热恋时期,叶柔几乎天天缠着江尧玩这个赛车游戏,她喜欢沙漠背景的赛道,喜欢嗡嗡作响的引擎声,喜欢车子飞驰而过的风声,喜欢关于他的一切。

只不过,她是个游戏菜鸟,玩了几关就碰到了瓶颈。

沙发另一头的江尧轻轻松松通了关,他丢下手机,懒洋洋地窝在沙发里吐槽:"啧,什么破游戏,一点难度都没有。"

说完,他转过头来要看她的手机——

叶柔迅速摁灭了屏幕,心虚地把手机压到了短裙下面。

江尧见她这样,已经猜到了七七八八,他欺身靠过来,指尖钩着她耳畔的一缕碎发,在手指上绕着玩。

"玩到哪儿了?给我看看。"

"快通关了!"

女孩撒谎的时候,耳朵和眼睛都会微微发红,像只毛茸茸的粉兔子。

江尧没忍住,凑近吻住了她的耳朵,轻笑道:"说说吧,撒谎要怎么惩罚?"

叶柔僵在那里没动,他的指尖沿着她的背一点点抚下去,暧昧而缓慢,一直碰到了她的短裙……

她太乖了,脖子、脸颊全部变成了粉红色,指尖因为紧张微微攥着,表情无辜,眼里隐隐有雾气。

其实,她只要凶他一句,他就会停手,但是她没有。

"手机给我看看。"他说。

"不要。"她依旧坚持,声音低低的。

江尧轻笑一声,指尖往下,碰到了她的腿,女孩的脸已经红得快要滴血了,那一刻,他也听到自己的心脏在乱跳。

江尧的指尖太烫了,叶柔悄悄往边上让开一点,他忽然掉转方向,将她压在腿下的手机拿了出来。

修长的指尖在屏幕上快速点过,见她还停在初始的关卡里,他"扑哧"一声笑了。

"叶柔，你这水平也太菜了。"

她要夺他手里的手机，忽然手机被他举高了。

"我替你玩。"

"不要，自己通关才有意思。"说完她仿佛是怕他不高兴，又小心翼翼地补充道，"你可以教我。"

江尧哼了一声，把手机还给她，撇着嘴在边上指导。

然后，他就看到叶柔在赛道上一遍又一遍启动、翻车，启动、翻车……

俊眉拧成了一团，江尧的耐心耗完了。

他往后靠了靠，一把将她提过来放到腿上坐住，双臂从身后环过她的肩膀，下巴懒懒地靠在她的肩窝里，指尖探上来，很自然地握住了她的手。

"我帮你。"

"好……"

客厅里格外安静，只剩赛车游戏通关后"咣咣咣"的庆祝声。

"通关了呢。"他在她后脖颈旁笑。

"嗯……"叶柔的心脏怦怦直跳。

"柔柔，没有奖励吗？"江尧的声音微哑，带着莫名的蛊惑。

"什么奖励？"她问。

江尧轻笑着在她耳畔低语："你，可以吗？"

叶柔没说话，细碎的吻落在了她柔软的脖颈上，他的指尖碰到了她的短裙，微微发痒，她起身要走，却被他从身后按住了腰。

他缓缓地将她转了过来，嘴唇蹭着她的耳郭，带着些气音："是不敢，还是不想啊？"

叶柔看着他晶亮的眼睛，心脏怦怦直跳。

江尧笑了下，说："正式赛车前，裁判都会倒计时。3，2，1……"

最后一个数字说完，他将她按坐在腿上，吻住了她的唇，低低地说："引擎声响了就停不下来咯。"

灯灭了，世界成了湛蓝的海底。

月光从水里摇曳到了他的眼睛里，溺水之人无法呼吸，也无法逃离，只剩波光粼粼的水面随风晃动。

那天之后,江尧就开始恬不知耻地喊她老婆。

这条语音应该是他在那之后不久录进去的,只不过他们分手分得太仓促,她根本没机会听到。

时间好像忽然在某个罅隙里连接上了……

然而,这种连接根本毫无意义。

叶柔点开他的头像,将他从游戏的通信录里删除了。

大雨未停,江尧和李堡两人还被困在车上。窗外风雨肆虐,车内光线昏暗。

江尧将车座摇下去,仰面躺着,用手背遮住眼睛,脑海里全是叶柔那张柔软干净的脸。她很白,早晨的阳光如果照在她脸上,会看到上面细小的绒毛,她身上总是香香的。

分手的时候,她露出了尖锐的一面,他才知道她也是有锋芒的……

李堡没他这么淡定,咋咋呼呼地嚷着:"哥,这救援车来得好慢啊!我们不会要在这儿过夜吧?我们孤男寡男,传出去对我名声很不好……"

江尧随手抓了个东西朝他丢过去。

"别吵。"

李堡愤愤地消了音。

过了一会儿,江尧的手机在黑暗里响了一声。

李堡立刻来了精神,问:"哥,是不是救援车到了?"

江尧闻言把手机点开,发来消息的并不是什么救援队,而是他常玩的一个赛车游戏。叶柔从前也喜欢这个游戏,所以他几次换手机,都会重新下载这个游戏。

分手以后,叶柔就再也没上过线。

他把好友栏打开,往下滑,她的头像依旧暗着,是一只小兔子,而他的头像是一只橘色的狐狸,当年他们看了一部电影,相约换的情侣头像。

远处照进来一束灯光,李堡使劲儿捣了捣江尧,叫起来:"哥,救援车来了!"

江尧指尖一滑,碰到了头像旁边的"邀请"按钮。

过了大概十秒钟，系统通知"叮"地响了一声：恭喜！您的好友YR已经加入比赛，系统将为您发放五十个金币。

江尧眉心跳了下，他迅速坐起来，找到底下那个对话框，点开来，给叶柔发了条消息：柔柔？

接着对话框里就跳出来一行红字：对不起，您已被对方删除，不能发送任何消息。

江尧找到她的名字，重新点了"添加好友"。

十几秒后，系统再次提示：对方已拒绝了您的好友请求。

他又加，叶柔又拒绝……

几次之后，她把他拉黑了。江尧连好友申请都发不了了。

一拳砸在棉花上，大概就是这种感觉，他莫名觉得烦躁。当初她喜欢他时死心塌地，一转身说不要他就不要他，断得干干净净。

救援车上下来了几个人，黑色的跑车被拖了上去。

那工作人员说："你这车比较贵，给保险公司打电话没？我们送到哪里修？"

江尧头也没抬，语气不善："不修了，拉去报废。"

李堡被他的话整不会了。

"不是……哥，你这车买后才开了不到一个月，这……就送去报废啊？"

江尧看了他一眼，说："你要的话，给你。"

李堡连忙摆手道："我养不起。"养得起，也修不起。开玩笑，这车掉一个零件得花一个月工资换，也就江尧这种人才高兴买回来玩。

江尧说："丢我家车库去，回头再找人修。"

李堡点头附和道："也是，走保险公司，你明年的保险费得翻倍。还是哥会过日子。"

次日一早，叶柔按照苏薇薇发来的地址去了"风暴"车队。

面试过程很顺利，叶柔检修了几辆车，其中一辆车没问题，另一辆车变速箱出了故障，还有一辆车发动机爆缸了。

发动机爆缸一般意味着报废，但她还是花了不少时间在上面，从车上下来时，叶柔手上尽是乌漆墨黑的机油。

"风暴"车队的经理沈璐在她来之前，已经看过她的简历——叶柔，二十六岁,本科就读于国内某知名音乐学院,硕士毕业于德国某工业大学,还没毕业就被著名的"RED"车队聘去了。

沈璐上下打量着她,问:"'RED'车队那么厉害,你怎么想着要回国发展?"

叶柔答得坦然:"中国人总得回家。"

"我刚刚看你修了一辆不可能修好的车,在正式比赛里,有严格的时间限制,资源只能给值得的车。"

"我只想帮助每一个车手跑完全程。"

"可是你修完它也不一定能跑完全程。"

叶柔不卑不亢地道:"那就等它坏了再修一次。"

沈璐朝她伸了手,道:"虽然我们车队经费有限,不能浪费那么多钱在情怀上,但我还是欣赏你的专业与认真,欢迎加入'风暴'。"

叶柔没有伸手回握,笑着说:"抱歉,我手上有点脏。"

江尧一整晚都睡得不好,第二天上午他到车队时,已经十点半了。

他刚坐下来,李堡就举着手机,大喊着朝他走来:"啊啊啊!哥,你快来看'风暴'新来的机械师。"

江尧记得他们之前在聚餐时讨论过,"风暴"来了个美女机械师。

江尧对所谓的美女不感兴趣,眼皮都没抬一下。

"哥,你真不看啊?"李堡急得直跳脚。

一旁的同事笑着说:"大宝,你让江尧看女人,还不如让他看车。"

李堡舔了舔唇,道:"不是,这个女人不一样。"

"哪里不一样?多条腿?"那人笑。

李堡一咬牙,说:"这是尧哥的前女友。"

此话一出,江尧立刻站起来,把手机从李堡手里抽走了。

李堡咋咋呼呼地说:"哥,你当初到底是怎么得罪了这姑娘,我怎么感觉她是特意回来虐你的?昨天送你进警察局,今天她去敌队……"

话还没说完,江尧忽然拿着钥匙出门了。

"哥,去哪儿啊?"

"找虐。"

5

李堡追着江尧到了院子里。

南城虽然入了秋,气温也降了许多,但太阳底下还是很晒。

江尧今天换了辆白色越野车,线条坚硬,糙汉类型的车,几个大轮子,底盘高到爬不上去。

李堡憋着笑,一看就知道他被昨天跑车进水的事气坏了。这车别说暴雨天开,就算大半个南城淹水,也不一定淹得到它。

江尧跳上车,发动了引擎。

李堡跳上副驾驶座,麻溜地扣好安全带,手在座椅上拍了拍道:"哥,这车扛造啊!"

江尧冷着脸说:"坐后面去,以后副驾驶座除了比赛,只能我女朋友坐。"

"你什么时候有的女朋友?"

"昨天你见过。"

"那明明是你前女友,"李堡一边不情不愿地解安全带,一边小声嘟囔道,"女朋友和前女友的区别可大了。比如,你可以光明正大地亲你女朋友,就不能光明正大地亲前女友……"

江尧皱眉催促道:"快点。"

李堡终于下去了。

驾驶室的车门刚关上,江尧就踩了一脚油门把车开了出去。

李堡反应过来时,江尧已经把车开到了大门口。他扯着嗓子在那儿大喊:"哥,我还没上车呢!你把我给忘了!"

江尧根本不理他,油门轰得老响。

李堡跟着江尧这么多年,江尧什么脾气秉性,他摸得透透的,这是生气了。而且他敢肯定,江尧生气就是因为他那句"不能光明正大地亲前女友"。

李堡回来找自己的车钥匙,众人打趣道:"大宝,你哥不要你了啊?"

李堡扯着嘴角说:"我哥年轻,好色。"

众人笑了起来。

"江尧好色?鬼才信,我进队四年,都没看他有过女朋友。出席个品牌活动,哪个女模特要是敢靠他近点,保准被他凶。"

李堡冷哼一声,道:"早晚你自己得喊自己'鬼'。"要知道,在这之前,江尧就是再闹脾气,也没把他丢下车过。嘤嘤嘤,好委屈,幸好他今天骑了电瓶车过来。

江尧一路驱车到了"风暴"的基地。

门卫大叔见到陌生的车子,不让进,中气十足地说:"小伙子,给里面的人打个电话。"

"没有电话。"

"那进不了啊。"说完,那大叔冷冰冰地关上了窗户。

江尧"嘁"了一声,把车子熄了火,停在大门口,一顿狂摁喇叭。

这么过了两三分钟,门卫室关上的窗户又打开了。那大叔想找江尧讲话,却见他把车窗闭得紧紧的,敲了玻璃也不理人。

这大叔也算是见过世面的,还是第一次碰到这种奇葩。

江尧刚开始摁喇叭的时候,沈璐正在给叶柔解释合同里的各项条款。

"工资待遇暂时没有给你太高,后面会给你提。在我们队待得越久,待遇也会越高,你基本上会跟我们一起参加大赛。"

叶柔看了合同,"风暴"的薪酬待遇和她以前的车队比当然差了很多,但已经足够让她在南城生活了。

沈璐指尖在合同上点了点,说:"你如果觉得没有问题,就在这里签个字,合同一式两份,合作愉快。"

"没什么问题,挺好。"叶柔提笔,趴在桌沿上写字。

沈璐看叶柔签名时一笔一画,非常认真,她喜欢认真的人。她看人很准,这姑娘是个好好做事的人。

"问个无关紧要的问题,你本科学的音乐,研究生怎么会去学机械?"

叶柔合上笔盖,淡淡地说:"因为喜欢赛车。"

沈璐笑道:"很少会有女生喜欢这些。"

叶柔不答反问:"沈经理,你也是女生,为什么喜欢赛车?"

沈璐被她问得哈哈大笑:"走,今天队里的人都在,带你转转去。"

"风暴"的资源利用率非常高,先前待的办公室狭小,这边的机械维修区却很大;人员虽多,但都各司其职,没一个闲着。不难看出,沈璐的调度管理能力很强。

几个车手本来要出去试驾，见沈璐带人进来，纷纷从车上跳了下来。

"璐姐。"

沈璐拍了拍叶柔的肩膀，对众人说："介绍一下，这是我们新来的机械师。"

WRC 很多赛事都是跑长线的，女生的体能天生和男生有差距。他们队除了沈璐外，都是男人，骤然见来了女生，众人都有些兴奋。

叶柔倒也不怯场，大大方方地站在那里。

她身材高挑且瘦，蓝色的冲锋衣衣领高高地立着，脸蛋干净瓷白，眼睛清亮有神。下身黑色的紧身裤裹着笔直的长腿，脚上穿着一双蓝色的布鞋，长发绑成了干净利落的高马尾，乍一看，有点像刚毕业的学生。

有人笑了一下，说："小姐姐长得这么好看，我都舍不得让你修车了。"

"阿豹说得对，我情愿发动机起火，也舍不得让你钻我车里弄得满身机油。"

"还不如组建个啦啦队，唱唱歌、跳跳舞。"

说话的三个人都是车手，参加 WRC 的人都多少有点狂。

沈璐也不制止，抱着手臂从容不迫地看向叶柔。

这姑娘倒是非常沉得住气，既没生气，也没发火。她抬眼看了眼那个叫阿豹的车手，说："你如果确定不用修车的话，比赛前可以出具一个书面证明，由此产生的后果，你自己承担就行。"

说完，叶柔又看向了他边上的车手，道："小型汽车发动机从起火到底盘完全燃烧，大约需要七分钟时间，你如果灭不了火，一定要记得弃车逃生。另外……"说到这里，她忽然顿了顿，"如果是因为车手不愿检车导致的事故，车队可能会追责。"

最后她瞥了一眼那个说组建啦啦队的车手，淡笑道："我觉得组建啦啦队的提议很不错，我可以做啦啦队的队长，到时候可能需要你们三人和我一起穿超短裙、戴猫耳朵唱《学猫叫》。"

三个壮汉集体被她说蒙了。

他们张张嘴，不知该怎么接话。

一旁的沈璐笑岔了气。

这小姑娘不简单。

沈璐依次给叶柔做了介绍:"这三个人是车手,壮的叫陈豹、瘦的叫童鑫、戴眼镜的叫管明,那边几个是我们的后勤保障人员。"

叶柔礼貌地自报家门,声音不高不低,但是谁都听得清清楚楚:"叶柔。"

这时,门卫大叔急急忙忙地来敲门。

"沈经理,门口来了个找碴儿的,硬生生把大门堵上了,弄得我们的车出不去、进不来的……"

沈璐闻言敛了笑意,她不笑的时候,气场很足。满屋子的人见她出去,立马跟上。

沈璐走到门口,又回来对叶柔说:"叶工,我让人带你去其他部门转转。"

叶柔点头说:"好。"

李堡开着他的小电驴慢腾腾地到"风暴"的基地时,正好撞见沈璐领着一大帮人往外走。

江尧从车上跳下来,"砰"地摔上了门,这架势看上去就不太对。李堡顾不得其他,钥匙都没拔,立马冲过来,站到了江尧边上。

沈璐红裙曳地,高跟鞋敲击坚硬的水泥地,缓缓走了过来。

"江尧,你上我们这儿来,是想跳槽?"之前沈璐想挖江尧来"风暴",被他拒绝了好几次。

"不跳槽,我找人。"

沈璐抱臂问:"找谁?"

江尧语气淡淡的:"叶柔。"

沈璐笑道:"她现在是我们队里的人,这会儿是她的上班时间,不方便过来见你。"

"合同签了?"

"对,五年。"

江尧单手插兜,眼底尽是张狂的笑意,他随手在车上拍了拍,道:"违约金多少?我赔。人我要了。"

沈璐语气沉了下来:"把话说清楚,什么叫人你要了?"

"叶柔要跟着拿国际冠军的队伍,你们队太弱了,配不上她。"

陈豹三两步走过来,一把扯住了江尧的衣领。

"有本事你再说一遍!"

江尧睥睨着他,一字一顿地说:"我、说、你、们、太、弱、配、不、上、她。"说完,他倒扣住陈豹的手腕,压住他的手臂,猛地往外翻折出去。

陈豹吃痛,拳头一握,重重地朝他砸过来。江尧后退两步,头一偏,躲开了。陈豹挥第二拳时,江尧长腿一抬,猛地踹中了他的小腹,陈豹往后退几步,被人扶住。

"你找死……"一群壮汉拥上来,把江尧围在正中间。

江尧嘴唇弯了个邪气的弧度,微拧着眉,短发立着,眼里尽是不屑。

沈璐冷声道:"你们几个,把我这里当什么地方了?"

沈璐一开口,"风暴"的人顿时退到了后面。

江尧低头随意整理了一下衣领,说:"璐姐,你不如开个条件。"

"江尧,你挺能耐啊,我的人你也敢挖。"沈璐已经非常不高兴了。

江尧挑着眉,语气依旧嚣张:"没办法,你们队没人跑得赢我,实力不行。叶柔在你这里就是妥妥地屈才。"

沈璐冷冷地瞥了他一眼道:"跑沙漠和雪原的实力不如你,盘山路可未必。"

江尧无所谓地耸了耸肩道:"那就比比。"

"行,今晚九点,龙延公路,提前两个小时来勘路,等你赢了再来和我谈条件。"

江尧把手插进口袋,问:"她来吗?"

沈璐反应过来他问的是叶柔,说:"来。"

"行。"江尧说完跳回车上,"轰轰轰"地把车开走了。

6

沈璐看着消失在视野里的车,忽然弯了弯唇。自从江尧去了"野牛","风暴"一夜之间就灰暗了,月亮太亮了,人们就会看不到星星。

"风暴"需要一把利刃,来改变低迷的现状。

叶柔……

她好像找到挖江尧的办法了。

一旁的童鑫叉着腰愤愤地嚷着："姐，这个江尧也太狂了！就该和他打一架，让他长长记性……"

沈璐转身，冷冷地瞥了他一眼道："你要是总积分连续五年排名世界第一，也可以那么狂。整理一下，晚上你去和他跑盘山路。"

沈璐回到办公室，叶柔正好从隔壁的营销部回来。

"叶工，今天晚上有场比赛，你负责对接车手，检测车辆。"

叶柔问："跑什么类型的赛道？"

"盘山路。"

"晚上跑盘山路？"入夜光线不好，可视距离短，盘山路弯道多，危险系数大，大多数正赛都不会在晚上进行。即便是夜间的赛事，主办方也会把灯打得很亮。

沈璐只说："没什么压力的友谊赛，你一会儿找下童鑫。"

叶柔点头，没有多问。

沈璐上下打量叶柔。这姑娘确实漂亮，是那种清纯素净，不掺一点杂质的漂亮，但偏偏眼睛里的光很锐利。

细看之下，她身上散发出来的那种气场，竟然和江尧有几分相似。不过，江尧是锋芒毕露，唯恐天下不知，而叶柔是藏了七分，只露了三分。这姑娘不是那么容易妥协的人，所以她才敢赌。

"叶工有对象了吗？"沈璐随口问道。

"没有。"

"谈过吗？"

叶柔脸上的表情僵了一下，很快转作了淡然，她语气也很平静："很久以前谈过一个，后来分了。"

沈璐问："他是做什么工作的？"

"车手。"叶柔轻描淡写地说。

沈璐没再往下继续问，她猜了个七七八八。

车手，江尧……

她很轻地笑了。

晚上七点。

龙延公路封闭赛道路段人头攒动，观众都是闻讯而来的赛车迷。

这里是赛道的起点,灯火通明,远处曲折蜿蜒的赛道上却没有一丝光亮。月亮冷森地挂在天上,依旧尖尖的,星星倒是很亮。

叶柔若有所思地看着那漆黑的山路,她见过几次大型事故,都是在晚上。

童鑫已经做好了准备,赛车停在了入口处,对手却姗姗来迟。

陈豹皱眉道:"姐,这家伙该不会是反悔了,不敢来了吧?"

"不会。"沈璐语气笃定。

几分钟后,一辆灰色的运输车缓缓开了过来。远光亮得刺眼,它后面还跟了辆白色的帕萨特。

沈璐从引擎盖上跳下来,说:"他来了。"

叶柔闻言也跟着抬眼看过去——

两辆车一前一后地停了下来。帕萨特上下来两个人,走在前面的是车手,穿着白底嵌红纹的赛车服,身形凌厉,他边走边整理赛车用的手套。

逆着光,叶柔看不清他的脸,却有种莫名的熟悉感。那种感觉让她有些紧张,越是这样,她越好奇对方是谁,心脏莫名地跳得快了。

很快,那双白色的运动鞋有节奏地踏过满地的枯枝碎叶,一步步走到光里。紧接着一张棱角分明的俊脸,出现在了视野里。

竟然是江尧。

叶柔眼里划过一丝错愕,但很快被她压了下去。

他一直很适合穿这种制服,背直腰窄,头发很短,眼神锐利,干净的瞳仁里倒映着路灯的残影。他和身后的人说了句话,嘴角似笑非笑地勾着,浑身上下透着股难驯的野性。

隔着长长的距离,江尧朝她投来一瞥。

叶柔故意扭过头去,和队里的其他人说话,仿佛不远处的江尧就是个无关紧要的陌生人。

江尧看清了每一个细节,嘴角的弧度忽然不见了。

沈璐快步走过来说:"准备开始吧。"

"沈经理,你中午说的话还算数吗?"江尧看了一眼远处那个纤薄的背影问。

"当然。"

"那今天晚上,我非赢不可了。"

叶柔虽然没有看他们,但耳朵还是捕捉到了江尧的说话声。只怪这山里太过安静,他的语气太狂,声音又太好听。

几分钟后,一辆蓝旗亚 Stratos 缓缓地从灰色的运输车里开下来。

不知谁"咝"地抽了口冷气,道:"江尧今天开的蓝旗亚啊。"

"他这车可宝贝了,不是大赛根本不舍得开。"

"救命,我的血液已经开始沸腾起来了。"

仿佛是因为"蓝旗亚"三个字,叶柔再次转身看了过去,目光瞬间凝滞住——

江尧的这辆蓝旗亚,正是从前她送给他的那辆。

单看车龄的话,这车其实早就可以送去报废了。现在的江尧早已不是当年缺钱买车的穷小子了,她不懂他为什么还要留着这辆车。而且,他几乎原封不动地保持了车子最初的模样。

红、蓝、黑的三色涂装,和时下那些花里胡哨的车子比起来,顺眼许多,车身的品牌广告也非常少。

江尧走过去,拉开了车门。上车前他不知想到了什么,扭头看了过来。

叶柔没来得及躲闪,两人的视线在半空中撞上,江尧笑了下,眼里尽是细碎的光亮。

一旁的李堡把头盔递给他,喊了声:"哥……"

叶柔注意到,那是一顶和他赛车服一个色系的头盔,上面印着一朵艳丽的红玫瑰。

江尧接过来,戴好,弯腰钻进了驾驶室。

蓝旗亚的大灯亮起来,呼啸着从叶柔身边驶过,风卷起她的衣摆。

江尧往后视镜里看了看,指尖碰了碰赛车服的拉链,那里面藏着一朵带刺的玫瑰,他很轻地笑了下。

李堡问:"哥,心情今天挺好啊?"

江尧目视前方,很轻地应了声:"嗯。"

车子到起跑线停下。

裁判简单交代了事宜,他们要在一个小时内完成从山底到山顶的勘路,再返回起点。

两辆车先后发车,"嗡嗡嗡"的引擎声顿时灌满整条盘山道,声音越传越远，直至彻底消失。

叶柔皱着眉头，眼睛重新看向漆黑的山里。

勘路阶段车速会比比赛时慢一点，领航员要在极短的时间里记下所有路面情况，编制成路书。但来回一个小时，他们的车速注定不会太慢。

两辆车一前一后驶离，灯光在山里交替闪烁着，仿若暴雨前的闪电，快而短促。

叶柔的心根本静不下来。

沈璐递给她一瓶水，道："喝点水吧，他们回来还早呢。"

"谢谢。"叶柔接过去，只拧开了盖子，却没心思喝水。

沈璐见状，淡笑道："紧张？"

"没有。"

"放心，童鑫和江尧都是经验丰富的赛车手，不会有事。"

叶柔抿了抿唇，没再说话。

快八点的时候，蓝旗亚和雪铁龙都平安回来了。裁判提醒他们稍做休整，九点正式开始比赛。

叶柔上前询问童鑫的车况："感觉怎么样？"

从前，童鑫合作的都是五大三粗的男性机械师，第一次碰上女性机械师。他有些拘谨，搓了搓手说："还不错，就是弯道有点多，伤轮胎。"

叶柔蹲下来查看了雪铁龙的车胎，车轴没有问题，右后轮磨损比较严重。

"我帮你换个轮胎，省得影响抓地。"

童鑫点头。

叶柔拿了工具蹲下，将车子顶了起来，她俯身蹲在那里拧螺丝，电动螺丝刀的声音嗡嗡作响。

女孩的神情专注而认真，白嫩的手指上沾了油污。

童鑫到底有些过意不去，俯身问："需不需要帮忙？"

叶柔扭头，笑道："不用，我自己可以。"

话音还没落，她已经将那磨损的轮胎卸了下来。

江尧没带机械师过来，也没人给他检查车子。他抱臂靠在蓝旗亚上，目不转睛地看向几步之外的叶柔。

娇弱的小姑娘什么时候变成了这样？他记得她爱哭，总是吵着要他抱，走路走得远了还会吵着要他背。

不，也许这才是真正的她。

一个他不知道的、充满力量的她，却好像更让他心疼了。

李堡见江尧看叶柔，自己也跟着瞄了几眼，禁不住感叹道："瞧这操作手法，一看就是老师傅。"

江尧神色平淡地应了声："嗯。"

几步之外的叶柔已经把新的轮胎滚到了车底，她麻利地固定好螺丝，收拾东西站起来，一抬眼，视线不偏不倚地撞进江尧那双黑沉沉的眼睛里。

女孩的瞳仁很轻地颤了下，光影交错，他还是看到了。

江尧走了过来。

"什么时候学的修车？"

叶柔把手里的千斤顶放到地上，说："就是最近这几年。"

江尧皱眉，薄唇动了动，半晌又问："你家里……是发生什么事了吗？"除此之外，他想不到她一个"大小姐"有什么理由来做这么辛苦的工作。

"没有，我家里很好。"叶柔说。

江尧略微松了口气，很轻地"哦"了一声。

叶柔看了一眼他身后的蓝旗亚，问："你的车需不需要我帮你看看？"

"小蓝它很好。"

叶柔点头，绕过他往回走，晚风吹动着她的长发，勾起了他的无限思绪。

"柔柔——"江尧忽然喊了她一声，叶柔回头，江尧摸了下鼻尖说，"你还是帮我看一下吧，排气管总是乱响。"

7

叶柔有些疑惑地看向他，问："排气管响？"

江尧轻咳一声道："对，一直'突突突'个没完。"

叶柔走到车尾，蹲下去，打亮了手电筒，照上去。

江尧不知是什么时候过来的，和她并排蹲着，赛车服的袖子擦着她的外套，窸窣作响。

叶柔往边上挪了挪,江尧也跟着往她那边凑,她有点恼了,皱眉道:"你靠得太近,我没法检查。"

回应她的是一声戏谑的浅笑。

叶柔又往边上移了一步,江尧总算没有再贴过来。她松了口气,垂眸查看了排气系统,排气管没破损,消声器也是新的。

事实上,这车除了壳子是蓝旗亚,里面的每个零件都是顶配。这是她送他的那辆蓝旗亚,但只剩壳子还是它,血肉早全部改了个干净,江尧也许就是喜欢这车的外观吧。

叶柔说:"你去发动下车,我看看。"

"好。"江尧起身,拿着钥匙进了驾驶室。

发动机点火,引擎轰鸣着响了起来。叶柔贴上去听了听,车子怠速状态下,排气管没有任何异响,江尧说的"突突"声根本不存在。

为保险起见,她还是走到最前面,掀开了引擎盖。发动机运作正常,给油正常,没有缺缸现象。显然,这车没有任何问题,有问题的是坐在车里的那个人。

叶柔"砰"的一声将金属盖子合上,也不和江尧讲话,扭头走了。

江尧立刻从车里下来,追上去,一把捏住了她细白的手腕。他手上劲儿大,叶柔根本挣脱不开。

四周都是人,江尧本来就是备受关注的焦点,这会儿大家见他拉着个女生不放,开始七嘴八舌地八卦起来。

叶柔非常不自在地说:"松手。"

江尧没动,笑着挑了下眉,连带着眉骨上的那粒小痣也跟着动了下:"叶柔,你这就检查好了?"

叶柔直视他的眼睛,说:"你这车,我修不了,你找别人吧。"

江尧声音低低的,勾着唇,语气又懒又痞:"可我不想找别人,只想找你。"他说的是修车,但听上去莫名有点暧昧,就像在说别的。

叶柔说:"我不是你们队的,没这个义务。"

江尧松开她,倚在车上,笑了声:"现在不是,以后……可不一定。"

叶柔懒得理他,转身走了。

江尧双手插兜立在那里,嘴角弯着,目光盯着她纤薄的后背,若有所思。

李堡走过来,问:"哥,要不要我打电话再叫个人来,帮你重新检查下车?"

"用不着。"车子没有问题,他刚刚不过是为了看看她。

时间差不多了,江尧回到车上,将蓝旗亚重新开到了起跑线上。

童鑫先发车,蓝旗亚停在那里等了五分钟。裁判开始倒计时,江尧嚣张地朝车窗外比了大拇指,引擎声一瞬间响到了极致。黑白格的旗帜放下的一瞬间,蓝旗亚如一头猛兽冲了出去。

山中寂静漆黑,"嗡嗡嗡"的引擎声让人头皮发麻。

今晚注定是个不眠夜。

几架无人机在他们出发后飞了出去。

连续的弯道非常考验驾驶员的操作水平,也极具观赏性,几个弯道处都挤了不少赛车迷。

童鑫的入弯、出弯都非常漂亮,人群狂叫着。

不久,江尧也到了同样的弯道。他的车子侧滑进去再出来,车轮摩擦地面发出悦耳的声响,操作无比流畅。

叶柔在他们出发不久后,去了赛道的终点。

时间一点点流逝,入了夜,山里温度降了不少。

叶柔他们这里看不到比赛的具体情况,只能隐隐约约听到一些引擎的声音。

两辆车的发动机频率不一样,她唯一知道的是,江尧和童鑫都在路上,也都还平安。

不知谁说了句"起雾了",叶柔抬头往那黑黢黢的山里看过去,心口莫名发紧,大雾会影响视线,也会让比赛更加艰难。

李堡就在车里,他离江尧最近,感触也最深,他从来没见过这么严肃的江尧。

即便是在蒙特卡洛的冰天雪地里,他们没了保险杠,高速通过悬崖路段时,江尧脸上也一直带着轻松戏谑的笑。

今晚不一样。

太不一样了。

仪表盘上显示车速一直在每小时250公里以上,李堡有点恐惧,但更多的是一种隐隐的兴奋。

　　玩世不恭的江尧他看过几百遍了,全力以赴的江尧会快到什么程度,他还真的挺好奇。

　　到了山顶的打卡点,车子停下,李堡终于没忍住,开口道:"哥,这个比赛你干吗这么较真?不就是一个姑娘,哪儿找不到?"

　　江尧说:"错过了就哪儿都找不到。"

　　李堡叹了口气道:"不至于吧。"

　　江尧全神贯注地看着前方的路面,手脚配合灵活,一脚踩下油门重新提速。

　　"别废话,念路书。"

　　该死的推背感让李堡出了层冷汗,赶忙念:"前方下山,左四接70米急坡,不飞。①"

　　车子"砰"地滑进一团漆黑的树影里,顶盖贴着那垂挂下来的枝丫,无数红色的小果子"啪啪啪"地砸在风挡玻璃上,像下暴雨一样。

　　"哥,你能不能早点踩刹车,我怕心肌梗死。"

　　再往前,车子一个飞跳后稳稳落地,发动机"嗡嗡嗡"的声音紧跟其后。

　　江尧聚精会神地看着前方,操作干净利落,一个高速过弯后,轮胎沿着山路的边沿滑过去,无数碎石和泥土飞溅出去。

　　电影都不敢这么拍。

　　最让李堡觉得恐怖的还不是这个,而是在几分钟后他看到了前面的雪铁龙。

　　拉力赛和方程式赛有很大的区别。方程式赛是分赛道同时出发,比赛时会看到大量的超车竞逐,有点像跑车之间的田径比赛,而拉力赛是分时段出发,按车辆最终到达终点的耗时长短来定胜负。拉力赛也因为赛道多变复杂,需要配备领航员引路,而方程式赛则是固定的赛道和场地,赛道相对单一,不配备领航员。

　　因此,除非前面的车子发生事故,否则后面的车是很难追上前面的车的。

---

① 赛车领航员术语。左、右表示左右弯道,后接数字表示缓急程度,"接"表示下一段路的状况,"飞"即飞跃。

然而，此时此刻，这一幕就发生在眼前，江尧还是没有要降速的打算，要不是坐着，李堡估计腿抖得都站不住。

太快了。

玩命般地快。

江尧这是疯了。

他的心脏都快要跳出来了。

童鑫很快在后视镜里发现了江尧——

蓝旗亚的大灯一闪一闪，简直像在挑衅。

童鑫的领航员蹙着眉道："阿鑫，江尧是不是想超我们的车？"

如果真让他超过去，将是莫大的耻辱。

童鑫稳稳霸占着路面中心，半分不让，他油门不松，两辆车的引擎声交织在一起，几乎要将寂静的山谷点燃了。

童鑫不让，蓝旗亚却越靠越近，就像个幽灵，紧紧盯着他的车尾。

李堡感觉到自己脸部的肌肉在抽搐。

"哥，你要来真的啊？"

江尧没理他，一路紧逼。

到了前面一条视野稍微开阔些的弯道，江尧猛地提速将雪铁龙卡到了一侧，车身挤过来，两车齐头并进——

等童鑫反应过来时，蓝旗亚已经在他前面的路上了。

魔鬼不过如此……

无人机捕捉到了这经典的超车画面，人群沸腾起来。

"什么情况，江尧超了童鑫的车？"

"是童鑫的车出故障了吗？"

"没有，童鑫的车时速240公里，正常行驶。"

"拉力赛超车！这怎么可能？！"

"江尧牛，够胆！"

"我现在想去给他找香槟……"

就连沈璐听到这个消息都很震惊，童鑫在山地赛蝉联了七届冠军，从未有过败绩。

江尧竟然超了他的车！简直是疯子！

最后一个过弯结束后，蓝旗亚从薄雾中冲了出来，引擎声震耳欲聋。

车子在道路尽头停下，李堡拎着灭火器下去，掀开引擎盖，一顿狂喷。

江尧从车里下来，摘掉头盔，迎着风甩了甩头，短发里的汗珠飞了出去，人群顿时把他围在了中央。

叶柔也在看他——

灯光把他的脸照得发亮，他的眼睛里尽是不羁和张扬。

眼前的江尧几乎和记忆里那个不可一世的少年重合起来，叶柔的心不可抑制地狂跳着。

很快，江尧从人群里走了出来，他每走一步，叶柔都觉得四处的光在往他身上聚拢、收缩。

终于，江尧在距离她一步之遥的地方停了下来。

他看了她一眼，视线转向一旁的沈璐："沈经理，我赢了，现在可以谈叶柔转队的条件，违约金是要五倍还是十倍？我个人出。"

沈璐笑了笑说："当然可以，不过我想先问问柔柔的意思。"

叶柔剧烈跳动着的心忽然平静下来，她往前走了一步，说："沈经理，我去哪里，为什么要由他决定？"

沈璐说："你不想去'野牛'吗？他们队比我们厉害，赢的大赛也多，平台也比我们大。"

叶柔斩钉截铁地说："不想。有些合作不一定愉快，最好的方式就是不要开始。"

江尧眼底的光熄灭了。

夜风微冷，有什么东西碎在了风里。

"叶柔……"他低低地喊了她一声。

叶柔只点了下头，便绕过他去检查童鑫的赛车了。

李堡也没见过这样的江尧，咳了咳说："哥，咱们回去吧。"

江尧有些颓然地往前走了一段。路过叶柔的那辆摩托车时，他停下，低头拉开赛车服的拉链，从里面抽出一朵玫瑰，放了上去。

江尧一走，围观的赛车迷也跟着散了。

过了许久，叶柔走到了摩托车前，那朵鲜艳的玫瑰下还有一张卡片，龙飞凤舞地写着几个字：

祝你生日快乐，我的小玫瑰。

8

雪铁龙回来了。

童鑫输了比赛，有点不好意思面对沈璐。

"姐，下次我一定可以赢。"

沈璐也没有苛责他，只是在他肩膀上拍了拍，说："走吧，回去休息。"对手是江尧，这样的结果原本也在她的预料之中。

赛车装进运输车，"风暴"的人陆续钻进了车子里，只有远处的叶柔没有动。童鑫往外看了一眼，有些烦躁地抓了抓头发，道："姐，叶柔是不是被我输掉了？"

沈璐说："没有。"

童鑫的眼睛顿时亮了，忙问："那她还留在我们队吗？"

沈璐笑着点头："对。"

车子开到了叶柔边上，沈璐摇下车窗，问她："骑车回去？"

叶柔点头。

"路上注意安全。"

"好。"

人群散尽了，山中冷雾侵衣，无限寂静。

叶柔低头把那朵玫瑰拿了起来，含苞待放的花瓣，连枝带叶，碧绿的花梗上满是坚硬的小刺，她用指尖碰了碰，差点被扎到。

她本来是想把它直接扔掉的，但因为那些小刺，她忽然改变了主意。

不过是一朵花而已。

她跨上摩托车，解了斜挂在身前的小包，将它插了进去。江尧手写的那张卡片，也一同被她塞了进去。

她把头盔戴上，油门拧到底，摩托车高速驶出了山区，女孩的长发被风飞卷着散在风里，玫瑰的花瓣也在疾风里晃动。

进了别墅区，叶柔减了速，把车开到了门口。

苏薇薇忽然从门廊的阴影里冒出来，喊她："叶大小姐，你可终于回来了,我都快要冻死了。"

"不是说明天再聚?"叶柔问。

苏薇薇朝她晃了晃手里的蛋糕和酒,笑得眉眼弯弯。

"生日就是生日嘛,早一天或晚一天都不叫生日。"苏薇薇播音员出身,声音很甜。

叶柔进门拍亮了灯,苏薇薇踢掉高跟鞋跟进去,感叹道:"你哥的这别墅可真大,要是我爸肯给我钱,我也整栋一模一样的,前院种花,后院养狗。"

叶柔倒了杯热水给她暖手。

苏薇薇把手里的酒瓶往桌上一放,眨眼道:"姐妹儿,酒我都带来了,哪能和你喝白开水?"

叶柔转身进了储藏室找酒杯。

再出来,客厅里的灯被苏薇薇关掉了。桌上放着点好了蜡烛的蛋糕,苏薇薇坐在那里,笑盈盈地唱着《生日歌》。

离家五年,叶柔已经好久没这样过生日了。

叶柔把酒具放到桌上,在地毯上坐下来。

苏薇薇拧开瓶盖,倒了满满两大杯酒,她端了一杯,推了一杯给叶柔,说:"生日快乐,不醉不归。"

叶柔没有许愿、吹蜡烛,任由那跳动的火焰做了黑暗里唯一的光源。

等那蜡烛燃尽了,苏薇薇又点了一支备用蜡烛插在蛋糕上。

两人各怀心事,端着酒杯,就着那一簇火苗对饮。

苏薇薇的酒量非常小,没喝多久就醉了,她趴在沙发上搂着叶柔的脖子说呓语:"柔柔,你说,我都快要把他忘了,他干吗又跑到我眼前来瞎晃?"

叶柔晃了一下手里的杯子,问:"谁?"

苏薇薇声音闷闷的,带着点不易察觉的哭腔:"还能是谁啊,我今天去相亲,贺亭川就坐我对桌,他旁边那女的又艳又俗……柔柔,你说十几岁的时候喜欢过的人,怎么就忘不掉呢?"

叶柔在黑暗里沉默着,没有回答。

客厅里逐渐安静下来,苏薇薇往沙发里面打了个滚,睡着了。叶柔起身找了条毯子给她盖上,自己靠在沙发边吃了一块蛋糕。

酒精麻痹了神经，记忆也被带回到很久以前——

她和江尧第二次见面是在那年的最后一天——12月31日。

南城高中弄了个跨年晚会，叶柔的大提琴独奏是倒数第二个节目，等她换掉表演服出去时，正好赶上散场。

雨夹雪的天气，学校门口停满了各种车子。司机打电话来说车子堵在了路上，让她去东门等。

叶柔背着琴，冒着雨雪，一路走到东门。

南城中学的东门紧靠着宿舍楼，外面是餐饮一条街。小长假来临，这些店铺都早早打了烊，只有一家文具店还开着，叶柔走进去，打算在这里暂时避会儿雨雪。

她不好意思在里面待太久，选了本杂志到柜台付钱。

这时，塑料门帘忽然被人从外面掀开了，冷风骤然刮进来——

叶柔侧目，见一个高大的少年从风雪里走进来，他穿着一件灰色的连帽卫衣，黑裤白鞋，短发压在卫衣帽子里，手上转着一串钥匙，神情又懒又轻狂。

是江尧。

叶柔也不知道自己怎么了，那一刻，心脏"扑通扑通"地狂跳，跟摇滚乐里的架子鼓似的。

她往边上挪了挪，给他留了个位置。

江尧毫不客气地插了队，朝里面说："老板，打火机有吗？"

"买打火机做什么？"那老板问。

"放烟花。"少年的声音清朗干净，带着故意伪装出来的乖巧。

那老板从柜台下面找了个打火机放上来，说："放烟花不要紧，可不能抽烟。"

"知道。"他说着从口袋里掏出一枚硬币，拇指往上一弹，硬币发射出去，"啪"地落在了柜台上用来找零的铁盒里。

冷风又灌进来一阵，少年已经消失在雨幕里。

叶柔把手里的书放到柜台上，重新等待结账——

这时，店里忽然挤进来三个男人，膀大腰圆，满身的烟味。为首的那个人，脖子上有一个青龙文身，一看就是混社会的。

他们买了几包烟，掀了帘子出去。

"文身男"在门口接了个电话，他嗓音又粗又沉："那个江尧，我已经找到了。今天不让他断条腿，我就不姓王。"

叶柔听得心惊肉跳。

她匆匆付了钱，跟了出去。

之前的雨夹雪变成了纷扬的雪花，地上潮湿，晶莹的雪花刚落地就化成了漆黑的泥水。

东门的路上空荡荡的，几乎看不到什么人，灯也很暗。

那三个男的走得特别快，叶柔几乎是一路小跑着追上去。

很快，他们转进了一条漆黑的小巷，叶柔跟着往里走了几步，听到了清晰的讲话声——

"江尧，你给我站住！"

"你们是谁啊？"嚣张戏谑的声音，是江尧。

叶柔顺着小巷往前又走了一段，视野里总算有了一丝亮光。

灰衣黑裤的少年双手插兜站在不甚明亮的路灯下，肩上尽是扑簌簌落下的白雪，眼睛却很亮。他虽然高，但和这三个男人比，到底纤薄了些。

"文身男"扯着嗓子喊："你爸妈骗了我的钱，你不知道我是谁？"

江尧看着他，冷笑出声，语气嚣张得没边："抱歉啊，这里灯光太暗，刚刚没认出你来。"

那人咒骂一句，猛地抡起拳头朝江尧砸过去，江尧伸手接住了他的拳头，反手一拧，"咔嚓"一下卸了他手腕上的力道，把他的手推出去。

另外两个男的见同伴吃亏，齐刷刷拥了上去，江尧一抬长腿，踹飞了一个，另一个的拳头砸到江尧侧脸后，被他反抱住胳膊往面前一带，用膝盖猛地顶上了肚子。

三个人都摔坐在了地上，江尧掸了掸头发上的雪粒，冷嗤道："你们自己蠢，愿意被他们骗，关我什么事。"

那个"文身男"往后退了退，趁江尧不注意，从身后给了他一拳。江尧晃了晃，地上的两个人紧跟着站起来对他拳打脚踢。

形势急转直下……

叶柔的心脏简直要从嘴里跳出来了。

她飞跑出巷子，打开手机，找到一段警车鸣笛的视频，将扬声器音量调大，放出来。

不一会儿，巷子里的打斗声停了下来。

叶柔熄灭手机，躲到了一根电线杆后面。

那三个人从巷子里出来，脸上不同程度地挂了彩。

"奇怪，我刚才明明听到有警车声，怎么没看见车？"

"我也听到了。"

"那警车肯定还在附近，先走，下次再找他算账。"

叶柔见他们走了，立刻冲回了小巷。

江尧挣扎着从地上爬起来，俊脸上满是血，漆黑的雨污顺着他的短发往下滚，和鲜红的血混在了一起，溅在了他的下颌线上。

"你没事吧？"叶柔问。

江尧抬眸，视线在她白净的脸上扫过，没说话。

叶柔低头，从包里找了纸巾递给他，道："给你，擦擦脸。"

"谢谢。"江尧接过来，胡乱在脸上抹了一通，转身往小巷深处走。

"你不去医院检查下吗？"叶柔跟上去，拉住了他潮湿的衣角。

江尧停下来，扭头瞥了她一眼，说："我死不了，倒是你大晚上别在外面瞎转悠，小心有坏人。"

叶柔看着他，一双眼睛乌润润的。

"你是说刚刚和你打架的那三个人吗？他们以为警察来了，已经走了。"

江尧抬了抬眼皮，问："你怎么知道？"

叶柔把她如何跟踪他们过来，又如何用手机视频吓走他们的事，完完整整地说了一遍。

江尧听完，"扑哧"一声笑了出来，他越笑越大声，背都在颤。

原来是视频……

他刚刚也被她给唬住了。

少年生得俊朗，笑起来的时候，像是春日里的太阳。

叶柔心里莫名轻松了许多，继续说："江尧，你还是去医院检查下吧。"

他稍稍敛了笑意，抬起眼皮看她，问："你怎么知道我叫江尧？"

霎时间，叶柔整张脸红透了。

"我……我刚才听他们说的……"

江尧背对着她往前走了几步,忽然顿了步子,道:"警告你,今晚的事不许说出去。"

9

雪扑簌簌地往下落,几步之外的枝丫上,已经可以看到清晰的白色了。冷风穿巷而过,四周静谧。

少年踩着雪,一步步往黑暗里走,头顶昏黄的灯光照得他的背影纤薄而孤寂。

叶柔也不知怎的,追上去拦住了他,说:"你不肯去医院……也是因为缺钱吗?如果是那样,我可以帮你出医疗费。"

江尧停下来,下巴微抬,看了她一眼,冷哼一声,道:"挺喜欢管闲事?"

因为紧张,叶柔的瞳孔收缩,眼里的光却很坚定,她略拔高了些声音说:"这不算管闲事,你是我们学校的学生,我们是校友。"

江尧"嗤"了一声,仿佛听了个笑话。他的视线扫过她的眼睛、鼻梁,最终落在她翕动的红唇上,优游自若地问:"那我要是不去,你打算怎么办?"

叶柔被他问住了,她想了好半天才说:"如果你不去医院,我很难保证不把今晚你被人群殴的事说出去。而且……我还会写篇稿子给教导主任,做周一国旗下讲话的素材,到时候全校人都要笑话你……"

这已经是叶柔能想到的最坏的说辞了。

江尧挑了下眉,冷哼一声,道:"威胁我啊?不过……只有你们这些好学生怕老师,我可不怕。"

叶柔语气有些急:"你不怕老师,难道也不怕你爸妈吗?"

江尧周身的气场顿时冷了下来。

他抬脚,极具攻击性地朝她走过去——

两人鞋尖相抵,叶柔下意识地往身后的黑暗里退。江尧步步紧逼,叶柔退无可退,"咣当"一声撞上了路边的垃圾桶。躲在后面的流浪猫吓得惨叫一声,跑走了。

江尧俯身贴近她的耳郭，食指钩过她耳边的一缕长发卷了卷。

"乖宝宝……你想告状就去告，你看我怕不怕。"

耳侧是灼热的呼吸，鼻腔里充满碎雪和薄荷混合的气息，叶柔的心脏仿佛一瞬间被电流击中了……

她一把推开他，飞快地往小巷外面跑。

路上的积雪已经初见规模，很滑，她跑得太快，差点摔了一跤。

江尧双手插兜，在她身后笑得张扬又恣意。

后来，江尧没有去医院，叶柔也没把他被人揍的事往外说，却还是有人知道江尧和人打架了……

小长假结束第一天，江尧戴着墨镜上晨读课，被教导主任拎到门口罚站。

别人罚站都是板板正正地站着，偏偏他不这样。他抱着胳膊，斜倚在墙上，长腿伸着，几乎拦住了大半个过道。

"站好了！"

"老师，真不是我不想好好站，实在是腿痛得厉害，站不住。"他说话时，表情无辜，语气却意外地欠扁。

"腿怎么了？"那老师挑着眉毛问。

"嗐，我前两天被人打了，戴墨镜是因为怕被同学笑话。"

好巧不巧，这时叶柔抱着一摞英语试卷，从三楼下来。

叶柔路过他们，朝老师问了声好，没敢看江尧，走了。

江尧忽然用下颌指了指她的背影，说："老师，我被打的那天，她也在现场，不信你问问。"

无故"躺枪"的叶柔又被那老师给叫了回来："你看到他被人打了吗？"

叶柔不敢撒谎，点了点头说："对，他被几个混混打了，还挺严重。"

"因为什么？"那老师问。

"不知道，但应该不是江尧的错，他们一直在说钱钱钱的，感觉像是在敲诈……"

叶柔讲话的时候，江尧就抱臂靠在墙上，嘴角噙着抹戏谑的笑。

等她说完，江尧才开口："老师，我会骗你，乖宝宝总不会说谎吧。"

少年的声线清晰，音色低沉，非常好听。

叶柔的心脏收缩了一下，她不敢直视他的眼睛，只敢看着他浸在光里的衣角。

他破天荒地穿了件棉服，鲜亮的蓝色，手指钩在棉服的口袋上，指节修长，皮肤很白，指甲圆润干净。

"行了，你回去读书吧。"那老师说。

江尧被叫回了教室，叶柔如释重负，一路飞跑到了长廊尽头。

教学楼和教师办公楼之间，由一条南北向的走廊连接，江尧回到教室后，踢开椅子，敞着腿坐进去，视线懒懒地扫向窗外。

这姑娘有点意思，前几天还信誓旦旦地说要告诉老师，结果真见了老师，反而还帮他说话。

同桌八卦地捣了捣他，问："江尧，叶柔和你挺熟啊？"

江尧不耐烦地皱了下眉，说："谁？"

"还有谁，就是刚刚你在门口和她说话的那姑娘呗。"

江尧拿了桌上的笔，变魔术似的在指尖转着，语气轻佻："不是。"

同桌笑了笑说："哦，我还以为你喜欢清纯乖巧这一挂的呢，果然，你还是喜欢野一点的。这种女生，漂亮是漂亮，就是太素净了，像白开水一样，喝到嘴里没味。"

江尧手里的笔"啪嗒"一下掉在了桌上，说："我喜欢什么样的，关你屁事。"

江尧打架的事，被神乎其神地传出了许多个版本。

叶柔是唯一一个知道真正原因的人，但她从未对任何人说过。

高三的课业非常重，叶柔除了每天高强度的学习外，还要再拉两个小时的大提琴。

她并没有把过多的精力放在研究江尧的事上面。

高三寒假非常短暂，学校作业多，母亲又给她报了一堆补习班，叶柔只在除夕前一天，得了一天真正的假。

那天，贺亭川刚好来她家，叶柔因为多睡了一会儿，被她爸骂不自律。

小姑娘低着头，眼眶通红，一句话不敢回。

贺亭川实在有点看不下去，说："姑父，我妈让我接柔柔上我家过年去。"

叶母劝说了好久，叶父才摆摆手，让叶柔跟他一起去。

小姑娘跟贺亭川上了车，依旧耷拉着脑袋。

贺亭川往她头上拍了个红包:"喏,给你压岁。"

叶柔把红包拿下来,不开心地说:"我又不缺钱。"

贺亭川笑着问:"那缺什么啊?"

叶柔托着脑袋,有些颓唐地说:"自由、快乐,比如我今天就只想和朋友一起玩,一点也不想上你家过年。"

"那还不容易,给你朋友打个电话,我去给你接来。"

"你说真的?"叶柔眼睛一下亮了。

"我什么时候哄过你?"

叶柔立马给苏薇薇打了电话。

苏薇薇上车时,瞄了眼前面的贺亭川,小声和叶柔说:"哇!柔柔,你家什么时候换了个这么帅的司机,这……不便宜吧?"

叶柔憋着笑,说:"挺便宜的,不要钱,这是我哥。"

苏薇薇一抬头,对上贺亭川金丝眼镜下的眼睛,耳根一红,跟着叶柔喊:"哥哥好。"

贺亭川朝她点点头,发动了车子,问:"想上哪儿玩?"

苏薇薇提议:"刺激的,玩心跳的那种。"

贺亭川问:"赛车,看吗?"

"看的。"叶柔脸上终于露出了一丝笑意。

贺亭川载着两个姑娘,去了坐落在南城的国际赛车城。

这里的人太多了,摩肩接踵,要不是贺亭川在前面开路,她们两个小姑娘根本挤不进去。

苏薇薇问:"怎么会有这么多人?"

贺亭川语气淡淡的:"地方上组织的小赛,奖金很高,来了不少职业车手,比较有看头。"

贺亭川凭借熟人的人脉,迅速给她们俩找到了 VIP 观赛区。

"你们在这里看比赛,我去和朋友聊会儿天,有事给我打电话。"

俩姑娘立马异口同声地说:"好。"

贺亭川一走,叶柔终于和苏薇薇聊开了。场地内为营造那种竞技热血的氛围,放了各种劲爆的音乐。

今天天气很好,观赛区坐满了人。

这不是拉力赛，也不是方程式赛，倒更像是两者的组合。

沥青路面、发车顺序参照了方程式赛，车型都是统一的四驱民用车，从外观上更接近拉力赛，为了比赛公平，主办方提供了一样的车子。

距离比赛开始还有几分钟，车手们陆续进场，叶柔意外地在人群里发现了江尧。

VIP观赛区正好也是大家进场的地方，叶柔在江尧经过时叫住了他。

"好巧。"

"是挺巧，"江尧随手往后面指了指，说，"去买张彩票吧，说不定能中奖。"今天的比赛是体彩赞助的，现场有卖彩票的小亭子。

叶柔咬了咬唇说："我没买过彩票。"

江尧扯松了外套拉链，从怀里摸出一张皱巴巴的彩票递给她："喏，照着这个号买，我一直买它，不过没中过奖。今天比赛结束就开奖，看你能不能中，没准你是幸运女神。"

10

叶柔握着那张彩票，飞跑到后面的小亭子里，把那串数字报给了里面的工作人员。

那人咬着烟，问："小姑娘，买几张啊？"

"全部。"叶柔把贺亭川给她的红包拆开，将里面的钱拿出来，全部推了进去。

机器响了一阵，一沓子花花绿绿的票被递到了她手里。

叶柔重新回到看台上，VIP观赛区已经坐满了人，她好半天才挤回苏薇薇边上。

苏薇薇把给她占位置的包拿开，说："柔柔，你刚才干吗去了？"

叶柔朝她晃了晃手里的彩票，说："买彩票。"

叶柔把手里的彩票整理好，塞进随身带的小包里，目光笃定地看向远方。

车手们陆续到了车里，倒计时过后，满赛道都是轰鸣的引擎声。一旁的苏薇薇抱着叶柔的胳膊，兴奋地说："这比赛也太刺激了。"

叶柔根本没听清她在说什么。

苏薇薇把手里的东西放到叶柔怀里，让她抱住，说："等我一下，我也去买点彩票。"

人太多了，苏薇薇好半天才找到那个卖彩票的亭子。

叶柔没有说话，全神贯注地盯着赛场，开在最前面的车过弯迅速，丝毫不拖泥带水，每过一个弯都要超一次车……

最后一圈了！

人群开始沸腾起来了，整个观赛区的人全部都站了起来，车子冲线的那一刻，欢呼声和咒骂声交织在一起，海啸般席卷了整个赛场。

叶柔觉得整个胸腔都是炙热的。

整个假期，那是她最快活、最轻松的几分钟……

比赛结束，体彩开奖，叶柔发现自己中了奖，她买得多，兑了不少钱。

苏薇薇不知道上哪儿去了，给她打电话一直没人接。叶柔在观赛区等了十几分钟，兑奖区的人群散尽了，还是不见苏薇薇。

她赶紧给贺亭川打了电话。

"哥，薇薇不见了。"

"我去找，你别到处跑，在原地等，回头我来接你。"

挂了电话，前面的金属门忽然"咣当"响了一声……

叶柔一抬头，看见江尧逆光站在那里——

黑色的夹克熨帖板正，少年的皮肤很白，几缕短发嚣张地戳在额间，细长的眼睛里尽是锐利的光芒。

叶柔的心脏又开始发烫了。

"还没走？"他合上身后的大门，随口问。

"在等我朋友。"叶柔说。

江尧点点头，迈开长腿上了台阶。他太高了，从她面前经过时，有一瞬间挡住了耀眼的太阳。

叶柔忽然起身叫住了他。

"有事？"江尧看着她问。

叶柔低头从小包里翻了翻，找到一沓钱递给他。

江尧把手插进口袋，抬起眼皮看着她。

"这是什么意思？"

叶柔咬了咬唇说："这是你给的号码中的奖，钱应该给你，你不是挺缺钱的吗？"

"谁告诉你的？"

"他们。"叶柔用了个很笼统的词，其实没人和她说过，都是她猜的。

江尧扫了眼她手中的钱，眉毛微动，"嗤"了一声道："我是挺缺钱，但还不至于要你一个小姑娘的钱。"

"可是……"叶柔说着话，脸颊、耳朵全红了。

江尧见状，觉得有趣，故意逗她道："你说得不错，今晚我就无家可归了。"

他说这句话时，眼里有淡淡的笑意，很难不让人怀疑他是在骗人。

叶柔的眉头还是皱了起来，她把包里所有的钱都拿出来，一股脑儿塞到他怀里，说："那这些先借给你救急用……"

这些钱也不算少，不食人间烟火的大小姐说借就借，眼皮都不眨。

江尧垂眼看了她一眼，轻笑道："你这么好心，怎么不让我去你家住？"

叶柔没说话，从脸颊到脖颈瞬间全红了。

"怎么不说话？不愿意吗？"江尧挑眉看过来，与她的视线相撞。

太近了，叶柔嗅到了某种危险的气息，引得她心脏狂跳，她忽然想到跨年夜的那场雪……

叶柔往后退开一步，踩到了台阶的边沿，眼看着要摔下去——

江尧一把抓住她的手腕。

他的掌心冰冷粗糙，而她的手腕温暖柔软。

江尧的指尖离开她的手腕后，没有立刻收回，而是往上，掀开她腰间的挎包……

那厚厚的一沓钱，被他整整齐齐地放了进去。

叶柔的背包搭扣有点难弄，他弯腰在那里琢磨了半天，女生的东西他从来没碰过，没想到会这么麻烦。他俊眉拧着，不耐烦又很凶。

叶柔全程盯着他的头顶，动也不敢动，时间好像过了一万年，她问："要不还是我自己弄吧？"

江尧忽然直起背，说："好了，这还难不倒我。"

叶柔终于松了口气,耳根却依旧是红的。

"你叫什么名字?"江尧问她。

"叶柔。"

"字怎么写?"他问。

叶柔没想到他会问这个,忙说:"'树叶'的'叶','柔软'的'柔'。"

江尧轻笑道:"是挺软的。"

他说话的声音很低,叶柔没听清,抬眼问:"什么?"

江尧的手握成拳,咳了咳:"没什么,走了。"

叶柔忍不住问:"那你晚上有地方住吗?"

"明天过年,我还是有地方去的。"他说的是有地方去,不是回家。明天是除夕,按理说应该是回家。

叶柔还是从包里取了几张钱,认认真真地递给他,说:"给你压岁钱。"

这姑娘又要给他钱。

江尧从她手里抽走了一张一百块的,笑着说:"行,压岁钱。新年快乐,乖宝宝。"

叶柔红着脸说:"新年快乐。"

叶柔又给他写了个地址,叮嘱道:"这是我哥家,你如果实在没地方去,可以去那儿,我舅舅人很好。"

江尧问:"你也在那儿过年?"

叶柔点头,回了一句:"嗯。"

江尧当然没有去她舅舅家,但是别墅区那天有人放了一整晚的烟花。

说来也是巧合,那天叶柔给江尧的地址就是这里。那是贺亭川买下这栋别墅的第一年,舅舅、舅妈全都到这里过的年。

"砰砰砰"几声巨响后,窗外忽然亮了起来,叶柔一下从回忆里出来。

客厅里黑黢黢的,苏薇薇被吵醒了,坐起来嘟囔道:"谁呀?大半夜放烟花,又不是逢年过节。"

说完,她又倒进沙发里继续睡。

醉意蒙眬,叶柔走到了空荡荡的庭院里。五彩的烟火照亮了漆黑的夜空,无数颗"星星"飞落下来,映照得她的眼睛无比明亮。

一朵金花过后是另一朵，流光四溢……

可能是老城区不让放烟花，偷偷来这里放的吧。

但如果叶柔往外走，就会发现路边停了辆别克。

李堡把那些烟花的火芯撕出来，摆放成一长条，江尧蹲在地上，按住打火机，贴上去，一个接一个地点。

李堡眉毛拧成了麻花，冷得直打哆嗦。

"哥，我们有病吗？大半夜的，不睡觉，来这里放烟花。"

江尧把手里的打火机"啪嗒"一下合上了，起身上了车，淡淡地说："不放了，走吧。"

"那这些烟花不要了吗？"

"留那儿吧。"反正她也看不到。

11

10月底"风暴"要去国外比赛，沈璐想在车子的动力和质量上做进一步的改动。

苏薇薇的电话打来时，叶柔刚把涡轮增压的方案送去工厂。

"柔柔，重磅好消息，"苏薇薇的声音又甜又脆，"你不是说你缺钱吗，我在网上给你接了个赚快钱的活儿。"

叶柔跨上摩托车，问："做什么的？"

"给幼儿园小朋友介绍汽车的内部结构，汽车品牌商赞助搞的，去一趟能赚三千块。"

"风暴"暂时还发不了工资给她，她急需钱出去租房子。

"什么时候？"叶柔问。

"明天，你要是确定去，我去给人回信。"

"好。"叶柔一拧油门，机车飞驰而去。

天已经黑透了，叶柔还没吃晚饭，从工厂回去的路上，她绕路去了南城著名的美食街。

秋天的晚上，凉意侵骨。沿街的铺子亮着暖橘色的灯光，白蒙蒙的雾气从一格格的窗子里漫出来。

十八岁之前,叶柔曾对这些各式各样的食物充满了好奇。

她爸叶朗说吃这些东西会生病,她一直深信不疑,直到那天她吃了一块烤饼。

有些渴望,越压抑越想找地方释放。和江尧在一起后,他就像个引路人,带她一路敲开各种光怪陆离的大门……

叶柔进了一家烤鱼店,这家店在她高中时代就存在了,后来被很多网红打卡过,生意一直火爆。她喜欢吃这家的藤椒鱼,从前常来。

还好这个点顾客不多,不用排队,叶柔点好了配菜,找了个面朝门的位子坐下来。

过了约莫有十分钟,门口走进来两个人。

江尧一进门就看到了叶柔,他目光一滞,连带着脚下的步子都停了下来。

跟在他身后的李堡声音很大:"哥,你不是说要来这里吃烤鱼吗?怎么不进去?说实话,我也不太喜欢吃烤鱼,要不我们还是去吃火锅或者……"

李堡的话还没讲完,江尧已经转了转手里的钥匙进去了。

"不用,今天就吃烤鱼。"江尧说。

熟悉的声音入耳,叶柔下意识地抬了头。

她的视线不偏不倚地撞进一双漆黑的眼睛里,两人对视了几秒,江尧忽然笑了起来,这次是真的笑。叶柔看到他眉骨上的那粒小痣很轻地动了下。

叶柔没准备和他打招呼,端着杯子,静默地抿了口水。

江尧见状,也没和她打招呼,他踢开一旁的椅子,敞着腿坐了进去。

李堡这才注意到叶柔。这也太巧了,简直跟约好了似的。

江尧坐的这个位子朝里面,隔着张桌子,和叶柔面对面。

兄弟多年,李堡知道那是什么意思,他把对面的椅子搬过来,和江尧弄了个排排坐。他们块头都挺大,挤在一起就显得那桌子很小,手都活动不开。要是平时,江尧早喊他上对面坐去了,但今天却意外地脾气好。

叶柔的烤鱼已经做好了,老板笑盈盈地端上桌,转身走到江尧他们那桌去点餐。

"二位,吃什么口味的?"

江尧单手支着脑袋,下巴朝叶柔的方向点了点,说:"藤椒口味,配菜和她的一样就行。"

叶柔握着筷子的手顿住了，她抬头看了他一眼。

江尧笑着说："你的鱼看看不错，想尝尝。"

叶柔没接他的话，继续吃饭。

江尧则继续目不转睛地看着她——

灯光很亮，照得女孩的皮肤白得仿佛透明。她吃东西的时候非常斯文，一小口一小口的，鱼太辣了，她小巧的鼻尖上渐渐出了层薄薄的汗，嘴唇很红，像沾过水似的，湿漉漉的。

总的来说，她比从前瘦了一些，婴儿肥不见了，气质也变了许多。

叶柔很快发现对面的人在看自己……

某人被发现后，并没有觉得不好意思，只是眉头微微动了下。

要是从前的叶柔，早就害羞得走人了，但她长大了，而且这鱼的钱她也付了，不能不吃。她端着碗筷，走到餐桌对面，一拉凳子坐了下来。

江尧再抬眼就只能看到她一个纤细的背影了。

江尧吃瘪的时候少之又少，李堡想笑又不敢，背抖得跟发动机似的。

"哥，人家不乐意搭理你呢。"

江尧瞪了他一眼，语气有点欠："我看出来了，不用你说。"

江尧他们这桌的鱼端了上来，李堡握着筷子夹了一块丢进嘴里，继续笑着说："哥，你到底做了什么伤天害理的事啊？劈腿还是始乱终弃？"

江尧说："都没有。"

"那你就没反思过原因？"

江尧敛了脸上的笑，声音很低："想过……"

李堡又夹了块鱼，继续八卦道："什么原因？"

江尧没说话，扫了眼前面的叶柔，她的背明显绷紧了，就像一张弓。

江尧烦躁地偏头对李堡说："你哪来这么多废话，一会儿我给老高打电话，让他给我换个话不多的领航员。"

李堡受了惊吓，被一口藤椒呛住了。

"喀喀……哥，别啊，喀喀喀……"

叶柔放在桌上的手机响了，江尧看了眼李堡，后者十分自觉地捂住自己的嘴，说话声、咳嗽声全都给咽回了嗓子里。

一时间，小饭店安静得只剩烤鱼在锅里"咕嘟咕嘟"的冒泡声。

也因为静，叶柔电话里的声音漏了出来："柔柔，汽车那个活动我给你说好了，明天早上九点，光明幼儿园，也不用准备什么，带小朋友看看车子部件就行了。"

"好。"叶柔挂了电话，起身去结了账。

摩托车的引擎声很快在外面响了起来，她走得很干脆，看都没看他一眼。

江尧微抿着唇，眼里的光晦暗不明。他扫了眼前面空出来的位置，酒精还没烧尽，蓝色的火焰正舔着银色的锅底，锅里的鱼她只吃了四分之一。

叶柔从小家教非常严格，她会习惯性地珍惜食物，像这样浪费的时候非常少。

显然，那盆鱼是因为他被嫌弃了。

李堡发现江尧的心情不好，舔舔唇道："哥，这……不追啊？"

"上哪儿追？"

李堡眉毛直挑，说："你刚刚没听到吗，汽车活动，明天。"

江尧和那个牌子有商务合作。

李堡脑子一动，说："等着，我现在就给老高打电话。"

次日一早，叶柔出发去了光明幼儿园。

接待她的工作人员一路把她领到了一块空旷碧绿的草坪上。

天气很好，那里放着一辆银白色的车，在它旁边靠着的是西装打扮的江尧，品牌商的工作人员正举着相机在给他拍照，快门的声音"咔嚓咔嚓"地响着。

他本就有一副好看的皮囊，又是那种穿衣显瘦、脱衣有肉的身材，西装非常给他加分，四周的人都围着他在看。

也有人在窃窃私语："好帅啊。"

"我刚刚偷拍了几张做手机背景。"

"传给我，我也要。"

……

叶柔百无聊赖，玩了会儿手机。

江尧远远看到她，朝摄影师比了个"停"的手势。

叶柔边上的工作人员推了推她，说："叶老师，到您了。"

叶柔这才收了手机走进去，和江尧擦肩而过的一瞬，他停了步子，笑了笑说:"好巧啊,叶柔,又见面了,我今天会在这里待一天,合作愉快。"

叶柔想打人。

12

小朋友们蹦着、跳着,兴奋地从各个教室里出来,老师组织他们围着车子坐下。

那些白嫩嫩的小脸蛋上都挂着甜甜的笑,软萌又可爱,叶柔笑着和他们打了招呼。

阳光很好,金灿灿的光落在她的眼睛里,柔软而温和。江尧怔了怔,眼前的叶柔和记忆里那个乖巧温柔的女孩渐渐重叠起来……

于是,她给小朋友们讲车,他就在一旁认认真真地听。

叶柔每介绍一个汽车部位,都会进行一次互动提问,江尧每次都是第一个回答问题的人。

小孩子们特别擅长模仿,江尧说什么他们就跟着说什么,叶柔每次提问都不会冷场,氛围很好。

车子的外部结构讲完,她走到车头处,利落地揭开了引擎盖:"如果把车子比作人,这里就是它的心脏。"

有个小朋友举起了手,说:"我知道,它要是坏了,车子就死了。"

叶柔笑着点头道:"它坏了,可以维修,车子很坚强,不会那么容易死,我们也不会轻易放弃它。"

"那要是修不好了呢?"江尧忽然问。

叶柔也没躲避这个问题,说:"那就只能换新的发动机了,有时候更换发动机的费用太高,人们情愿不修,重新买一辆新的。"

江尧又问:"换一台车,原来的那辆不就死了?"

叶柔垂下睫毛,说:"没有维修意义的车,最好的去处就是送去报废。"

她明明说的是车子,江尧却觉得她是在说别的,莫名被她噎住了。

下午,品牌商送来了一些缩小版的汽车配件,小朋友们在叶柔的指导下,体验了做小修理工的乐趣。

江尧一整天都待在这里,品牌商当然没忘记他这尊大佛,最后的环节是让他试车。

太阳西斜,小朋友们重新排队来到学校外面的操场上,品牌商的车停在学校外面的草地上。

江尧提了钥匙上车,启动了车子。

发动机提速很快,引擎声一下在草地上"轰轰轰"地响了起来,后面的排气管甚至可以看到燃油高速燃烧过后腾起的黑烟。

那个草坪并不大,江尧这种提速方式很恐怖,就连叶柔手心也都是汗。

品牌商的工作人员心里有点打鼓:"地方太小,会不会影响车子的性能?"

话刚说完,只见那辆灰色的跑车开始以车头为圆心、车身为半径,在草地上高速地画起了圆。

霎时间,刹车声、引擎声、车轮摩擦地面的声音混合在一起,震耳欲聋,无数尘土和碎草飞扬出去,空气被镀成了金色……

摄影师立刻扛着相机出去抓拍。

远处的孩子全部在狂叫,老师止都止不住。

"啊啊啊!"

"哇!哇!好帅!好帅!"

"哥哥太酷了!"

"简直像有魔法!"

……

江尧一直有那种让任何年龄段的人都为之尖叫的本事,就像疾风过境——

你不看它时,它会拂过你的脸庞,刺激你的皮肤,让你无法忽视它的存在。

民用车的性能比不上专用赛车,江尧并没有炫技很久。

车子停下,他摔门走了过来。

小朋友们立刻冲过去把他围在了中央,有个自来熟的小朋友直接抱住他的大腿。

"哥哥,你那个'嗡嗡嗡'好帅啊,能教教我吗?"

另一个小朋友说:"他是不会教你的,这叫独门绝技。"

抱住他腿的那个小朋友看着江尧说:"那平时都不用吗?"

江尧伸手刮了下他的鼻子,笑道:"有时候确实需要用一下,比如哄女朋友。"

"哇,那你是不是有很多女朋友,每天这样'嗡嗡嗡'?"

江尧看了眼不远处的叶柔,淡笑道:"那倒没有,只'嗡嗡嗡'过一次。"

那一次,她记得。江尧唯一的那次"嗡嗡嗡"是在雪地里,车轮画出来的并不是像今天这样的圆,而是一颗完整的爱心……

那时候他们已经在一起了,江尧画的那颗爱心并不是为了告白。

那天他在蒙特卡洛拿了个奖,回程的路上下了大雪。他开车,带着一车人去找地方吃饭。

有个朋友开玩笑说:"尧哥,人家现在都流行用车子画圈表白,你要不要给柔柔也弄一个?"

江尧转着方向盘,"嗤"了一声:"喊,俗气。"

那人说:"俗气什么?爱就要说出来,是吧柔柔?"

叶柔没说话,微微垂下睫毛。

他们虽然在一起了,但是江尧在那之前从没对她说过"喜欢"。她和江尧之间,是她主动追的他,他会选择和她在一起,也是因为那辆价值不菲的赛车。

所以……江尧到底喜不喜欢她,她根本不清楚。

叶柔心底一直渴望江尧的正式告白,渴望得到一个肯定的答案。她已经长途跋涉了很久很久……

江尧伸手过来抓着她的指尖,在手里把玩着,眼里尽是笑意。

他问她:"你想要吗?"

她想,但是他刚刚说了俗气。如果不是他发自内心的,她并不想要。

"随你。"叶柔说。

后面的人说:"哥,你就说实话吧,是不是怕轮胎在雪里打滑,在柔柔面前丢人?"

"笑话,我开车会打滑?"

"那可不一定,马失前蹄的多的是。"

江尧那种好强的性子,别人越说他不行,他就越要证明自己行。

他把车子"刺啦"一声停在了路边,俯身过来"咔嗒"一下解掉了叶柔肩上的安全带，指尖顺带在她脸颊上捏了捏，说："下车往前走五十步，不要动。"

叶柔推门下车，一路往前。

脚下是一片荒原，寸草不生，四野寂静，只有呼啸的冷风和皑皑的白雪。

叶柔走过一段路，身后的跑车忽然摁响了喇叭，她顿了步子转过身来——

江尧很快将那辆车开到了她面前，车窗敞着，他一只手闲闲地架在窗沿上，隔着车窗和她对望，眼里尽是张扬与恣意。

雪扑簌簌飘落，那一刻，叶柔觉得时间在风雪里静止了。

"柔柔，给个信号。"他说。

"什么？"她呆呆地看着他。

江尧把手伸到外面，指尖朝她比了比，说："打响指会吗？"

叶柔学着他的模样，打了一个根本不响的响指——

身侧的跑车忽然响到了极致……

车内的江尧全神贯注，手脚配合灵活，踩油门、踩刹车、转向，车头绕着她以一种曲线转出去再转回来，碎雪沿着车尾飞卷出去，一圈又一圈……

一个急停后，干净的雪地上留下了一个完整又硕大的爱心。

满车的人都被江尧整晕车了，江尧把车子熄了火，跳进雪地里。

他一步步地朝她走了过去，叶柔的心疯狂地跳着，但是江尧并没有告白，而是转身冲那些朋友说："喊，我就说不会打滑，你们还不信。"

"还是哥会整，这个爱心画得太有水平了。"

叶柔也不知道那时候为什么要哭，反正眼泪落了下来，风很冷，刮在脸上刺痛着。她没等到她想要的答案。

江尧再转身时，叶柔已经把脸上的泪水抹掉了。

江尧还是看出了一些端倪，问："哭了？"

叶柔扯谎，别过脑袋说："没有，风吹进了眼睛。"

江尧将她羽绒服的帽子盖上，笑道："你刚才说不想要的话，不就不用吹这冷风了嘛。"

叶柔声音低低的："嗯……"

人啊，如果从来都没有期待，就永远不会因为期待落空而失落和痛苦。

品牌活动终于在下午六点结束了。叶柔启动摩托车,将车子开回大路上,走了没多久,后视镜里出现了江尧的那辆越野车。

她左转,那车也左转;她加速,那车也加速。

到了一处红灯前,叶柔停下,江尧和她并排停着等红灯。

叶柔伸手在车门上敲了一下,江尧把窗户降下来,脸上挂着抹淡笑:"有事?"

"你干吗一直跟着我?"

"叶柔,我记得这条路叫中山路,不叫叶柔路吧。"

叶柔看不懂他了。

红灯转为绿灯的瞬间,叶柔将油门拧到底,摩托车开了出去,越野车也快速追了上去。

到了一条巷子,她掉转车头,拐了进去。江尧依旧跟着,巷子里开不快,但他也没跟丢。

叶柔绕了一圈又一圈,江尧还在摩托车的后视镜里,怎么也甩不掉。

天色已经完全暗了下来,摩托车快没油了,叶柔懒得跟他纠缠,一路拧紧油门把车子骑回了别墅区。

摩托车刚开到门口,苏薇薇忽然给她打来了电话。

江尧把车子停在她边上,等她。

苏薇薇的语气很急:"柔柔,你爸妈来别墅了,你赶紧走。"

"他们怎么会来这边?"

苏薇薇压低了声音说:"说是来玩玩,我刚到你家门口,碰上了。"

叶柔皱眉道:"我车没油了,走不了。"

江尧点了支烟,胳膊支在车窗边沿上,问她:"上哪儿去?我送你。"

叶柔立刻拒绝道:"不用你送。"

苏薇薇听到声音,问:"是谁啊?"

叶柔说:"江尧。"

"叶大小姐,管他是谁,你赶紧走,你爸要是发现你,你的自由大梦就碎了,能屈能伸懂不懂?"

过了几秒,叶柔从摩托车上下来,拉开了越野车的车门。

13

叶柔停下动作,她其实不太想坐他的副驾驶座。

江尧也不勉强她。

半晌,他轻嗤一声,在方向盘上使劲儿摁了几下——

越野车不光扛造,喇叭声还格外响!

别墅区偏偏又太过安静,屋子里面的人听到动静,往外走了过来,叶柔看到院子里的灯亮了,她爸正背着手往外走。

血液一下涌上大脑,叶柔也没空思考是不是坐副驾驶座的问题了,一下坐了进去。

江尧在黑暗里低低地笑了一声:"胆小鬼。"

叶柔纠正他,道:"我不胆小。"

江尧启动了车子,声音懒洋洋的,尾音有点上扬:"是呢,不胆小,被自己的爸爸吓成这样。"

叶柔懒得理他。

江尧轻踩一脚油门,将车子开了出去。

苏薇薇见叶柔上了车,对着镜子稍微整理了下,出了卫生间。

叶朗已经发现了这栋别墅有女孩居住过的痕迹了,玄关处挂着女款的背包,柜子里有高跟鞋。

叶朗坐在沙发里,一脸严肃地说:"亭川,说吧,你妹妹住你这里多久了?"

贺亭川说:"姑父,柔柔没住我这里。"

叶朗从沙发旁的靠枕上摸出一根头发,问:"那你和我说说看,这是谁的?"

贺亭川没说话,屋内的气氛一下降到了冰点。

"那个……您手里拿着的是我的头发。"一旁的苏薇薇忽然举手道。

大约是怕叶朗不信,她走近,对比了自己的头发。棕色卷发,确实是她的。

叶朗把视线转到了她身上,依旧将信将疑。

苏薇薇急中生智，一把抱住了旁边贺亭川的腰，满脸娇羞地说："其实……我是亭川的女朋友，一直住这里。"

叶朗冷冷地朝贺亭川看了过来，问："是这样吗？"

贺亭川点头道："嗯，她是和我住这里。"

叶朗蹙眉道："早点和你爸妈说。没结婚就同居，像什么话，真喜欢人家就娶回来。"

贺亭川点头道："姑父说得很对。"

别墅区很大，车子在里面绕了好多个弯，江尧忽然问："叶柔，你生日那天晚上，看到烟花了吗？"

叶柔想到了那天漆黑夜幕里坠落下的无数颗"星星"……

原来是他放的。

"没注意。"她说。

江尧挑挑眉，语气淡淡的："哦。"

车子缓缓出了别墅区，灯光更暗了，月光从风挡玻璃里漏进来，照在他干净的下颌线上。江尧随手开了车载音乐——

"如果一生只爱一个人，

能否别把一切太当真？

如果一生只为一个梦想，

能否全力以赴不认输？"

唱这首歌的傅淮舟，现在已经大火了。叶柔上大一的时候，知道这首歌的人并不多，她听第一遍就喜欢上了。

那天中午，江尧结束了比赛，来学校找她，叶柔摘了一个耳机塞进他的耳朵里。

江尧刚听了两句，就不耐烦地要摘耳机，他不想听歌，只想听她说话。

叶柔说："不行，必须听完。"

江尧跩跩地"啧"了下："命令我？"

叶柔扬了扬眉毛，笑着说："不行？"

那天阳光格外好，女孩笑起来的时候眉眼弯弯，嘴角有两个甜甜的梨涡，江尧看得心尖发痒。

"我没说不行啊，不过……"

"不过什么？"叶柔问。

"你得亲我一口。"他顿了步子，恬不知耻地靠过来，手指在脸颊上点了点。

"现在？"叶柔羞窘地问。

"当然，总不能还欠账吧？"他看着她，脸上带着觉得这样做理所当然的笑。

那是在去食堂的路上，又是放学的时间，人特别多。大庭广众之下，叶柔的勇气多少有点不够用。

江尧看了她一会儿，作势要摘耳机——

叶柔忽然拉住他的衣领，踮起脚，在他脸颊上飞快地啄了一口。

亲完，叶柔忽然听到身后响起一道声音："叶同学谈恋爱了啊？"

好巧不巧，说话的人正是她的大学辅导员！

叶柔低着头，耳朵红到快要滴血，她恨不得立马找个地洞跳进去。一旁的江尧倒是从容得很，他拉住叶柔的手，礼貌地喊了声："老师好。"

"小伙子哪个学校的？"

"就在隔壁。"

叶柔掐着他的虎口，想让他松手，却被他反手捏紧了指尖，他力气太大，自己根本挣脱不了。

等那个辅导员走了，江尧松开手"嗞"地抽了口冷气，表情有些无辜地说："柔柔，我的手被你掐破了。"

"我看看。"她捉了他的手放在手心里看，乌润润的眼睛里有着显而易见的心疼。

江尧将她的脸抬上来，捧住，她的眼睛被阴影盖住一秒，他低头吻住了她的唇。

蜻蜓点水的一下，还是让路人们起了哄。

叶柔推开江尧，麻溜地跑了，江尧耳朵上的耳机也跟着扯掉了，叶柔把那根线捏着，重新塞回耳朵里。

江尧快步追上去，笑着说："叶柔，不带这样的吧，你追的我，你自己反倒不好意思了。"

叶柔调大了手机音量，不想理他。

他胳膊贴着她,语气里带着点哄人的意思:"别气了,我刚刚没忍住,谁让你太可爱。下次找个没人的地方再亲你,行了吧?"

叶柔还是不理他,耳朵烧得滚烫。

江尧探了指尖,在她耳朵上取下一个耳机,放到自己耳朵里,说:"歌我还没听完呢。"

"不想给你听了。"叶柔赌气道。

"那怎么行?我都给你亲过了,现在得完成任务。"

叶柔讲不过他,闭了嘴。

江尧听了几句就会哼唱,他的声音干净清冽,竟比原唱还要好听。手机设置了单曲循环,江尧就跟着那音乐一遍又一遍地唱。

"一生只爱一个人"听起来太美好,就像某种承诺、某种约定。

那一刻,叶柔的气也烟消云散了。

车子出了别墅区,上了主路,叶柔忘了系安全带,车内警报声响了起来。

"安全带。"江尧提醒道。

"嗯?"叶柔刚刚恍神,没听清他说什么。

江尧缓缓踩了刹车,把车子停在路边,手臂伸过来,替她拉出肩膀上的带子,"咔嗒"一下扣上。

叶柔的鼻尖捕捉到了他袖子上一晃而过的薄荷味,很快就散尽了。她好不容易不喜欢他了,不想再陷到从前的情绪里去。

车子到了市区,灯火亮起来,江尧的车速不慢,街灯如金色的水波往后流淌。

这边路上的酒店比较多,叶柔想,如果今晚实在回不去别墅,就只能先去酒店将就一晚了。

"前面的路上把我放下来就行,我一会儿打车回去。"

江尧看着前面的路,没什么表情地说:"吃过晚饭,我送你回去。"

"我不饿。"叶柔说。

"我又没说你饿,"江尧撇嘴道,"我刚刚帮了你,你不得请我吃顿饭答谢下?"

叶柔觉得他说得有道理,她正好也不想欠他人情,便说:"行,你找地方。"

江尧又问："你想吃什么？"

叶柔说："不是我请你吃饭吗？你干吗问我？"

江尧撇嘴道："什么意思？我一个人吃，你干看着？"

最后，江尧把车子开到了一家淮扬菜馆门口。

服务员递了菜单过来，江尧随手递给叶柔，自己则懒洋洋地靠进身后的椅子里，说："你选吧，我看到字就犯困。"

一顿饭吃得尴尬而沉默。

江尧无论挑起什么话题，叶柔的回答不是"哦"就是"好"，再不就是"呵呵"，无意理睬他的那种情绪非常强烈。

叶柔以前可不是这样的，一起吃饭时，他只要挑起一个话题，她的眼睛就变得亮晶晶的，就像是在灯下的琥珀。

叶柔的胃口很小，吃了几口就停了筷子。

服务员上了最后的玉米排骨盅，她只喝了几口就放下了勺子。

江尧拿下巴指了指她手里的碗，问："不好喝吗？"

"好喝，但是饱了。"

江尧挑眉道："不喝给我。"

叶柔说："这个我喝过。"

江尧正色道："我知道，但总不能浪费。"

他伸手过来要拿时，叶柔拦住了他，说："我可以再喝一点的。"

江尧微不可察地弯了弯唇，她今晚确实吃得太少了。

一碗热汤下肚，叶柔鼻子上出了一层薄薄的汗，脸蛋也变得红扑扑的。

江尧忽然说："叶柔，沈璐这个人，不像你想得那么简单。你去'风暴'不是个好选择，也根本就不可能拿到什么大奖……"

"我也没有想要拿大奖。"

江尧注视着她的眼睛，徐徐开口："叶柔，你是学机械的，就没有梦想吗？"

叶柔避开他的视线，说："没有。"

"那也不想去沙漠里听风声了吗？"江尧问。

叶柔没说话，指尖无意识地抠着一小块桌布。

她想,非常想。

他太了解她了。

江尧见她不说话,继续往下说:"'风暴'缺乏跑沙漠的车手,很久没有拿过大奖了,品牌商赞助不够,资金少,沈璐功利心又强,所有的钱都用来跑山路了,沙漠赛几乎从不参加。"

叶柔看着他,反问道:"所以呢?"

江尧放下筷子,朝她摊开了掌心,做了个"邀请"的手势。

"我会跑沙漠,你跟我。"

女孩的睫毛轻轻颤动着,眼里隐隐有泪花闪动,她思考了许久,才看着他的眼睛平静地说:"江尧,我跟过你的,事实证明,那是个错误的决定。"

江尧把手收回来。半晌,他舔了舔唇说:"叶柔,我跟你说的是比赛,你跟我说的是感情。"

叶柔说:"这两个不能分开谈,你让前女友给你做机械师,难道不怕我把你轮子卸了,不给你装回去吗?"

"听上去你还挺恨我的。"

叶柔低头抿了口水,指尖在杯壁上敲了敲,说:"谈不上恨吧,反正做不了朋友。"

江尧觉得喉咙里有股苦意在翻涌。

时间差不多了,叶柔拿了椅子上的小包,站了起来,示意服务生结账。

江尧在她背过去的一瞬间,开口问:"柔柔,你知道这几年我为什么要一直比赛吗?"

叶柔没有转身看他,语气淡淡的:"抱歉,我不太想知道。"

14

叶朗夫妇一走,苏薇薇立马松开了贺亭川。她挑着眉,笑得像只小狐狸。

"哥哥,我刚刚是演戏的,你不介意吧?"事实上,她刚刚趁机摸了贺亭川的腰线和腹肌。

"不会。"贺亭川淡淡地道。

"走啦。"苏薇薇把手里的小包往肩膀上一扔,踩着高跟鞋往外走,鞋面上的水钻在阴影里闪着光。

贺亭川去开车,苏薇薇在打车,倚在门口的栏杆上补口红。女孩的长裙鼓着风,发丝飞扬。

黑色的宾利在路边停下,车窗落下来,一双漆黑的眼睛似笑非笑地望过来。

"还没走?"

"在打车。"苏薇薇停下手里的动作,看了他一眼。

"好打吗?"

苏薇薇"啪"的一声合上手里的口红,轻轻眨了下眼睫,笑盈盈地说:"哥哥你要是送我的话,车子肯定就难打了呀。"

贺亭川第一次见有人顺杆往上爬,笑了声道:"上来吧。"

车门打开的一瞬间,晚风和着她裙摆上清甜的味道一起漫了进来。车顶灯熄灭,两人的表情都藏在了黑暗中。

"我上次看到你在相亲?"

"嗯。"苏薇薇记得那天。

"成了吗?"他问。

她低低地叹了口气道:"没有,见一面就决定结婚也太难了。"

"薇薇,我们见过不少次了吧,考不考虑和我进行家族联姻?"贺亭川的声音不大,但语气非常诚恳。

苏薇薇惊呆了,她指尖一抖,手里的手机顺着座椅掉了下去。

她轻咳一声,尴尬地弯下腰去捞手机。

贺亭川继续说:"你都见过我姑父了,过两天可以去见我爸妈。我没有什么不良嗜好,身心健康,身材你刚刚也检验过了,至于其他方面……你如果想检验也可以。我在月桂园还有一栋别墅,我今晚住那儿,你想去吗?"

事情忽然往她控制不住的方向发展了……

叶柔刷了一晚上的租房软件,把南城大大小小的房子看了个遍。

十点多的时候,沈璐给她发了条消息,让叶柔明天去办签证。

叶柔没忍住,问:姐,我们会跑达喀尔和环塔吗?

沈璐回得很快:我们是职业车队,更重要的是拿积分,跑达喀尔和环塔费时又费力,那点奖金不够车损的。

江尧说得不错,"风暴"不会参加长距离沙漠赛。

她那么执着于去沙漠,是因为很多年前,在江尧的 MP4 里听过一次大漠的风声……那种刻入骨髓的自由感,听一次就再也忘不掉了。

高三下学期,课业负担比之前更重。

叶柔每天晚上写完作业已经快十二点了,次日凌晨四点,叶朗会让保姆准时来叫她起床练琴。平常她都会照做,但是那天她赖了会儿床,下楼时已经五点了。

叶朗手里拿着根皮带,冷着脸站在桌边等她。

"今天为什么这么晚?"

叶柔从最后一级台阶上下来,说:"爸爸,我想等高考完了再练琴。"

"叶柔,你得知道,有些事不是你想不想做,而是你必须做,你是叶家唯一的继承人。"

"为什么做叶家继承人就一定要练琴?我根本不喜欢大提琴。"叶柔只说了这两句,叶朗手里的皮带就挥了过来。

贺明舒听到动静,慌忙从楼上冲下来,一把抱住了叶朗的手。

"柔柔,快和爸爸说对不起。"

叶柔只要说一句软话,叶朗就会消气,但是她没有,她仰着脸看着叶朗,目不斜视地说:"我没有错。"

叶朗的怒火被彻底点燃了……

那天,叶柔的脖子、后背、手臂、大腿,全部都被抽打出了深深的红痕。

即便是那样,她也一滴眼泪没掉。

早上六点钟,叶柔重新梳过头发,背着书包去了学校。

说来也巧,那天江尧他们班调了课,和叶柔他们班一起上的体育课。

那是 3 月中旬,南城正是春日,太阳烈,气温高。

上课不久,就有大批的学生都把身上的校服外套脱掉了。

自由活动时间,女生们结伴去买水。叶柔是那堆女生里唯一一个还穿着长衣长裤的,也是最漂亮的。

因为漂亮,引起了男生们的围观——

"我们学校的校服丑了巴叽的,但是叶柔穿着倒也还好。"

"废话,校花是随便叫的吗?"

"就是不太好追。"

"不是不好追,谁敢追哪?"

说话的几个男生都在笑,江尧把手里的篮球往地上一砸,"砰"地打断了他们,道:"不是说要打球,到底去不去?"

"当然去!"

走了没几步,江尧发现叶柔走路的姿势有点奇怪,她步子迈得很慢,有种拖着腿的感觉,背也绷得很僵硬。他微蹙了下眉,很快把视线转向了其他地方。

篮球场上的江尧肆意张扬,带球、截球、撞人、投篮,一气呵成。

和叶柔一起买水的女生们,都跑去篮球场那边看球赛去了。

叶柔身上疼,在食堂门口找了个凉快地儿,坐着等下课。

球场那边的喝彩声一阵接着一阵,根本忽视不了,叶柔的目光也情不自禁地落在了江尧身上——

他站在三分线上,手里抱着个篮球,篮筐下面,人群高高低低地站着,全是防守他的。

他穿着一件亮橙色的 T 恤,在人群之中非常好辨认。

T 恤的袖子被他卷到了肩膀,露着修长而结实的手臂,他嘴里嚼着块口香糖,眉梢挑着,眼底尽是恣意的笑。

"这球真想让让你们,我进球都进腻了。"

话狂,语气狂,人更狂。

不可逼视的少年气。

叶柔忽然好奇他这球到底能不能进。

只见他纵身一跃,篮球从他手里飞出去,"砰"地砸过篮板中心,在篮筐上转了两圈,稳稳落进了篮筐里。

太阳耀眼,那一刻,他比太阳更甚。

他是真的玩腻了,走到球场边上,俯身将地上的校服捡起来往肩上一搭,单手插兜往外走。

"尧,不玩了啊?"

"不玩了,没意思。"

江尧一走,看球的女生们也跟着散了。

很快,叶柔发现江尧正在往她这边走,两人隔着一段距离四目相对。叶柔心脏狂跳,耳根发热,根本无法把视线从他脸上移开。

江尧嘴角勾着一丝笑,快步从那台阶下面走了上来。他既不看她,也没有和她说话,就像一阵风路过了她。

叶柔心口忽然涌上来一阵奇怪的酸涩感。

她站起来,掸了掸校裤上的尘土,要走,头顶忽然被人压了个东西,细小的水滴渗了一些到她的头发里,冰冰凉凉的。

叶柔转身,见江尧站在那里笑。

"乖宝宝,我吃人吗?看见我来就走?"

"没有,快下课了。"叶柔喉咙吞咽了下,莫名有些心虚。

江尧低头看了下手表,神情慵懒地说:"还有十分钟,喝瓶可乐。"说完,他把可乐丢进她怀里,敞着腿在那台阶上坐了下来。

叶柔只好重新坐了回去。

江尧喝了半瓶可乐,看旁边的叶柔还没把瓶盖拧开,忽然朝她勾了勾手指。

"给我。"他说。

"什么?"叶柔有些愣怔地看着他。

江尧笑了声道:"瓶子。"

"哦。"叶柔把手里的可乐递给他,问,"你的要不我帮你拿着?"

"用不着。"江尧掌心控制着瓶子,拇指和食指捏住盖沿,灵活地转了转。

"滋滋——"可乐盖子拧开了,细小的气泡迅速沿着瓶身往上跑。

叶柔喝可乐时,校服袖子往下,滑落到了手腕上,手背上的红印露了出来。

江尧皱眉问:"手怎么了?"

叶柔立刻把手背藏到后面,不给他看。

她不给他看,他偏要看。

江尧扯着她的袖子,将她的手拎了出来。这一扯一拽间,叶柔的手臂露了一截出来,上面有几道很深的红印。

她皮肤白,那些红印就显得格外触目惊心。

"谁打你了？"他问。

叶柔垂着脑袋，声音很低："我爸。"

"你不是乖宝宝吗，怎么也会挨打？"

叶柔没说话，眼泪"啪嗒"一下落在了他的手背上——

温热的、潮湿的、柔软的……说不上来那是什么感觉。反正那一瞬间，江尧愣住了。他转身去小卖部买了包纸巾，扯出来一张递给她。

叶柔抿唇道："谢谢。"

江尧终于知道她今天走路为什么怪怪的了，她手臂上的伤应该只是一部分，其他地方还有。

"你爸为什么要打你？"

叶柔声音有点哽咽："因为我没有按时起床，我要凌晨四点起来练琴，但是我偷懒了，而且还顶了嘴。"

江尧从来没有哄过女生，也不知道怎么安慰她。

他爸不管他，他妈也不管，他们如果要打他，估计也跑不过他。

江尧"哗"地抽了口气，莫名心烦。

"你跟他说明天再练，不行吗？"

叶柔胡乱在脸上抹了把，把脸埋到膝盖里去，声音依旧很低："可我明天也不想练，后天也不想练，高考前都不想碰琴。"

这可把江尧彻底难住了。

他思忖半天，拿胳膊搞了搞她，说："哎，你听不听风声？"

叶柔声音瓮瓮的："风声有什么好听的？"

江尧笑着说："我在沙漠里录的，和平常的不一样。"

叶柔抬起湿漉漉的脸看他，江尧从口袋掏出个 MP4，按了几下，随手把耳机塞到了她耳朵里。

那是一段视频——

大漠孤烟，长河落日。

北风卷地，胡风吹雁。

"这是哪里？"她问。

"塔克拉玛干沙漠。"

15

　　叶柔的注意力完完全全被那耳机里的风声吸引住了，她不哭了，但睫毛上还有些潮湿的水汽，被光照得亮晶晶、乌润润的。

　　江尧松了口气。

　　春风舒爽，方向不定，女孩耳边的长发被风卷得乱舞。

　　江尧离得近，叶柔的发梢轻轻扫过他的手背，蹭着皮肤微微发痒，光影在她发丝间流淌，像无数只调皮的萤火虫在他手背上闪烁……

　　他掌心翻过来，正要捉那流动的萤火，叶柔忽然摘掉耳机，胳膊碰了他一下，江尧骤然回神。

　　他收了手，拧开手里的可乐，一口气喝完了，长臂一伸，将空瓶对着几步开外的垃圾桶，瞄准、发射，"砰"的一声，完美投进。

　　叶柔扭头看着他，问："沙漠里也有汽车比赛吗？"

　　江尧身体往后，两只手臂斜斜地撑着身后的台阶，仰头看天上的流云，说："当然有，环塔是全亚洲最有名、参赛人数最多、赛道最长的比赛。"

　　"环塔？"女孩的眼睛干净透亮，充满了好奇。

　　江尧解释道："环塔克拉玛干汽车摩托车越野拉力赛。"

　　叶柔对塔克拉玛干的印象还停留在地理书上——塔克拉玛干是中国最大、世界第二大的流动沙漠，又被称为"死亡之海"。

　　要开车环绕它，简直不敢想象。

　　江尧语气淡淡的："高考后，我要去那里比赛。"

　　叶柔继续问："会不会很难？"

　　"沙山上容易担车，"他怕她不懂，又解释了一句，"就是车子底盘卡在沙山上动不了。"

　　"你喜欢赛车？"

　　"嗯。"

　　"为什么？"叶柔问。

　　"想知道？"江尧侧目，看到了她白皙干净的脖颈，细小的绒毛镀在光里。他别开视线，站了起来，说，"这周六出来玩，我告诉你。"

"啊？"

"'啊'什么？又不影响你学习。"

周六下午四点，江尧倚在学校外面的一棵大树下面等她，少年白衣黑裤，眉眼间写满了不耐烦。

"怎么这么慢，属蜗牛的？"

叶柔有点不好意思地说："我刚补完课，还没来得及回家。"

江尧看了眼她背上蜗牛壳似的包，"啧"了一声。

走了没几步，叶柔肩膀上突然一轻，原本坠在背上的包被人悬空提了起来。

叶柔有些脸红地说："不用帮忙，我能背得动……"

少年的脸上带着笑，喉结晕在西斜的阳光里，声音懒懒的："没说要帮你背，我就试试它有多重。"

"哦……"

江尧"嗤"了一声，笑了。

"整这么大一个包，不知道的人，还以为你要跟我私奔。"

叶柔心尖一颤，没敢接他这句。

某个说要试试书包重量的人，试完却没松手，而是一路替她拎到了车边。

春天的傍晚，风暖花香。少年低着头，"咔嗒"一下拉开副驾驶室的车门，将那书包丢在了座椅上，随口道："坐后面。"

这是一辆老式捷达，颜色陈旧，车子右前门撞瘪了一块，它的主人并不乐意修它，沿着那凹痕的边沿，日积月累地生着一圈暗红的锈。

叶柔稍显局促地坐进去，江尧也跟着挤了进去。

很快，驾驶室里上来一个膀大腰圆的汉子，两三下把车子打响了。

叶柔从内后视镜里偷偷瞄了江尧一眼。

他发现后，很轻地笑了一声，没说话。

叶柔扣好安全带，才后知后觉地问："去哪儿？"

"你现在才问去哪儿，会不会太迟了？我要是想把你卖掉，马上都可以收钱了。"

叶柔耳朵有些热，她也不知道为什么，总觉得江尧不是那种人。

橙色的阳光从车窗照进来，少年清俊的眉眼全部映在光里，他动了动唇,淡淡地说了声:"去烟湖。"

烟湖并不在南城,而在邻市,车子开过去用了整整两个小时。

到那里正好赶上落日。夕阳铺满了整个湖面,微风拂过,一池金波摇曳,偶有漆黑的水鸟掠过水面,一头扎进了黑色的树丛。

天光暗下来,沿湖的灯亮着,空气里弥漫着各种食物的味道。

江尧摔门下去,买了些吃的,顺便往叶柔怀里递了一根长长的管子,里面装着透明的液体。

"这是什么?"叶柔问。

"吹泡泡的。"

叶柔将上面的小黄鸭盖子拧开,手没来得及拿走,就被江尧摁住往下,泡泡棒蘸上了水,又拔上来。他低头靠近,就着她的手长长地吹了口气——

透明的泡泡渐渐膨胀起来,叶柔隔着那层泡泡看到了他的睫毛,一根根柔软而卷翘。

江尧一抬眼皮,漆黑的眼睛看了过来。

那里面的光深邃、顽劣、不可捉摸……像个旋涡,拉着她的心往下陷落。

耳朵再度热起来,叶柔迅速别开脸,把手抽了回来。她动作太快,指尖碰碎了那个来之不易的泡泡。

冰凉的泡泡水飞溅到了江尧手背上,湿漉漉的,他愣了愣,一抬眼便看到女孩泛红的耳尖。

江尧摸了下脖子,把那盖子插到了叶柔手里的管子中拧好,说:"这个得用风吹。"

叶柔想问怎么用风吹,但看了他一眼,又不敢问。

江尧往她手里塞进一个塑料盒,说:"吃过饭教你玩。"

他递给她的是一盒蟹黄汤包,十二个,摆放得整整齐齐。路边摊打包回来的,却出奇地美味。

叶朗带她吃过的那些五星级饭店里的蟹黄汤包,也没有这个好吃。

后来叶柔想,也许是因为那天太饿了,也许就是反抗叶朗的那股劲儿在作祟。反正那天,她把整盒汤包吃完了。

江尧把垃圾丢掉,让朋友将车子开上一旁的环湖高架桥。

前后左右的窗户都开着,风从四面八方吹进来,3月的杨柳风,吹面不寒，带着湖面荡漾过来的水汽。

江尧看了眼后视镜，说："现在把泡泡棒拿出来，伸到窗外去。"

叶柔依言把它伸到了窗外——

晚风灌进她怀里，也灌到了泡泡里……

她怎么也吹不起来的泡泡液忽然变成了硕大的、不规则的泡泡，飞走了。

叶柔想伸头出去看，被江尧叫住了："一会儿再玩，后面有车，危险。"

叶柔点头，"哦"了一声。

江尧示意朋友把车速提上去，耳畔的风声也变得急促起来。他们超了许多车，一辆又一辆，直到把它们全部甩在身后很远的地方。

城市的灯光都变得很淡，夜很静，世界好像只剩这一辆车和他们两个人。

江尧让朋友降了车速，这才语气平淡地说："现在可以安心吹会儿泡泡了。"

叶柔把蘸了水的泡泡棒重新架到窗沿上，晚风很快将泡泡吹了起来，一个之后又是一个。不过是一个简单的玩具，她却体会到一种前所未有的自在与轻松，很轻盈，很舒服。

她忽然知道江尧为什么喜欢赛车了，因为这呼啸在耳畔的风声实在太美好了。

许久，她叹了口气道："真羡慕这风啊，风就没人管，也不用拉大提琴，但我明天还要凌晨四点起床。"

江尧被她的语气逗笑了："听过尼采的一句话吗？"

"什么话？"叶柔问。

"'自从我顶了一回风，我就处处一帆风顺。'我敢打赌，你爸明天肯定不会喊你练琴。"

"你怎么知道？"叶柔扭头对上他漆黑的眼睛。

"我试过。"

叶柔吐了口气道："我爸和别人不一样，他特别凶，所有人都怕他。"

江尧笑着说："但你勇敢地表达了自己的想法，其他人不敢。"

"那倒也是。"

"好了，晚上八点钟了，我们逃跑的公主要回家了。"

16

回程的路上,叶柔忽然想起了她满书包的作业,忙说:"江尧,你能把车顶灯打开吗?"

"做什么?"他问。

"我想写会儿作业。"

"明天再写不行吗?"

"明天我还得练琴。"

他的朋友们会在车上打牌、吹牛,还是第一次有人说要在车上写作业。江尧差点以为自己听错了。

叶柔小声说:"今天不写,明天我写不完。"

江尧抬手,"啪嗒"一下摁了头顶的开关,但是他按是按了,那灯却没有亮,这车太破旧了,灯坏了。

"用手机照着写吧。"

"我没带手机。"

江尧随手把自己的手机掏出来,递给了她,说:"手写大写'J'解锁。"

屏锁解开,叶柔看到了他的手机背景——那是一辆特别漂亮的车,但是这个牌子的车她从来没在路上见过。

叶柔掉转了手机屏幕问:"这是什么车?"

江尧随口道:"蓝旗亚。"

"很少见。"叶柔小声嘟囔。

"嗯,意大利的牌子,在这儿卖不动,人家就不来了。"

"哦。"叶柔没再说话,她点开手电筒,找出来笔写作业。

女孩正在写数学试卷,笔尖在试卷和草稿纸上写写画画,表情专注,光将她的发丝和手指照得很亮。

叶柔在写的这道题很难,她试了几次还是解不出来,漂亮的眉毛蹙成了一团,江尧不免失笑。

"不会写吗?我看看。"

叶柔闻言扭头,问:"你会?"

江尧被这两个字刺激到了:"我当然会,拿来我看看。"

叶柔半信半疑地把试卷和手机一起递给他。

江尧盯着看了一个世纪那么长,发现他也不会。他把试卷重新塞到她怀里,理直气壮道:"这题我星期一再教你。"

"哦。"星期一她的数学老师肯定也会讲。

晚上九点多,车子重新回到南城,江尧去了趟药店,回来后往叶柔手里丢了一个塑料袋。

"这是什么?"叶柔问。

"跌打损伤用的,连涂三天就不痛了。"也是他常用的。

叶柔点头说:"谢谢。"

叶柔掀了车门下去,江尧忽然叫住她:"有喜欢的花吗?"

叶柔说:"有的。玫瑰,带刺的。"

"还挺特别。"江尧在那阴影里笑了笑,说,"这样吧,乖宝宝,明天要是你爸又喊你练琴,我负责赔你一朵玫瑰。"

一朵玫瑰啊。

叶柔想了想,心脏忽然狂跳起来。

回到家,叶朗正在客厅里等她。

她尤其紧张,捏着衣服不敢吱声,父女相对,谁也没说话,客厅里安静得出奇。

叶柔转身往楼上走,叶朗忽然在身后叫住她,说:"从明天开始,练琴时间改为一周两次。"

叶柔转身,难以置信地看向叶朗。

叶朗已经起身出去了。

她忽然想起了江尧说过的那句话,她甚至想立刻打个电话告诉他这个消息,但是她没有他的号码。

叶柔洗完澡出来,贺明舒敲门进来帮她涂药。

叶柔掀开睡衣,乖巧地趴在床上。

小姑娘原本白皙的背上布满了红印,贺明舒没忍住,抹着眼泪说:"下次别和你爸硬碰硬了。"

叶柔很轻地说:"可是妈妈,我想活成我,而不是叶柔。"

贺明舒指尖蘸了药,俯身过来,一点点地帮她涂药。

"说什么傻话,你一直是你啊。"

叶柔吐了口气,没说话。即便是她亲妈,也不能和她感同身受。

后背涂好了,贺明舒要给她涂腿,叶柔从她手里接过药坐起来,说:"妈妈你早点休息吧,剩下的我自己涂就行了。"

贺明舒点头,出去了。

叶柔爬下床,从书包里找到江尧给她的药打开,然后把贺明舒的药拧好放进了抽屉。

江尧下车回家。

小巷里幽黑潮湿,他住的那栋小楼在小巷的最深处。

小楼一共五层,楼道里乌漆墨黑,使劲儿跺过几脚后,老旧的声控灯才"刺啦刺啦"地亮了起来,飞蛾扑进来,在灯泡上撞着,又散开。

不知谁家的自来水管子破了,冰凉的水珠一点点从那上面落下来溅在金属栏杆上,"滴答滴答"地响。

江尧拿着钥匙爬上二楼。

门口的阴影里忽然走出来几个壮汉,大花臂、黑背心。他们掂着手里的铁棍,一脸凶相地围了过来。

江尧顿住了步子,把插在裤兜里的手拿出来。

为首的男人叼着烟,用下巴点了点他,说:"小子,你爸妈人呢?"

"找他们有事?"

"年初的时候,他们找我们借了钱,现在利息涨了,我们来收账。"

"你们找错地方了,他们不在这里。"江尧说。

"去哪儿了?"那人问。

"不知道。"少年的声音没什么情绪,脸上也没有露出丝毫惊慌。

"你是他们的儿子,你不知道他们在哪儿?"

江尧抬起眼皮,挑衅地看了他一眼,说:"你爹不也不知道你天天在哪里混啊。"

"你!"那人骂了一句,手里的铁棍迎面砸过去——

江尧头一偏,铁棍落在老旧的铁门上,传来"砰"的一声巨响。江尧反手截了他手里的铁棍，猛地敲向那人的后背，那人发出一阵惨叫。

他整张脸寒意森森，尤其是那双眼睛，充满挑衅又格外狠戾。饶是一群混社会的，见他这个样子也有点怵，但很快又拎着铁棍朝他砸过来。

少年的声音冷锐而恐怖："你们要是输了，以后别上这里来找江东海和胡燕。"

楼道里很快响起了打斗声、叫骂声、喘息声，还有哀号声。

声控灯还在忽明忽暗地亮着，几个人连滚带爬地下了楼，一路上骂骂咧咧。到了楼下，不知是谁骂了句："这是谁家漏下来的尿？溅我一脸。"

江尧把手里的铁棍"砰"地丢下去，底下立刻没音了。

老旧的灯泡闪了几下，彻底暗了。

楼道里一片死寂，静得吓人。

江尧爬起来，转动了钥匙，开门回家。一股陈旧又冰冷的气息扑面而来。他懒得开灯，摸黑去了浴室，热水器坏掉了，放出来的只有冷水。他胡乱冲了冲，裹着毛巾出来，仰面倒进床里。

半晌，他掏出手机，给一串没有备注的号码发了条信息：**你们最好永远别回来。**

17

隔天大课间，叶柔一直在高三（9）班的队伍里找江尧，但从头望到尾，连江尧的影子都没看见。

大课间结束后，拥挤的女厕所一如既往是女生们的八卦聚集地——

"你们发现没？江尧今天没来上学。"

"我也没看到他。"

"我们班有个同学也住小东门，就在江尧家楼下，说昨天晚上有人上他家闹事，把他给打了。"

"啊？不是吧……"

叶柔的心莫名紧了紧，她想到那个让人心惊肉跳的雪夜。

她难得插进那些陌生女生的对话里，问了一句："他伤得怎么样？"

"这就不知道了。"

另一个女生叹了口气,说:"估计挺严重的,元旦那会儿他也和人打架,鼻青脸肿的不照样来上学嘛!"

"他其实也挺可怜的,他爸妈从来不管他。"

后面的两节课,叶柔心里一直惶惶。她从没有过这种感觉,心脏仿佛被什么东西死死地压住了。

中午放学,她没和苏薇薇一起在食堂吃饭,而是跟着汹涌的人潮去了小东门。

小东门街上尽是出来吃饭的学生,摩肩接踵。

太阳很大,叶柔走得飞快,一刻不停。

她不常来这边,只依稀记得那条小巷的位置。叶柔一路拐进去,到了江尧之前挨打的地方,停了下来。

再往前是挤挤挨挨的楼房,老旧而萧索,她脑子一热跑出来,却根本不知道江尧住在哪一栋、哪一户。

路上有不少走读的学生,叶柔一个也不认识,也根本不知道该去问谁。天太热了,她在那里站了许久,晒得有点发蒙,忽然一道声音在她身后响起:"在这儿看什么呢?"

叶柔扭头,见江尧提着个塑料袋,单手插兜站在那里。少年穿着短袖短裤,脚底踩着一双黄色的大拖鞋,头发稍微有点蓬,似乎是刚起床不久。

叶柔见他身上没有明显的伤,悬着的心总算放下了,她胡乱编了个理由说:"我来这边找我同学,忘记他家住哪儿了。"

她不太会撒谎,眼里的慌张清晰可见。

江尧一眼看穿,却没拆穿,问:"来找哪个同学?报个名字,住这条巷子的我都认识。"

叶柔支支吾吾了半天,最后捏着校服下摆小声道:"其实……我是来看你的。"

"嗯?"江尧有些意外。

"有人说你被人打了。"叶柔低着头说完,两只耳朵全红了。

江尧眼睛里已经有了显而易见的笑意。

"你从哪儿听到的谣言?"

叶柔看着他问："是谣言吗？那你怎么没去上学。"

江尧压住笑，说："他们没和你说我请的是病假吗？"

叶柔这才发现他声音有点哑，脸色白得有些异样，看上去没什么精神，连带着那股跩劲儿都淡了。

"要紧吗？"她问。

"没事，冷气开大了，小感冒。"

叶柔点头："哦。"

南城中学中午休息的时间很短，小巷里先前回去吃饭的学生，都陆陆续续从家里出来往学校走了，外面热闹的小东门街也渐渐安静下来。

"中饭吃了吗？"江尧问。

"还没……"

江尧朝她晃了晃手里的袋子，说："多买了一份酸辣粉，要吃吗？"

"要。"女孩的眼睛亮晶晶的，有些可爱。

江尧看了眼头顶的太阳，道："太热了，上我家吃吧。"

叶柔完全没想到她会以这样的方式去江尧家……老旧的楼房，发黄的墙面，潮湿的空气，拾级而上，一切都和她想象的不太一样。

从前，她觉得江尧是一道强光，不可逼视。此刻，她却觉得他真实了许多。

江尧打开了门，叶柔望进去，他家不大但很空，老式的户型，采光还可以，只是通风不畅，有点闷热，但也没什么奇怪的味道。

"你一个人住这里吗？"叶柔问。

"嗯。"

江尧踩着人字拖径直进去了，叶柔没找到可以换的鞋子，就穿着运动鞋跟了进去，只是关门的时候她有点犹豫。

关上门意味着要和他共处一室……

江尧好似知道她心中所想，扭过头来说："门别关了，开着吧，通会儿风。"

"哦，好。"叶柔放下把手，松了口气。

进门就是餐厅，靠墙放着一张不大的黑色桌子。江尧随手从下面扯出两把椅子，把买来的酸辣粉从塑料袋里拿出来，对叶柔说："坐这边吃吧。"

叶柔坐在靠里面的位子，江尧从柜子里拿了包纸巾丢到桌上，然后敞着腿在她边上坐了下来。

那桌子太小了，江尧又太高大，两人排排坐就有点挤。

叶柔今天穿的裙子不算长，膝盖稍微活动下就碰到了江尧的大腿——粗糙的、滚烫的，好像还有腿毛……

她立刻触电似的把腿收了回去，脸红到快要滴血。

江尧也愣了一下，他看了眼叶柔，小姑娘正把裙子的下摆使劲儿往下拽，刚刚好像碰到了她的膝盖。

叶柔快要窘死了，还好这时江尧掀开了手里塑料盒的盖子。酸辣粉的味道一下溢了出来，让人食指大动。

叶柔也掀开自己那盒的盖子，卷了一筷子粉往嘴里送，只是刚吃第一口，她就被辣椒呛到了。她勉强吞下去，连续打了两个喷嚏，眼睛都红了。

"不能吃辣？"江尧问。

"嗯，可以吃一点点。"但是他买的这个也太辣了。

江尧起身去给她拿了瓶矿泉水。

叶柔吃一小口酸辣粉，再喝一口水。

江尧伸手要来端她的那盒，说："太辣了，别吃了，我煮面给你吃。"

叶柔连忙捂住，说："不行，不能浪费食物。"

矿泉水并不解辣，叶柔吃完一碗粉，舌头冒火，脸颊通红，半天没缓过来，脑子都有点空。

江尧不知道从哪里找了几块巧克力，递给她说："吃点甜的解辣。"

叶柔立马撕开一块丢进了嘴里。甜甜的味道很快霸占了舌尖，嘴里退不下去的热潮终于散了，只是她眼圈还有些红，跟兔子似的。

她吸了吸鼻子问："你干吗要放这么多辣椒？"

江尧说："嘴里没味，就想刺激一下。"

叶柔把桌上的垃圾清理掉，想帮他把桌子也擦了，江尧忽然把她的手腕拎到了桌子外面，说："不用你收拾，丢这儿就行。"

虽然只有短暂的触碰，叶柔还是发现江尧的掌心烫得惊人。

她踮起脚，掌心在他额头贴了贴——

女孩突如其来的动作，让江尧愣住了。他鼻尖无意间嗅到了她手腕上的香味,甜丝丝的,像是百合花又像是别的,很淡的一缕。

叶柔把手收回来,放到了自己额头上,对比后给出了结论:"江尧,你发烧了。"

"嗯。"他知道,昨晚就发烧了。

"你得去休息,多睡觉。"她说。

"好。"江尧笑。

叶柔皱眉道:"那你现在就去,别在这儿站着了。"

江尧忍俊不禁,小姑娘还挺严格。他当真听了她的话,去了房间,刚躺下,就听到外面的门响了一下,她走了。

屋子里又剩他一个人,安静到了极点。身体软绵绵的,头痛且发涨,他试着闭上眼睛,但是没有一点睡意。

约莫过了十分钟,江尧听到外面又响起了一阵开门、关门的声音,紧接着,卧室的门被敲响,叶柔站到了他门口——

女孩去而复返,手里拎着个大袋子,鼻头上全是细小的汗珠,脸蛋红扑扑的,漂亮得发光。

江尧下床走到了门口,叶柔把那个鼓鼓囊囊的袋子塞到了他怀里,嘱咐道:"退烧药、退烧贴、感冒药、维生素、水果还有两份粥,你不能再吃重口味的了,不然好得慢。"

江尧等她说完,才后知后觉地问了句:"你怎么进来的?"

叶柔转身指了指门口的挂钩,说:"借用了你家的钥匙。"

他以为她那么着急走是去学校,谁知道她是去买这些的。

叶柔忽然朝他伸手,说:"手机借我用一下。"

江尧也没问为什么,直接把手机递了过去。

叶柔解了锁,找到通信录把自己的号码输进去,打过一遍后,说:"我今天带手机了,开的振动,你要是下午还没退烧,记得打电话给我。"

"行。"江尧意外地好说话。

叶柔瞥了眼通知栏上的时间,一把将手机塞到了他手里:"十二点五十八分了,我得赶紧走,要迟到了。"

小姑娘来得突然,走得也匆忙,老旧的门"砰"地合上了,一阵风卷了进来,在他小腿上拂过。

江尧敞开袋子看了看,忽地笑了。

这个世界,好像也没那么糟糕。

叶柔不放心,午睡时间过后给他发了条信息:药吃了吗?

几分钟后,叶柔微信收到了一条好友请求,署名"JY"。

叶柔刚点了"通过",江尧就给她发了一堆图片。

分别是她之前说的退烧药、感冒药、维生素,全都打开了。

最后还附了一张他贴退烧贴的自拍照。

那家药店的退烧贴断货了,只有小孩子用的。江尧头上贴着的那个,是美羊羊图案的儿童退烧贴,有点喜感,但不影响他的帅气。

叶柔放大,点了保存键,问:烧退了吗?

江尧回了张温度计的照片。

第二天早上,叶柔来上学时,发现书桌抽屉里被人放了一朵玫瑰——长长的一枝,含苞待放,带着初夏早晨的露水,花梗被人用纸小心翼翼地裹住。

那底下还放着一张小贴纸,上面龙飞凤舞地写着一行字:

花店里的都没刺,这是在教导主任的花圃里剪的花王。

叶柔盯着看了一会儿,她甚至能通过那些字猜测到那人当时的表情,一定是又跩又狂。

大课间之后,江尧被教导主任拎到门口罚站。

罚站结束,他的同桌凑过来,问:"尧,你今天表现挺好的,怎么还被教导主任罚站?"

江尧嚼着口香糖,"啧"了一声,道:"上他的花圃里偷了朵花,被他查监控查到了。"

"你偷他的花干吗呀?"

江尧语调懒懒的:"送人呗。"

"送谁啊?女朋友?"

"要你管。"

18

江尧那朵偷来的玫瑰，俘获了少女时期的叶柔的心。

自那天起，她喜欢上了江尧。那是一种隐秘的、酸涩的、从未有过的情感。

叶柔从回忆里出来，看了眼手边那朵已经枯萎凋零的玫瑰，将它从花瓶里拿出来，放进了垃圾桶。

次日，叶柔忙完了办签证，请假去看房子。

苏薇薇不放心，打了"飞的"过来陪她。

"柔柔，我跟你说，这租房的门道可多了，非常容易被骗，一会儿我给你好好传授传授经验。在那之前，我们先吃顿大餐补补，你最近都瘦了。"

苏薇薇直接把叶柔带到了南城最贵的法式餐厅，哪种菜贵点哪种。

"这家米其林店，去年升的星，主厨不仅做饭好吃，而且长得贼帅，还会唱法语歌，回头介绍给你认识。"

叶柔低头切着盘子里的鹅肝，说："其实，我对恋爱没有什么期待。"

苏薇薇撑着脑袋，笑得一脸甜蜜。

"我最近忽然对爱情充满了期待。"

叶柔抬眼看了一眼自己的闺密，苏薇薇的高领打底衫里，露出几个红艳艳的吻痕。

叶柔指了指自己的脖子，问："谈恋爱了？"

"不是谈恋爱。"苏薇薇立马把衣领往上扯了扯，整张脸全红了。

苏薇薇窘迫着，她在想怎么和叶柔说自己要从她闺密变成她嫂子的事："是家族联姻对象，这是婚前……检查。"

叶柔从小见过的家族联姻，没有二十对也有十对。家族联姻的夫妻，婚后除了逢场作戏，都是各自玩各自的。

"薇薇，你爸那么开明，你干吗不选个自己喜欢的人？"

"也不是不喜欢他啦。"苏薇薇喝了一大口酒，这个人就是她喜欢的那个，但是情况太复杂了，一时半会儿说不清楚。

一顿饭结束，叶柔丢给苏薇薇一顶头盔，骑着车带她去看房。

摩托车的速度一上去,苏薇薇一把抱紧叶柔,嗷嗷叫:"柔柔,你简直要把我帅晕了!"

叶柔扭头道:"那你还和别人结婚?"

苏薇薇贴着叶柔的后背撒娇道:"我就和他结婚,我的灵魂是你的嘛。"

租房平台上放的那些照片,非常经不住考验。那些写着设施齐全的"好房",要么没有热水器,要么没有空调,甚至还有没装修拿别人家的图片硬凑的。稍微好一点的房子,租金都高得离谱。

苏薇薇都看傻了,启唇道:"叶大小姐,你选贵的、好的房子租,钱我替你出。"

叶柔笑着说:"如果那样做,就和靠我爸没有区别了。"

苏薇薇叹了口气道:"行,我先陪你看房,过两天你陪我去看婚纱。"

两人骑着车,跑遍了大半个南城才看中一套房子,装修不错,设施齐全,价格也不高。

房东是个老实人,搓了搓手道:"姑娘,我这房子靠着赛车城,碰到比赛的时候会比较吵。"

"没事。"她和车子打交道惯了,车子根本吵不到她睡觉。

隔天叶柔就带着她的东西搬了过来。

苏薇薇还煞有介事地给她弄了个乔迁大礼包,沙发、桌椅、床全换了新的,连锅碗瓢盆都给她买了。

晚上,苏薇薇和叶柔挤在一张床上睡觉。

"柔柔,告诉你一件事,和我结婚的人是贺亭川。"

叶柔在黑暗里沉默了许久:"你和他告白了?"

"没有,但是我们今天早上领了证。"

叶柔一时不知道该说什么好。

苏薇薇搂住叶柔的脖子,说:"他们总说强扭的瓜不甜,可是是他先扭我的,而且我抗拒不了他,这诱惑太大了。"

隔天傍晚,叶柔下班被苏薇薇拉去试婚纱。

叶柔没看见贺亭川,问:"你怎么不喊我哥一起来看?"

苏薇薇拿着裙子对着镜子比量,脸上尽是甜甜的笑:"他忙嘛,我先试试大小和款式,看看要不要减肥或者做美体,等高定婚纱做出来了再告诉他，给他个惊喜。"

叶柔张了张嘴，想说点什么，却又哽在了喉咙里，像根刺一样扎得难受。

为什么会这样呢？

先喜欢上对方的那个人，为什么总是输家？

苏薇薇试完店里所有的婚纱，出去时天已经黑了。

不知什么时候下了雨，路面早湿透了，各色霓虹灯的灯光洒在路面上，店员送她们出来，一人送了一把伞。

"二位慢走。"

这家高定婚纱店的斜对面是一家典当铺，门头的装饰还是以前的样子。

叶柔记得她还有样重要的东西在这里。去德国上学的几年，她没有来续过当，不知道东西还在不在。

苏薇薇见叶柔往当铺走，连忙跟了上去。

收起雨伞，叶柔去窗口报了典当号。

那经理查询过后说："东西已经被人买走收藏了。"

"请问，我还能找他再买回来吗？"

"抱歉啊，买主的信息我们都是保密处理的，不能告诉您。"

叶柔呆住，长长地吐了口气，她大概猜到了这样的结果。

苏薇薇好奇地问："柔柔你典当了什么啊？"

"玉如意。"

苏薇薇吃惊："是那个镶金玉如意吗？"

"嗯。"

叶柔的那件镶金玉如意，苏薇薇小时候就听父辈说过，它是南江名门叶家老太太的传家宝，曾多次借给南城博物馆做展览。

老太太去世前，把它传给了十四岁的叶柔作为未来的嫁妆。

曾有人开玩笑说，将来谁娶了叶柔就是娶了两个亿。

也是因为这个，苏薇薇从小就对那个叫叶柔的女孩格外好奇。后来上小学，两人一个班，又是同桌，叶柔的性格太好了，她们就成了好朋友。

苏薇薇有点恨铁不成钢地说："叶柔，你疯了吗？那是你的嫁妆，你再缺钱也不能把它给当了吧？"

苏薇薇讲话声音有点大，刚刚那个经理禁不住又多看了叶柔几眼。

叶柔一把抱住她的胳膊道:"出去再说。"

雨还在下,铅灰色的天空死气沉沉的。降了温,湿漉漉的冷,两个姑娘各自举着把伞在雨里走。

苏薇薇叹了口气,问:"柔柔,你到底什么时候把它当掉的?"

叶柔沉默了一会,说:"高三暑假,有一次很缺钱,你当时刚好出国玩去了,我哪里都借不到。"

苏薇薇惊呆了:"你爸知道这事吗?"

叶柔摇头说:"我不结婚的话他就不会知道,嫁妆都是压箱底的,他也不会特意去看。"她把指尖探到伞外,任由冰凉的雨水砸进掌心,很轻地笑了声,"所以,为了保守这个秘密,我这辈子可能都不会结婚。"

雨水不断往伞面上飞,苏薇薇过了好半天才问:"你拿那些钱做了什么啊?"

"买了辆车。"叶柔的表情匿在伞下看不清,声音也散在了蒙蒙的水汽中。

苏薇薇忽然想起朋友们说的传闻,她问:"是给江尧的那辆赛车?"

"嗯。"

苏薇薇气极,立刻嚷道:"本小姐现在就去把他给灭了!"

叶柔笑了笑说:"算了,是我提的分手,这事早过去了。"

苏薇薇舒了一口气,觉得有点难过:"柔柔,你当时怎么就那么喜欢他?"

叶柔没回答这个问题,喜欢只是一部分原因。

苏薇薇拍了拍叶柔的肩膀,说:"谁说你没嫁妆就结不了婚,等你结婚,姐姐我给你买栋楼做嫁妆。你哥的黑卡可在我这里呢,得不到他的心,我就花光他的钱。"

叶柔"扑哧"一声笑了。

"嫂子,我觉得你的想法非常不错,记得多买几栋。"

苏薇薇把自己的伞收了,挤到叶柔的伞下,钩住她的脖子问:"你刚才叫我什么?多叫两声听听,太悦耳了。"

"嫂子,嫂子,嫂子。"叶柔连着叫了好几声。

苏薇薇立刻拿出手机给叶柔发了个红包,并说:"乖,嫂子给你的改口红包。"

入了秋的雨总是淅淅沥沥的,停也停不下来,凉飕飕的。

贺亭川过来一趟把苏薇薇接走了，叶柔的摩托车不能丢在路边，她没跟他们一起走。

回去的路上，叶柔也在想苏薇薇问的那个问题。

当年收到那朵玫瑰之后，她和江尧的联系并没有变得更加密切。

叶柔骨子里并不是个主动的人，她只是偶尔在大课间去寻找那个瘦削的背影，也只是偶尔点开他的朋友圈看看。江尧不知道是懒还是不乐意发，朋友圈最新的动态还是去年发的。

高考临近，整个高三都陷在那种紧张的气氛里，叶柔看书到凌晨一两点都是常有的事。

5月初，高三放了三天假，叶柔发现江尧更新了一条朋友圈，他报名了今年的环塔越野赛。

叶柔给那条朋友圈点了赞，并评论了两个字：羡慕。

过了没一会儿，她的手机收到了条语音消息，是江尧发来的。

正好是早餐时间，叶朗坐在她对面，表情严肃，叶柔没敢点开来听。

叶柔不回，江尧就连续发。

"嗡嗡嗡"的振动声此起彼伏，叶朗皱了下眉。

叶柔心虚，扯谎道："是我们班级群里老师布置作业，要我们确认收到并回复。"

叶朗点头道："吃完赶紧去写作业。"

"嗯。"叶柔回到楼上，锁好了门才敢戴着耳机听那堆语音消息。

少年的声音干净清冽，只是语气跩到没边，他不知道在哪里，依稀可以听到汽车引擎的声音。

"羡慕什么啊？"

"想去环塔？"

"给你看看这个。"

那底下跟着一条视频，是今年环塔的宣传片——

落日熔金，黄沙漫漫，戈壁荒滩，湖泊水泽，无数辆车子翻车、担车，又有无数辆车子飞沙而去，破水而出……

叶柔的心疯狂跳动着，她回了两个字：想去。

江尧消息回得很快,还是语音,裹着风声,带着笑意和狂狷:"那就去,用不着想,二十岁时不敢做的事,到了一百二十岁依旧不敢。"

她觉得江尧的话非常有道理,现在不敢做的事,这辈子也不会再做了。

青春只有一次,这人世,不能白来一趟。

她又回去看了环塔的比赛时间,6月下旬,那时候高考也结束了。

"我要去环塔。"她回了他一条语音。

彼时,江尧在和朋友试车,手机开着蓝牙,小姑娘斩钉截铁的一句话从车载音响里公放了出来。

江尧愣了一瞬,笑了。

"嚯,这小姑娘是谁啊?还挺带劲儿啊。"朋友问。

江尧随口说:"一个乖宝宝。"

"不是吧,乖宝宝还要去环塔啊?"环塔那种比赛,大老爷们儿都吃不消,何况细皮嫩肉的小姑娘。

江尧"嗤"了一声,道:"不能?"

"能啊,"那人笑着问,"你打算选谁做你的领航员?"

江尧转了个弯,面无表情地说:"还没想好。"

"照我说,你一没车队,二没后勤人员,最好带个会修车的一起去,不然跑全程比登天还难。"

江尧食指在方向盘上点了点,说:"到时候再说,记得把钱早点结给我,参加环塔前我还得去买点东西。"

"行,绝对早点结给你。"

江尧低笑道:"行啊,不过你这店的名字可能得改一改,'王强强的4S店'听上去像是卖电动车的,而且还是那种开不到40迈的电动车。"

那人气得眉毛抖了下,说:"我卖宝马和保时捷,你看看方向盘上的车标。"

江尧懒懒地应了声:"哦。"

高三的"五一"假期只有两天,5月3日早上高三师生返校。

放假两天,加倍的只有作业,根本没有时间体会快乐。

早读课快结束的时候,叶柔抱着满怀的英语试卷从三楼下来。路过高三(9)班时,一条长腿忽然从后门伸出来,挡住了她的去路。

叶柔正要绕道走,发现这人是江尧。

他们班正在上语文早读课,黑压压的脑袋全部伏在桌上背书,只有江尧撑着脑袋,在看她。那双漆黑的眼睛里有着细碎的光,勾人而蛊惑。

他薄唇动了动,无声地叫了她一声:"乖宝宝。"

叶柔耳根"腾"地红了起来。

下一秒,一张照片从他语文书里飞了出来。与此同时,教导主任的说话声从长廊那头传了过来。

叶柔弯腰,以迅雷不及掩耳之势将那张照片捡起来,藏到了试卷下面。

教导主任已经到了面前。

叶柔站定,礼貌地喊了声:"老师好。"

"你好。"教导主任温和地同叶柔打完招呼,转眼就看到江尧那条无处安放的长腿,他的眉毛狠狠地跳了几下。

然后,毫不意外地,江尧又被拎到了外面罚站。

叶柔走到转角处停了下来,侧着耳朵静听——

教导主任的声音非常大:"江尧你腿没地方放?"

少年的声音干净好听,语气却有几分无赖:"学校的课桌太矮了,我腿麻。"

"别人怎么不麻,就你麻?"

江尧笑道:"别人肯定不敢说呗。"

"明天写篇检讨给我,我在办公室等你,不然叫你爸来。"

江尧耸了耸肩,说:"老师,我不就偷您一朵玫瑰嘛,您至于记仇到现在吗?"

不提玫瑰还好,一提玫瑰,教导主任更加生气了,声音拔高了好几度:"检讨写好送到广播站,下周一到国旗下读。"

转角处的女孩没藏好,江尧看到了她校服的衣角。他禁不住弯了弯唇,说:"行啊,就当是为了你的玫瑰呗……"

叶柔心脏怦怦直跳。她不敢再听,像兔子一样溜了。

快到办公室门口时,她才把那张藏在试卷下的照片拿出来看——

照片拍的是沙漠的夜晚,满地清辉,月光落在连绵起伏的沙山上,像是铺着一层细雪,天空没有星星,却泛着深紫色的光。

照片的背面还有一行张牙舞爪的钢笔字：

我还缺个领航员，叶柔，你愿意来做我的眼睛吗？

叶柔看过一些 WRC 比赛，深知一场比赛里，领航员到底有多重要，高速行驶下，领航员就是赛车手唯一的依靠，也被大家戏称为车手的眼睛。

做江尧的眼睛吗……

江尧的那张照片给出去以后，一直在等叶柔的消息。但是，他等了整整一天，手机安安静静的，跟断了网似的。

同桌粗略地数了数，江尧今天起码看了两百次手机，看一次就要皱一次眉，这太有意思了。

他禁不住打趣道："尧，你不会是告白完等人家姑娘回复吧？瞅瞅，忐忑不安、心虚紧张、满面愁容……"

江尧踢了他一脚，骂道："滚。"

"告白这种事一定得当面说，你这样干等肯定不行，这事我比你有经验多了。"

江尧把手机丢进抽屉，白了他一眼，说："呵，你能有什么经验？被隔壁班女生'四杀'的经验吗？还确实挺不一般的。"

"尧，你损我……"

晚自习的最后一分钟，江尧把书包和外套往肩膀上一丢，径直上了三楼。

放学铃声一响，女生们立刻骚动起来——

"快看，快看！江尧在我们班门口。"

"哪边哪边？"

"哇，还真是。"

"他来这里做什么？"

"好像是在等人？"

"等谁啊？"

"不知道啊，他好帅啊！"

叶柔闻言，也往外看了过去，那人的确是江尧。长廊里的光不太亮，少年单手插兜，漫不经心地倚在栏杆上，头发被风吹得乱晃，浮光映在他眼里,他神情懒散,透着股跩劲儿。

他也看到了叶柔,隔着玻璃和她对望了一眼,随即他勾了勾唇角,像是在笑。

叶柔心脏漏跳一拍,她不敢看他,低头飞快地将东西收拾完,跟着大部队走了出去。

江尧见她出来,也没着急上前和她打招呼,只是后背离开栏杆站直了。少年眼底懒散的光退去,转为幽深。

叶柔走出去一段,江尧才抬腿跟上。

他们中间始终隔着一堆人,那段距离很微妙,既能保证他跟不丢她,又能保证别人看不出来他到底在等谁。

到了一楼,人群往四面八方散去。叶柔照例往北门走,江尧不紧不慢地跟上去。

夜很静,他边走边晃着手里的一串钥匙,叮当作响,跟它的主人一样嚣张。

之前叶柔不知道江尧等的是谁,现在她已经知道了。

北门门口有个亮着灯卖糖水的小铺子,叶柔走过去要了份赤豆汤圆。江尧也到了那灯光下,和她并肩站着。

他的存在感太强了,根本无法忽视,叶柔往边上移了移,他的肩膀又靠过来一点。

糖水铺的阿姨把最后的赤豆汤圆全部倒进了塑料碗里,抬头问江尧:"小伙子要什么?"

"赤豆汤圆。"他说。

"哎呀,不好意思,赤豆的刚卖完,黑芝麻的还有。"

江尧用下巴点了点她手里的碗,说:"这不是赤豆的吗?我和她一起到的,阿姨,我就爱吃赤豆的,你总不能偏心,至少得一人一半。"

那阿姨看向叶柔,似在征询她的意见。见叶柔点头同意,她重新找了个盒子倒了一半赤豆汤圆进去,再装黑芝麻馅的。

江尧付了钱,状似不经心地问:"照片反面的字看了吗?"

叶柔说:"看了。"

"所以是……不愿意?"江尧微微挑了下眉。

"不是。"她愿意的。

"那是?"江尧侧目看过来,目光里带了几分审视。

叶柔耳朵泛红,没敢看他,只说:"可我压根不会做领航员,也看不懂路书,我怕给你弄砸了。"虽然江尧没有明说,但她能感受到他对环塔的热爱。

江尧没想到是这个原因,禁不住笑了。

"不会就不会呗,谁规定一定要会了?"

叶柔皱眉道:"那不行,我如果答应当你的眼睛,就不能让你在路上成了瞎子。"

江尧眉梢动了动,语气温和,就像在哄人:"那我教你看路书,陪你考赛照,你只需要说你想不想就行。"

叶柔抬头,看向他说:"我想的。"

她想学看路书,想了解赛车,想知道许多和他有关的事。

糖水铺顶上的灯照得女孩的脸白嫩细腻,江尧这才发现,她笑起来的时候,嘴角有两个梨涡,小小的,娇俏甜美,让人禁不住想伸手去碰……

远处的喇叭响了起来,江尧骤然回神,他抬手从老板那里接过自己的那份汤圆,走了。

江尧绕了一大圈路才步行到家,他根本不喜欢吃汤圆,那盒汤圆被他拎回家就丢到桌上,失了宠。

那天晚上,他做了个奇怪而又漫长的梦:他的指尖碰到了叶柔脸上的小梨涡,软软的、甜甜的,还有一股百合花的味道……

从奇怪的梦中醒来,他去客厅倒了杯水。

鬼使神差地,他将那盒已经完全冷掉的汤圆打开,吃了一个。

味道很甜,赤豆和糯米一起腻在舌尖和牙齿上,他却意外地不讨厌。

江尧连续吃了两个,觉得有点不对劲儿,"啪嗒"一下摁亮了餐厅的灯。

他皱着眉,仔细看了看那碗汤圆,是赤豆的问题吗?他怎么觉得心脏跳得太快,跟跑了800米似的,"扑通扑通"地跳,按也按不住。

隔天早上起床,叶柔收到了江尧发来的一条语音消息:"昨晚的赤豆汤圆你吃了没?"

"吃了。"

"有没有哪里难受？"

"没有。"叶柔发完又补充了一句,"你吃了之后不舒服？"

江尧斟酌了下措辞,说:"嗯,我好像对赤豆过敏。"

叶柔本想说你不是爱吃赤豆吗,转念一想,回了句:"过敏就不要吃赤豆了。"

19

6月一到,一眨眼就迎来了高考。

南城最近每天都在下雨,最后一门科目考完出来,雨也奇迹般地停了。

乌云还没有散去,风卷着残云往前滚,不知谁说了句:"今天的天空跟水墨画似的。"众人纷纷抬头说"美"。

叶柔也觉得天空漂亮。

说到底,这还是和心境有关,心里的大石头落了地,觉得自在了。

半小时后,分布在南城各个考场里的学生陆续回到了自己的班级。

高考结束了,教室要清理出来。

平常埋头苦读的同学,这会儿边收东西边聊天——

"我妈说高考以后,再也不管我了,随我去哪儿浪。"

"巧了,同一个世界,同样的老妈。"

"这些试卷、书本,我一样都不想带回去。"

"班长已经去找收废品的人了。"

叶柔也不想把那些书带回去,但是她怕被叶朗骂,只好全部收拾整齐放在书桌上。满满六大包书,堆得跟珠穆朗玛峰似的。

搞完卫生,班主任进来稍微讲了几句就说放学了。

毕业时还要回学校,今天不是真正地散伙,大家互相道别时都比较轻松。

叶柔的东西太多,她不想在人群里挤,等教学楼安静下来,她才拎着大包小包往楼下走。

经过二楼的楼梯间时,她看到高三(9)班门口挤满了人,准确地说是一群女生拥着一个男生,他实在太显眼了。

江尧那样的人会被女生喜欢,她一点也不意外。

可叶柔还是有点难受，心里闷闷的，像是裹着一层水汽。

良好的教养告诉她，这个时候不该偷看，可她还是在那里站了一会儿，因为好奇。

只是那一瞬间，江尧也抬眸看了过来。四目相对，叶柔呼吸一窒，立刻收回视线，转身下楼。

江尧从那堆女生中间出来，一路跑着追上了她，说："带这么多东西回家？"

"嗯。"叶柔神情淡淡的。

江尧伸手过来，说："我帮你拎。"

叶柔避开他的手，拒绝道："不用。"

江尧也不知怎的，忽然把刚刚的事跟她做了解释："我刚才在这儿等你，你一直没下来，那群女生就把我围住了。申明一下，我可不是你想的那种浪子啊。"

叶柔仿佛被看穿了心思，耳根有些发热，小声说："我又没说你是……"

江尧哼了一声，道："可你刚刚有两分钟完全不想理我。"

叶柔辩驳："我没有。"

江尧补充道："你还不肯让我拎包。"

叶柔大窘，立刻转移了话题，问："你等我干吗？"

江尧不知道从哪里拿出了个本子来，压在她头上。

"喏，来给你送路书，我的眼睛小姐。"

叶柔费劲儿地抬了胳膊去够那本子——

江尧顺势把她手里的包接了过去，说："你先看，我一会儿再和你说。"

头顶的乌云还未散尽，太阳忽然从西边冒出了脸，橘粉色的霞光铺了满地，两人并肩走得很慢，影子在地上重合到了一起。

叶柔看了一会儿，问："这些1、2、3、4、5、6是什么意思？"

"表示弯道的急缓程度和入弯挡位，1表示最急，6表示最缓。"

"这个有具体的角度区间吗？"叶柔问。

"没有，车子在路上跑时比较随意，主要看感觉，不像数学题那么死板。"

"哦。"叶柔的眉头微不可察地蹙了蹙，看感觉……听上去就很难。

江尧笑了笑说："回头带你去赛道上跑跑就知道了，环塔官方也会给一本基础的路书，不用像其他比赛那样手写路书。"

叶柔点头说："好。"

快到门口时，江尧忽然停了步子问："你……回了家，还能出得来吗？总感觉你会被你爸关在家里似的。"

"也没有那么夸张，如果有合适的理由，他也允许我出门的。"

江尧点头。

叶柔看到了她家的车，躬身道了谢，把书从江尧手里接了回来。

汽车开走的一瞬间，江尧舔了舔牙尖。奇怪，他刚刚竟然有点舍不得她走……

贺明舒今天下厨，做了满满一桌菜，不一会儿叶朗也回来了。

今天的饭菜很可口，叶柔难得吃了两碗饭，喝了一碗汤。

叶朗问："考得怎么样？"

叶柔放下筷子，擦干净嘴巴，毕恭毕敬地回答他："我觉得不太难，正常发挥。"

叶朗难得笑了下，说："不难就行，明天开始每天练琴两小时。"

叶柔见他心情不错，小心翼翼地问："爸，我想和同学去新疆待十几天，参加比赛。"

"男同学？"

叶柔不敢撒谎，点了点头。

气氛一下降到了冰点，叶朗的脸色有点难看，他瞪了她一眼，问："叶柔，你从小家里是怎么教你的？"

叶柔表情认真地说："我保证只是参加比赛，不会有别的。"

叶朗冷声道："哼，你只能保证你自己，保证不了别人。"

"您要是不放心，可以让保镖和我一起去的。"

"什么比赛？"

"环塔越野拉力赛，非常锻炼个人品质的。"说完，叶柔查询了比赛的相关资料，将手机转过来给他看。

叶朗依旧板着脸，不表明任何态度。

贺明舒见女儿满脸的期待，舍不得看她期望落空，帮着劝了几句："让柔柔去锻炼一下也行，你不是也不想女儿太娇气嘛，实在不行安排两个保镖跟过去。"

叶柔连连点头道:"可以,我完全同意。"

叶朗的表情终于有了一丝松动,他动了动唇道:"去也行,注意好你自己的言行。"

"您真同意?"叶柔高兴得眉飞色舞,但见叶朗盯着自己看,立刻收敛了所有的笑意。

叶朗指尖在桌上敲了敲,面无表情地说:"从现在开始,每天练六个小时的琴。"

"行!"过了一会儿,叶柔又问,"这个比赛还要考赛照,我练完琴,下午可以和同学一起去练车吗?"

叶朗点了点头,道:"五点前要到家。"

第二天,叶柔一大早就起来开始练琴。

下午,江尧来带她去跑路线,叶柔惊讶地发现江尧染了一头夸张的蓝发,并不"杀马特①",还很帅。

江尧也在看她,叶柔穿了一身烟灰色的纱裙,戴着顶浅黄色的渔夫帽,提着裙子从那茂密的香樟树下跑过,腰细肤白,有点像童话书里的公主。

上了车,她兴奋地给江尧背了一遍他昨天给她的路书,江尧不免失笑。

"都记得这么清楚了?"

叶柔扣好安全带,笑盈盈地说:"那当然,勤能补拙。"

江尧转响了车子,开始以现实的路况给她讲解路书里的弯道。不久,他把车子开进了一条正规赛道。车速提上去后,他给她讲那些以数字编号命名的弯道。

叶柔听得认真,还会做笔记。半晌,她问:"你怎么没有讲跳坡和飞坡?"

江尧吐了口气说:"嗯,因为我这车它还不能飞。"

叶柔侧目问:"为什么不能?"

江尧轻笑一声说:"民用车的悬挂系统支撑不了,飞了坡,落地车就废了。"

---

① 杀马特,源于英文单词 smart,意为时尚、聪明的。杀马特起源于 20 世纪 70 年代的朋克 (Punk) 文化,代表的是一种另类甚至是怪诞的青年形象。

"悬挂系统又是什么？"她简直像个好奇宝宝。

本来他教叶柔看路书，用不着讲这些，但是小姑娘的眼神太纯真了，他拒绝不了。江尧思考了一会儿说："简单来说就是一种螺旋弹簧，帮助汽车落地时减震用的。"

叶柔觉得有趣，又问了一堆关于汽车构造的问题。江尧从发动机讲到底盘，再讲到轮胎、空气动力学以及 ABS 防抱死制动系统。

叶柔越听眼睛越亮，渐渐笑了起来，她唇角梨涡浅浅，江尧看得有些呆。

他别过头，轻咳一声，问："你怎么对这些感兴趣？"

叶柔弯唇道："好奇啊！我觉得汽车是有生命的，每一辆车都是一个不同的生命。"

江尧觉得有些奇妙。

十四岁时，他第一次在路边听到赛车的怒吼声时，曾有过类似的感受——赛车是有生命的，会怒吼，会咆哮。

那一刻，他那种吃赤豆过敏的反应又复发了，心脏一下一下跳得难受……

"如果我爸爸同意，我想大学时学这些，"说到这里，女孩的神情忽然黯淡了下去，连带着眼里的光都暗了，"不过，他肯定不会同意的。"

江尧差点伸手去摸她的头顶，还好一阵山风漫进来吹醒了他。他强压下那种奇怪的感觉，说："好多大学都有第二专业，你要是喜欢，到时候再修。"

叶柔撑着脑袋叹了一声道："音乐学院里，肯定没有这样的专业。"她爸小时候想做大提琴家，但是由于某些原因没有实现，他的梦想就压到了她身上。

江尧继续安慰道："你还可以考研或者留学，想学的话……什么时候都不晚。"

叶柔想，她的人生，她自己根本做不了主，但这些话她没法和他说。这些连她的亲生母亲都不能理解，何况是别人。

江尧适时转移了话题："你从哪里知道飞坡的？"

"比赛里看到的啊。"

女孩的眼睛终于重新亮了起来。江尧心里莫名松了口气，说："我在存钱，如果一切顺利，很快就会有一辆自己的赛车了，到时候带你飞坡。"

叶柔也知道赛车不便宜，但她就是觉得江尧可以做到，她语气轻松地说:"等你有了赛车,你可以去蒙特卡洛飞,去伦敦飞,去巴黎飞。"

江尧沉默了许久,道:"嗯。"

傍晚时分,江尧把叶柔送回了家,女孩下车前苦着脸,有点不开心。

江尧笑了声,问:"又怕练琴?"

叶柔拧着眉毛,朝他比了比手势道:"我每天要练六个小时的大提琴,手都麻了。"

女孩这样说话太过可爱,江尧忍着笑说:"那明天我来,给你带朵玫瑰。"

叶柔犹豫了一瞬,说:"算了,我怕教导主任上我家家访。"

江尧低低地笑了声,道:"没事,高考结束他就放假了。还要带刺的吗?"

女孩皱着的眉终于舒展开了。

"对,要带刺的,但你别再剪他的花王。"

"行,收到。"

第二章 ✦

告白

20

南城进入盛夏之后,每天午后必有一场雷阵雨。

今天原本的计划是叶柔读路书,江尧带她试跑一次山路。但怕暴雨影响视线,江尧比平常来得早了些。

到了叶柔家楼下,他给她发了消息,迟迟没收到回复。

他把车子停在路边,见她家的窗户敞着,一阵舒缓的大提琴声从不远处的别墅里倾泻而出。

江尧把车子熄了火,静静地靠在窗沿上听。半响,他勾着唇笑了。

如果只听这欢快的节奏,任何一个路过这里的人,都会觉得拉大提琴的女孩很开心……偏偏他知道,她有多不乐意练琴。

这是江尧第一次听叶柔拉大提琴,他情不自禁陷进了那首曲子的节奏里。

白天别墅区依旧比别处安静,风卷着头顶的香樟叶沙沙作响。他本可以给叶柔打个电话催她下来,但他莫名舍不得打断那穿林而来的悠扬。

许久,赛车场地负责人打电话来。

"江尧,你不是说上午十点过来吗,现在都十一点了,你到底来不来啊?"

"晚点去。"江尧看了眼手表,发现自己竟然在车里待了一个多小时。

别墅里的琴声还没停……

路边有个十一二岁的小朋友在试无人机,江尧摔门下车,走了过去:"小鬼,能借哥哥用一下你的无人机吗?"

江尧一头蓝发,黑背心、铆钉裤,下巴扬着,表情慵懒而痞,从里到外透着股坏劲儿。

那小孩有点怵他,乖乖地把手里的操控器递了过来。

江尧把带来的东西绑上去,指尖灵活地拨动,让那无人机飞到了别墅二楼的窗户边上转起了圈。

无人机转动的扇叶引起了叶柔的注意,她往窗边走了走。

江尧把无人机停在了宽阔的窗沿上。

别墅区的树荫浓密,叶柔只看到了无人机和玫瑰,并没有看到江尧。

无人机捕捉到了女孩白净的脸颊和略带疑惑的眼神。

江尧勾着唇,笑了一瞬,表情有点坏。他指尖找到无人机上的某个按钮,对着话筒说话,语气又懒又贱:"乖宝宝,别看了,把花收一下。"

叶柔吓了一跳,随即反应过来这声音是江尧的。

她走到窗边,将无人机上的花拿了下来。

江尧懒懒地提醒道:"还有东西没拿。"

叶柔这才发现无人机底下还系着一个粉红色的小盒子,那里面放着一块巧克力流心蛋糕。她把那盒子解下来后,黑色的无人机转着圈飞走了。

叶柔趴在窗台上,看那无人机徐徐飞进下面葱绿的树荫里,她踮着脚望了好一会儿,终于在树丛里找到了一抹蓝色。

叶柔收拾好,从楼上下来,正巧撞见江尧在和那个小朋友说话。

"谢啦。"江尧嘴上说着谢谢,脸上那股坏劲儿却丝毫没减。

那小朋友怕他,接过操控器,头也不回地跑了。他跑得太快,迎面和叶柔撞了个满怀。他也不道歉,让开一步,继续跑。

叶柔还没来得及检查那孩子要不要紧,就听见几步之外的江尧在那儿喊:"小鬼,撞到人不道歉?"

那小孩又退回来,朝叶柔弯腰道:"哥哥的女朋友,对不起。"

叶柔耳根泛红,再抬眼,见江尧在那儿笑。斑驳的阳光落在少年漆黑的眼底,张扬又恣意。

"来早了。"他只说了三个字,算是对刚刚幼稚行为的解释。

来早了,无聊,想逗逗她,又懒得解释。大概是这个意思。

叶柔抿了抿唇道:"那你再等一下,我去和我妈说一声,说完马上走。"

"嗯。"江尧的声音淡淡的。

"你吃饭了吗?"叶柔问。

江尧故意逗她:"没吃,上你家吃?"

她倒是想,但是没胆,斟酌几秒后说:"我打包带给你。"

101

江尧眉梢微动，语气淡淡的："行啊，正好没吃早饭。"

叶柔折回去，又出来，手里多了个塑料袋。

江尧接过去看看，菜色很不错，叶柔还在袋子里放了酸奶和一份切好的水果，但是里面只有一双筷子。

"你吃了吗？"江尧问。

"还没……"她刚刚和保姆说是自己要吃，才打包出来这些。

江尧拿了盒酸奶，把那个袋子重新递给叶柔，说："哄你的，我吃过了。"

叶柔将信将疑地问："你吃的什么？"

江尧撇嘴，随口编了句："面。"

叶柔"哦"了一声。

江尧笑着发动了车子，懒洋洋地说："你快吃，细胳膊细腿的，一会儿别饿晕了。"

她特意给他带的饭，分量特别足，她吃三顿都未必能吃得完。

叶柔想了想，问："你要不再吃点？"

江尧"嗤"了一声，道："就一双筷子，你先吃，还是我先吃？"

叶柔发窘。

她真不是故意的，弄得好像是她故意要占他的便宜似的。

江尧还偏偏要逗她，语气里带着戏谑的笑意："我其实也不介意和你用一双筷子，你先吃，一会儿给我。"

叶柔的脸颊刻间红了。

最后就是她没吃，他也没吃。

赛场入口这边刚好在施工，所有的铺面都关着门，那边停了辆卖糖葫芦的流动车，江尧跳下去买了六串，递了三串给叶柔。

但是，山楂这玩意儿开胃，越吃越饿。

叶柔怀里不是有饭吗？干吗受这罪。

他抬了下眼皮看过来，问："那份饭你真不吃？"

叶柔点头。

江尧撇嘴道："不吃给我。"

叶柔乖巧地把餐盒重新递给他，江尧握着筷子夹了块排骨，正要往嘴里送，忽然掉转方向，把筷子递到了叶柔嘴边，说："张嘴。"

叶柔没动,他就那么举着筷子等着,俊眉往上挑,眼睛直直地看着她。

叶柔终于红着脸张嘴,把那块排骨叼走了,她全程小心翼翼,没有让嘴唇碰到筷子。

一块排骨之后,江尧又递来一块平菇……

江尧给她塞了一肚子菜,才低头开始吃饭。他吃饭算不上斯文,叶柔却不敢看他。

江尧吃完饭,随手往她怀里丢了本路书,说:"这边赛道的路书,读几遍,熟悉一下。"

江尧给她的路书是纯手写版的,不是那种打印的。那潇洒的字迹,不难辨认出自谁手。

"这是你写的路书?"

"嗯,默写的。"这条路他走过太多次了,闭着眼睛都能开。

"哦。"

江尧把车开到赛道入口,下车换了场地内的赛车。引擎声一响,叶柔已经意识到了这辆车的不同。

江尧看了她一眼,示意她可以开始报路书了。

叶柔有些紧张,念得字正腔圆跟官方直播似的。江尧试图憋笑,但是没忍住,笑得整个背都在抖……

叶柔觉得羞耻,整张脸全红了。

江尧收敛了笑容,道:"你就当读历史书,不要带感情。"

叶柔又读了一遍。不过,她语速太慢,江尧的车速也放得很慢,基本就比电瓶车快一点。

叶柔皱眉问:"你怎么不开快点?"

江尧懒懒地说:"你现在是我的眼睛,你念得慢,我就得开得慢,我们是一个统一的整体。"

在现实的比赛里,如果车手错过了领航员的指令,有时候需要掉头去重新辨认路标,那会耽误大量的比赛时间。

叶柔把语速提了提,江尧的车速也立刻跟着飙了上去。

山道安静,一时只剩下轰鸣的引擎声。

江尧神情虽然还是有点懒散,但是操作灵活,过弯干净且快,漂移平稳,出弯漂亮。

　　副驾驶位的第一视角和之前在电视里看到的场景完全不一样。那种刺激感,丝毫不亚于坐"死亡飞车"。

　　当叶柔念到"入6长左,飞跳"时,江尧左脚踩油门快速上坡,"嗡嗡嗡"的引擎声响到极致,左脚快速踩刹车,接着油门踩到底,车子腾空飞了出去。

　　刹那间,叶柔捏紧了裙子,她的心脏像是被什么东西点燃了,无数烟火炸裂在心尖上。

　　车子落地许久,叶柔的心脏还在怦怦直跳。

　　江尧偏头,淡笑着问:"怕了?"

　　叶柔吞咽了一下,说:"还好……"

　　江尧降了些车速,语气依旧带着笑意:"我刚刚还怕你会哭。"

　　叶柔扭头看向他的眼睛,反驳道:"我才没你想的那么脆弱。"

　　"嗯,不错,很勇敢,不然怎么能做我的眼睛?"江尧挑挑眉,眉骨上的小痣也跟着上扬起来。

　　"做我的眼睛"这几个字,再度让叶柔的心狂跳起来。

　　"乖宝宝,我们到哪儿了?"江尧忽然问。

　　叶柔来回看路书和路面,她也不知道到哪里了,一旁的江尧再度失笑。

　　"勇敢是勇敢,就是反应有些慢。"

　　叶柔不服气,转过头来说:"刚刚是你故意打扰我的。"

　　江尧弯唇道:"环塔全程有4000多公里,你打算一路上除了报路书什么都不跟我说?是想让我无聊死?"

　　"……不是。"

　　江尧单手控车,神色散漫地道:"翻到第二页,从第三行往下念。"

　　后面的赛道,他们配合得还不错。

　　到了赛道的顶端,江尧从车上下来,拿了两瓶水,丢了一瓶给叶柔。

　　"要带你在山里转一转吗?"江尧问。

　　"好啊。"

　　南城很大,这样的地方叶柔还是第一次来。

　　这里从外面看是荒山,走在路上是赛道,到了山顶才发现"无限风光在险峰"。

江尧往山下走了一段,在一棵大树下坐下来。叶柔也提着裙子过来,席地而坐。

"在这里等一会儿。"江尧说。

"等什么?"叶柔问。

江尧往后,背靠在身后的松树上,声音懒懒地道:"运气好的话,会遇到小松鼠。"

"小松鼠?"叶柔有些惊奇。

"对,就是它们。"

仿佛是因为"小松鼠"几个字,叶柔坐正了,眼睛一动不动地看着前面的土路。

午后两点,山里寂静而炎热。

江尧合着眼睛,补了会儿觉。

叶柔忽然惊呼出声:"江尧!我看到小松鼠了!"

江尧抬了抬眼皮,入眼看到的不是什么小松鼠,而是女孩一段干净白嫩的脖颈。阳光太亮了,那段脖颈也在发着光,像是波光粼粼的水面,又像铺满月光的沙滩。

江尧鬼使神差地伸手,指尖去碰了碰那光……

温热的、柔软的光。

脖子生出触电般的痒意,那电流沿着血管,蔓延到了整个背部。叶柔僵了一瞬,然后扭头看向他——

她乌润润的眼珠,因为紧张和害羞泛起盈盈水泽。江尧心口一紧,立刻把手收了回来。

半晌,他把手握成拳放在唇边,咳了咳:"我就是看看你穿多大码的衣服,我好定赛车服的尺寸。"

叶柔低头问:"我也要穿赛车服吗?"

江尧说:"当然要。"

他眼尖,看到了她裙子后领上的标签,笑着问:"XS?"

叶柔说:"怎么了?"

"你家的饭吃了不长肉吗?长到现在还是最小码。"

21

隔天,江尧领着叶柔去了某个车队,她在那里参加了为期一周的领航员培训。

最后一天培训结束,江尧开车载着她去了一家汽修店。

车子一路开到了正门口才停下。江尧反手解了安全带,要开门。

叶柔忽然小声建议:"江尧,你把车停这里不太好,会影响人家做生意的。"

江尧扬了下眉,重新靠回来,看了她一眼,发动了车子。

"行啊,都听你的,我的眼睛小姐。"他的声音懒懒的,故意拖着尾音,像是不情愿,却又莫名地宠溺。

叶柔心脏猛地漏跳一拍,一句话也不敢说。

他开车稳,倒车也是一把入库。几秒钟后,江尧推开门,跳进午后炽热的骄阳里,那头蓝头发一下晕在了光里。

他腿长,步子也大,几步就到了那店铺的阴影里。

叶柔也赶紧下车,跟了上去。

刚刚在车里,江尧把空调温度调得太低了,下车后扑面而来的热浪有点让人窒息。

江尧进门,冲里面喊了一声。

一旁的卡车底下响起一道低沉的声音:"坐会儿,马上来。"

工具架边上放了几张凳子,一眼看过去都不太干净。

江尧在里面找了张最干净的,用脚尖钩出来,随手扔给叶柔一包纸巾,声音懒懒的,透着些跩劲儿:"擦擦再坐,小心弄脏裙子。"

其实叶柔没那么矫情,不过她也没有拒绝江尧的好意。

天太热了,汽修店是半露天的构造,屋檐下和外面几乎没有什么区别,热浪滚滚。叶柔出了汗,手当成扇子往脸上扇风。

江尧见状进去拎了个电风扇出来,他上下看了一圈,硬是没找到地方接电,禁不住骂道:"王小东,你这破店怎么连个插座都没有,连个电风扇都吹不了。"

"架子上有扇子，自给自足一下。"

"自给你个头！"江尧骂完，旋即转身在后面的架子上找扇子。

架子上确实有把扇子，但是上面压了一大堆乱七八糟的汽车零件，江尧把那堆玩意儿"哗啦"一下掀进边上的铁盒里，满脸嫌弃地摇了两下。

叶柔往里看的时候，正好望见这一幕——

少年单手叉腰站在架子旁扇风，嘴角不耐烦地歪着，轮廓分明，喉结突出，蓝头发被风吹得晃动，一缕搭在眼皮上，格外地狂……

江尧扬了扬眉梢，正好对上她的眼睛，少年眉宇间的不耐烦，瞬间转为一丝痞笑，他眉骨上的痣动了动，用肯定的语气问："你在偷看我？"

叶柔耳根热起来，立刻辩解道："我没看你，我看的是你手里的扇子。"

江尧扬了扬眉毛，意味深长地"哦"了一声，问："你也想要扇子？"

"嗯。"叶柔点头。

他戏谑地笑了声道："就不给你。"

叶柔发窘。

过了一会儿，江尧走过来，神色懒倦地站到了她边上，继续叉着腰扇风。也不知道他是有意还是无意，凉爽的风从他手上吹到了她的脸上，蒸腾的暑气散了大半。

"可能还要再等一会儿，这人说'马上'，多半暂时到不了。"江尧随口道。

"嗯。"她也不急。

过了许久，那叫王小东的人才终于从车肚子底下钻了出来。他三十出头的年纪，圆脸板寸，皮肤黝黑，身材中等，满身的油污。

江尧扯着嘴角道："我还以为要等到半夜。"

王小东倒也不恼，笑了笑。

"哪有那么夸张？"说完，他转脸看到了边上的叶柔，眉梢挑了挑，"哟，尧尧今天带朋友一起来的。"

江尧语气淡淡的："我的领航员。"

王小东愣了愣，他上下打量着叶柔，有点不信。江尧对领航员的要求挺高的，这小姑娘柔柔弱弱的，根本不像个会领航的人。

江尧挡住了他的视线，问："车呢？"

"在里面呢。"说完，王小东领着江尧走到最里面，"刺啦"一声掀开了南边的卷帘门。那里放着一辆黑色的越野车。

江尧把手里的扇子递给叶柔，掀门坐进去。

发动机的声音响了起来，王小东隔着窗户和江尧说话："我这车先借你开越环塔，等你那车回来借我去云雀山跑跑就行。工厂那边给我看过视频，你那车发动机的声音真是美妙，简直是梦中情车……"

叶柔猜想，他说的梦中情车就是前两天江尧说的那辆属于他的赛车。

里面的光线有些暗，叶柔站的地方看不清江尧的表情，但是可以听出他心情非常不错："行啊，回来给你开，不过这车你得帮我运去新疆。"

"行，你出钱，我给你找人弄。"

江尧从那车里跳了出来，一抬眼，见叶柔乖巧地站在几步之外，安安静静得像只小兔子。他走过来，往她怀里丢了个袋子，说："走了，去对面的女装店试试大小。"

叶柔这才发现那袋子里装的是一套女款的赛车服，尺码是 XS。

叶柔穿好了出来，对着镜子照了照。她第一次穿这种紧身款式的衣服，肩窄、背直、腰细，看起来非常飒爽。

那些来店里试衣服的女孩，纷纷围着她问衣服是在哪里买的。

叶柔看了眼江尧，女生们很快又转去问江尧。

他撇了撇嘴，非常敷衍地说了两个字："网上。"

"帅哥，加个微信，发个链接呗？"

江尧冷嗤了一声，笑了一下，语气带了些压迫感："那可不行，我可不乐意和别人穿同款。"

"又不是你穿，有什么关系？"

江尧双手插兜倚在长桌边上，下巴朝叶柔点了点，声音透着点慵懒："但她这件，和我的那件一模一样。"

一模一样？原来是情侣装啊。

女生们走开，江尧忽然走近，和叶柔说："动动手臂，看看勒不勒。"

叶柔试了试，活动自如。

她只是试穿大小，还没来得及整理衣领，长发堆在脖颈里。江尧忽然伸手过来，替她把埋在脖子里的长发拨了出来。

叶柔看向镜子里的少年，他神情散漫，嘴角噙着抹淡笑。

"这衣服多少钱？我转给你。"叶柔说。

江尧和她在镜中对视一眼，然后说："不贵，送你了。"

叶柔愣了一下，然后说："谢谢。"

江尧已经转身出去了。

不知道是不是她的错觉，他刚刚好像有点不高兴。

三天后，叶柔和江尧出发前往乌鲁木齐。

很快，江尧发现，不论他和叶柔去哪儿，后面都有两个人跟着。去机场，那两人和他们坐同一辆大巴；坐飞机，那两人紧随其后。

叶柔只要和他挨得近一点，那两人就会踢他的椅子。

江尧皱眉道："叶柔，有两个人在跟踪我们。"

叶柔只好小声坦白："他们是我爸的人。"

江尧"呵"了一声，问："保镖？"

叶柔点了点头。

江尧笑出了声："真稀奇，我还以为只有电视剧里才有保镖。"

叶柔觉得异常羞耻，整张脸都涨红了。她也不想这样，可不这样的话叶朗根本不同意她跟别人跑去新疆。

"乖宝宝，我看你爸这是怕我把你给卖了啊？"江尧不等她回答，继续说，"不过你爸担心也对，虽然你瘦了点，但长得漂亮，我卖个十万八万还是可以的……"

叶柔扭过头来看他，眼睛里有显而易见的惊恐。

江尧被她的反应逗笑了，伸手在她眉心轻弹了一下，低低地道："骗你的，舍不得卖，把你卖了我不成瞎子了吗？"

叶柔的脸又红了。

过了一会儿，江尧问："你跟我跑这么远的地方来，就没考虑过安全问题？"

叶柔低着头，手指捏着裙子，小声说："你不是那种人。"

"哪种人？"江尧问。

"坏人。你不是坏人。"她说得很笃定，乌润润的眼睛微微发着光。

江尧弯着唇，语气淡淡的："那可不一定，我爸和我妈都说我是坏孩子，老师们也说我坏，还有上次，我和人打架，你也看到了……"

叶柔咬了咬唇瓣，又说了一句："别人说的不算，我觉得你不坏，你很好。"

江尧别过脸去，轻咳一声，没有说话。叶柔没有注意到，某人的耳尖发红，好半天才消下去。

六个小时后，飞机降落在机场，他们打车去营地报到，那两个保镖也跟了过去。

江尧和叶柔去登记信息——

"你们车队一共几个人？"

江尧本来要说两个，但回头看看门口还有两个，于是便说："四个。"

"车手是谁？"那人又问。

"江尧。"

"领航员呢？"

"叶柔。"

江尧索性一口气补充完："车队经理叶柔，技师江尧，法务人员江尧，安全员江尧，对外联络人江尧。"

"物资后勤人员呢？"那人问。

江尧转身，指了指门口的那两个彪形大汉道："就……他们俩。"

那人头也没抬："姓名报一下。"

江尧单手插兜，走到外面，简单地沟通了几句，那两个保镖就进来登记了姓名。

叶柔看得目瞪口呆。

"你们车队有名字吗？"

江尧看了眼叶柔，说："经理，你想个名字。"

叶柔思索一会儿，道："你觉得叫'疾风'怎么样？"

她本来是问问他的意见，江尧已经转身和那负责登记的人说了："我们队叫'疾风'。"

"去对面把报名费交一下，一个车组，包含一名车手、一名领航员、一辆赛车，要交七万元；外加两个后勤人员，一共要交七万六千元。"

叶柔没想到报名费会要这么多钱……

江尧要刷卡时，叶柔伸手拦住了他。

"怎么了？"

叶柔说："我和他们的报名费，我出，不能花你的钱。"

江尧转了转手里的卡，神色淡淡地道："行，你出就你出。"

叶柔去刷卡时，那个工作人员禁不住打趣道："小姑娘，你这么体贴你男朋友啊？还舍不得花他的钱。"

江尧也不解释，懒懒地倚在桌边，似笑非笑地插进来一句："是挺体贴的。"

叶柔赶紧说："我们俩不是男女朋友……"

那人笑着把票据递给她，说："小姑娘还不好意思了。"

江尧恶劣地附和着："嗯，脸皮薄。"

从那扇门里出去，江尧一直在笑。

叶柔看着他的背影，脸红到快要滴血。

22

这届环塔赛程总长4200公里，分为九个赛段，其中1400公里为特殊赛段，包含沙漠、戈壁、湿地、河床和雪原等多种类型。

晚上九点，新疆的天还很亮，组委会召开赛前露天会议，主要讲比赛的规则和注意事项。

所有的车手和领航员都围在硕大的舞台旁边，台上的人讲得口干舌燥，江尧戴着耳机，漫不经心地玩着一款狙击游戏，眼皮都懒得抬一下。

一旁的叶柔则拿着个小本子仔仔细细地记，生怕漏了什么。

江尧一局游戏玩完，转头看了眼边上的叶柔。她手里的本子上写满了密密麻麻的小字，江尧扬了扬眉梢，摁灭手机，抬手把那本子从她手里抽走了。

"写的什么？给我看看呢。"

叶柔要拦已经来不及了，江尧看了一会儿，笑得背都抖了起来。

"笑死我了，你怎么连这个也记？"他挑着眉，欠扁地念她本子上的字，"环塔是亚洲最大的越野拉力赛，它代表着亚洲的……"

叶柔窘得面红耳赤，连忙伸手来抢他手里的本子，江尧长臂一伸，将那本子举过了头顶。

叶柔只好跳起来够——

旁边挤进来一个工作人员，人高马大，也不看路，横冲直撞地往前走。眼见他要撞上叶柔，江尧把手臂收回来，摁住女孩的后腰，往面前一带——

叶柔没注意，就那么栽进了他的怀抱里……

台上的人还在讲，叶柔的耳朵却仿佛失聪了，什么也听不见。不，她也不是完全听不见，她听到了少年铿锵有力的心跳声，"扑通扑通"。

那是春天冰川融雪时，冰块坠入水中时的声音。

她的灵魂淹没在了水里，下坠、沉溺……

"下面是路书部分，也是我们今天会议的重中之重，请所有领航员注意，有些地方要修改……"

江尧笑着提醒："要讲重点了，记一下。"

冰川震动起来，哦，不，震动着的不是冰川，而是少年说话时起伏的胸膛。

叶柔抬头，骤然清醒。

她往后退了一步，迅速撤离了他的怀抱。

夕阳落在女孩柔软的头发上，风中有一种青草和泥土混合的气息。江尧低头看了看自己的手，那种吃赤豆汤圆过敏的反应又来了……

可他根本没吃赤豆。

他忽然意识到那种感觉是什么了。

身旁的女孩已经翻开了路书，她低头、握笔、奋笔疾书。

风很软很轻，吹得他心口甜丝丝的。

江尧有片刻的愣怔。

会议结束时，太阳在地平线上欲坠不坠，橘粉色的霞光铺了满地。人群匆匆散去，江尧握住叶柔的手腕，免得她被人群冲散。

夕阳将少年的影子扯得老长，他生得高，步子也大，叶柔跟在后面，腿迈得飞快。两人走过一段路，江尧放慢了步子，和她并肩走在晚风里，女孩的长裙鼓起又落下，如同一只翩飞的蝶。

江尧的指尖往下，即将要碰到叶柔的手背时，叶家的那两个保镖拥上去，按住了他的肩膀。

他们俩除了要保护叶柔的安全，还不许男生和她有亲密的肢体接触。刚刚江尧抱叶柔的那下，要不是他松得快，两人已经打过去了。

江尧"嗤"了一声，把手收进了口袋，俊脸上重新恢复了玩世不恭的表情。

"两位伯伯，新疆有许多美食，有兴趣一起尝尝吗？"

那两个保镖板着脸，根本不理他。

江尧挑了挑眉，领着叶柔进了一家烤肉店。

两个壮汉也跟进去坐到了他们对面，两双眼睛像监控器一样盯着江尧看。他倒也没什么不自在，转身端了满满一盘肉，坐下。

叶柔看着他修长的指尖捏着那些肉串，一串串地往火上架，偶尔转转竹签。"滋滋滋"的油声冒出来，香气扑面而来。

叶柔看着新奇，也想尝试，眼里放着光。

江尧笑了声问："你想弄？"

叶柔点头说："好像挺简单的，我想试试。"

江尧倒也不打击她的自信心，他烤的那些肉正好都熟了，他三五下收拾干净了炉子，冲她扬了扬下巴，说："你烤吧。"

叶柔拿了几串羊肉，学着他的样子往火上放。

叶柔愿意干活，江尧倒是乐得自在，他闲闲地靠回椅子上，指尖有一下没一下地敲着那金属托盘，偶尔抬一下眼皮，也不教她。

叶柔放的地方不对，底下的炭火太大，等她转几圈，明火直接燎了上来，她赶紧把那些烤串提起来，砸灭了火。

某人看热闹不嫌事大地点评道："啧，焦了。"

"没事，焦了也可以吃。"说完，叶柔拿过一串烤焦的羊肉，吹了吹正要吃，被对面的江尧伸手截走了。他的指尖短暂地在她手背上掠过一瞬，麻麻的痒。

叶柔的脸颊顿时热起来。

"给我尝尝你烤的。"他说。

叶柔舔了舔干燥的唇说："还是你烤吧。"

江尧的表情依旧懒懒的，细长的眼里有一丝似有若无的笑意，声音低低的，带着些许哑意："嗯。"

后面就变成了他烤、她吃，对面的两个保镖看。

叶柔从包里翻出来路书，边吃边看。她看得认真，吃东西却并不怎么用心，只是偶尔蘸一蘸手边的调料。

江尧伸手过去把她的调料碟拿走，换了碟醋给她。叶柔没发现，继续蘸，吃了一口，皱了眉。

江尧往她手里递了杯水，顺手拿走了她手里的路书，道："认真吃饭。"

叶柔急忙伸手来够他手里的路书。

"你让我再看看，路况复杂，我怕给你领错路。"

"明天是排位赛，我们用不着拿第一。"

排位赛主要用来决定第一赛段的发车顺序，只要没有因迟到被罚时，并不会影响后面的总成绩。

环塔是开放赛道，第一个发车没有车辙可寻，需要自己找路，也不是什么好事。

叶柔皱眉道："那也得认真点对待。"

江尧递了块羊排给她，嘴角勾着抹痞痞的笑："行啊，都听你的，一起做乖宝宝。"

次日一早，江尧和叶柔从营地出发，准时到了赛道的起点。

参赛的车辆在路上排起了长龙，江尧从后座上拿了顶头盔丢给叶柔。

她接过去扣在头上，捏着绳子扣了半天，没弄上去。江尧把车子挂了空挡，扭过头来说："靠近点，我帮你。"

叶柔依言侧过身来，江尧解掉安全带，倾身靠过去。

他低头看那塑料搭扣，叶柔却在悄悄看他。江尧的睫毛很长，眉骨上的那粒小痣是暗红色的。

搭扣穿好了，江尧托着她的下巴往上抬了抬，帮她调节松紧，指尖无意间碰到了她的皮肤，女孩的脸霎时间红透了。

恍惚间江尧觉得自己看到了3月里盛放的海棠花，他的喉结在光里滚动着，心脏莫名发烫……

这时，后面的车子忽然按响了喇叭。

江尧回神，松开她，系好安全带，重新挂了挡往前开。

排位赛的赛程只有14公里，车子进了赛道，叶柔就开始专注地给他报路书。

沙砾路面相对平坦,几个急弯过后,遇到了一条半干的小河。

路书上,这里只有一个感叹号,现实中却有好几辆车在这里抛了锚,甚至还有翻车的。

叶柔没有用路书里的死板话术,而是扭头对他说:"注意安全。"

江尧神情跩跩的,压着眼中的笑意,道:"Command received. My captain.(遵命。我的队长。)"

车子往下进入河谷,叶柔的心跟着提了起来——

江尧并没有降低车速,而是把油门踩到底。

"哗啦"一声巨响,车子涉水而去,飞溅起大片白色的水花。

霎时间,水珠、泥点密密麻麻地飞落在前面的风挡玻璃上,"啪嗒啪嗒",如同雨打斑竹,清脆悦耳。

叶柔被震撼了,她吞咽了一下,心脏怦怦直跳。

江尧适时提醒道:"柔柔,路书。"

叶柔立刻回神,对照路线。

上坡后是一段开阔的路面。

叶柔眼睛亮得如星,她的心从来没有跳得那么快过。

她说:"前方,油门'焊死'。"

"Follow your wishes, my princess.(如你所愿,我的公主。)"

发动机提速到极致,速度盘的指针转到了底,叶柔觉得自己浑身的血液都被点燃。车子高速通过路面,绝尘而去,无数沙土、碎石砸到车门上,飞迸出去。

引擎声在荒原里响了很久。

末日电影里的特效也不过如此……

排位赛结束,江尧把车子重新开回营地,叶柔去看了本赛段的时长,江尧排在第四名。

也就是说,明天的比赛他们是第四个出发。

组委会的负责人非常欣赏江尧,感叹道:"小伙子,真不错,排在你前面的三个人可都是职业车手。"

"职业车手有什么区别?"叶柔好奇地问。

那人笑着说:"有专业赛车、经验丰富的领航员,再加上顶尖的维修技术团队、后勤团队。环塔虽然每年都办,但最后捧杯的都是职业车手。"

另一个人也笑着插进话来:"对,强强联手才能赢,普通人在这里的目标基本就是跑完全程。"

叶柔被他们那种傲慢的语气刺激到了,她努了努嘴说:"凡事总会有例外。"

"小姑娘第一次来吧?今天只是试试水,还不是艰苦的时候,明天跑完130公里、后天跑完280公里,你就知道环塔不是那么简单了,环塔是长距离马拉松。"那人继续说,"知道这里的赛道叫什么吗?叫'地狱'。"

叶柔还想说什么,江尧伸手在她头顶按了一下,神色淡淡地说:"走了。"

从那间办公室里出去,江尧一直没有说话,仿佛真的对胜利没有欲望。

叶柔追上他的脚步,说:"江尧,我觉得你可以赢!"

他顿了步子,笑了。

"叶柔,你学过地理的,我国最北边的漠城到最南边有多远?"

叶柔记得,直线距离大约是5500公里。

环塔跑一圈,4200公里,比赛的艰苦程度可见一斑。

而且环塔赛道不是高速公路,而是戈壁、沙漠与沙山。

叶柔握了握拳头说:"我还是觉得你可以赢。"

江尧上下打量着眼前的女孩——她赛车服还没脱,身姿挺拔,眼睛亮亮的,像是簇着碎星,唇角的梨涡甜到腻人……

"你为什么这么相信我?"

"直觉。"叶柔说。

江尧愣了片刻,说:"走,去听今天的赛员会。"

叶柔跟上去问:"你不想赢吗?"

江尧低笑着说:"想啊。"

23

第二个比赛日,跑130公里的碎石戈壁路,专业赛车和普通车的差距就凸显出来了。

专业赛车在这种路面速度依然可以达到180km/h,普通车开到100km/h

已经和坐船差不多了。

江尧的车速没有昨天那么快,不久,他们就被专业赛车超了车。

前车高速通过时,卷起了巨大的白"雾",碎石和沙砾像暴雨一样飞溅在前风挡玻璃上,"噼里啪啦"一顿响,叶柔脸颊被那风沙刮得生疼。

有近两分钟时间,她的视野里几乎看不到任何东西。

这是很恐怖的!

你根本不知道前面的路况是怎么样的,它可能有石块,可能是急弯,可能是干河,甚至可能有故障车辆。

翻车、碰撞……一切事故都是可能发生的。

许久,浓"雾"消散,入眼是荒凉的大戈壁,偶尔可以看到远处的牧民。稍微好一点的路段,江尧就会全速行驶。

不久,又一辆赛车轰鸣着超过了他们,这次,他们没有像刚刚那样幸运,他们碰上了一个急弯——

尽管江尧及时刹车制动,车子还是冲出赛道撞上了沿途的铁丝网。

叶柔和江尧一起跳下车,费了很大的力气才把车子从铁丝网里推出来。右后视镜撞掉了,汽车右后门剐掉了一大块漆。

江尧简单检查了汽车的发动机和底盘后总结道:"没多大问题。"

叶柔说:"那我们继续走吧。"

江尧斜倚在车上。他的俊脸笼罩在越野车的阴影里,长腿则晒在阳光里,神情有点慵懒。

"再等一会儿。"他说。

叶柔有点不理解。

江尧吐了口气,稍做解释:"等专业赛车跑干净了,我们再走。"

刚刚的情况,他不想再发生一次。他们没有专业的维修团队,车子不能在第一赛段就坏掉。

想赢,以后多的是机会。

而且,叶柔在他车上,他不想拿她来冒险。

这一带尽是荒原,一棵树都没有,一堵墙也没有,除了眼前的这辆车,再也找不到遮阳的地方。

江尧朝叶柔招招手,示意她站到阴影里来。

天太热了，赛车服太厚，江尧将衣服拉链拉开了一段。

叶柔看到了他清晰的锁骨。江尧的皮肤冷白，左边的锁骨上也有一粒暗红的小痣，和他眉骨上的那粒遥相呼应，莫名的性感。

叶柔摘掉头盔，不敢再看他。

刚刚卷起的尘土弄得叶柔脸上有些脏。

江尧转身去车里拿了包纸巾，拧开一瓶矿泉水倒上去，然后挤掉水，抬手过来替她擦脸。

叶柔有些慌，下意识地要避开，却被他摁住了肩膀，固定在了车门上。

"别动，帮你擦擦。"

"……"叶柔当真不动了。

江尧比她高了一大截，给她擦脸时，他弯着腰，两人靠得很近。

叶柔闻到了他身上淡淡的气味，是她并不讨厌的味道。

叶柔愣神间，冰凉的纸巾擦过她的额头、眼皮、鼻梁、脸颊还有嘴唇。

女孩没有化妆，她的嘴唇是那种最健康的淡粉色，就像某种没熟透的草莓。江尧的视线在她唇瓣上停了一瞬，又移开，和她望着虚空的视线对上。

四目相对，只剩戈壁上荒凉干燥的风在中间穿过。

世界无限安静。

车子过了一辆又一辆。

每过一辆车，车上的人都会停下来询问他们是否需要帮助。

江尧摆摆手。

叶柔脸颊上的水已经被蒸干了，心脏怦怦跳个不停，耳根像是被人丢在炭火里烤过一般滚烫……

江尧轻咳一声道："走吧。"

车子重新上路，叶柔报路书，江尧开车，中间一句多余的话都没有。

他们通过了所有的打卡地，重新返回塔城营地。

排名靠前的车手正在接受记者采访，江尧看都没看，直接避开了。

他们因为撞网又休息，排名已经落到了一百多名。

赛员会结束，叶柔怕江尧不高兴，抱着头盔，追上去安慰他："今天是车子限制了你发挥，你开得很好，不要灰心，明天我们再赢回来。"

她说话的样子真诚又可爱，头发在阳光下毛茸茸的。

江尧没忍住，伸手想揉揉她的脑袋——

只是手刚碰上去，叶家那两个保镖就凶神恶煞地走了过来。

江尧把手插进赛车服口袋，说："二位伯伯，叶柔说她想吃西瓜、哈密瓜还有葡萄，你们搞后勤的，能买点回来吗？"

那两个保镖商量了一会儿，留下来一个人，另一个出去买水果。

江尧又朝留下的那个保镖看了一眼，说："伯伯，你能给刚刚离开的那个伯伯打个电话吗？我们还需要水、黄瓜、薯片、瓜子和自嗨锅。"

那保镖像木头一样站在那里，根本不想理江尧。

叶柔忽然开口说："伯伯，他刚刚说的这些我都想吃。"

那人只好回头去打电话。

"明天要跑 280 公里，多准备点食物放车上。"江尧这句算是对前面行为的解释。

280 公里，正常走高速也要开将近三个小时，崎岖不平的赛道更不用说了。

见交代得差不多了，他朝叶柔摆了摆手说："早点睡觉。"

"好。"叶柔说完却没有走。

江尧伸手，揉了揉她的脑袋，低笑道："晚安，乖宝宝。"

这次没有任何人阻拦他。

晚上叶柔躺在帐篷里，满脑子想的都是今天在戈壁上听到的风声。

戈壁荒凉，野风萧索。

奇怪的是，她既不觉得荒凉，也不觉得萧索。

可能是因为他在，那些不可接受的枯败，就全都让她觉得还好。

叶柔一夜无梦，醒来时各个车队都在忙着收拾东西。

大本营就要迁走了，江尧他们没有多少东西，就是几顶帐篷，卷一卷丢车上，直接开车走。

今天的赛段相比昨天更加荒凉，是沙漠和戈壁的衔接性地段，一望无际。

路上可以见到的植被越来越少，再也看不到牧民了，基本可以算得上是无人区了。抛锚、翻车的车子越来越多，江尧能帮的都会下去帮一把。

没来这里之前，叶柔以为环塔就是个冷冰冰的比赛，真正深入了解后,才发现环塔处处充满了人情味。

他们的车在开出去100多公里后,也出现了小问题,汽车的左前轮爆了。

后备厢里有现成的轮胎,江尧下去拿东西把车顶了起来,叶柔帮忙扶着,他利落地把胎装进去并固定。

车子重新跑在路上,叶柔全神贯注,丝毫不敢松懈,他们通过了全部的打卡点,并在规定的时间到达赛段终点。

这段路实在太长、太累、太难熬了。回程的路上,叶柔靠在椅子上,眼皮上下打架。

江尧启唇道:"明天没有比赛,困就睡会儿。"

"嗯。"叶柔摘掉头盔,脑袋靠在椅子上睡着了。

到了目的地,江尧停了车,叶柔也醒了。

他下车,绕到另外一侧将她背了出来。

叶柔又羞又窘,她想下来,江尧却不让,掌心托着她的腿往背上抬了抬,道:"不累吗?"

叶柔放弃抵抗,趴在他脖子上,声音低低的:"累,但还好。"

因为他背了她,她就忽然觉得还好。

江尧说:"今天不住帐篷,找个地方好好休息,洗洗澡。"

叶柔也很想洗澡,来环塔的几天真的过得很糙。

那些装备精良的车队都是开了房车来的,营地虽然有淋浴房,但水是冷的,新疆这边晚上温度低,洗冷水澡需要很大的勇气。

"去哪里住?"叶柔问。

"前面有宾馆。"

叶柔听到"宾馆"两个字,明显僵住了。

江尧笑得发颤:"你想太多了,一人一间,我还怕你占我便宜呢!"

叶柔又羞又窘,连忙说:"我没有……"

天已经黑了,晚风有些冷,叶柔悄悄把脸颊贴到了他的后背上。然后,她就听到了他的心跳声和呼吸声,一下一下,极有节奏,又格外让人心安。

"你去看今天的排名了吗?"叶柔在他背上问。

江尧语气很淡:"没有,赢不了。"

"哦。"叶柔心里莫名有些失落,不是为了她自己,而是为了江尧。

为他少年壮志未酬而闷,为他珠玉蒙尘无人怜而忧……

江尧走了几步,忽然停了脚步。

"叶柔。"他喊她。

"嗯?"她在他背上低低地应了一声。

"今天的月亮笑了。"他说。

叶柔抬头,果然看到一弯细细的月牙挂在墨蓝色的夜空,就像一张微笑的嘴巴。

"月亮笑了,你也笑一个。"少年的声音低沉好听,带了几分诱哄。

叶柔说:"可是没什么好笑的事呀。"

"不一定要有好笑的事,嘴角往上,挤出一个笑。"

她当真照着他说的,挤了个笑出来。

江尧低低地笑了声:"后天开始要跑真正的沙漠了,去年我在沙山止步,今年我想和你一起跑完全程。"

少年的声音不大,但每个字都落在了她的心上。

叶柔眼窝莫名一热。

"嗯,一定会的。"她说。

24

难得的休赛日,各个车队都在休整。

这是维修工们最忙碌的一天,想要继续去沙漠里比赛,赛车必须保持最好的状态。

叶柔起床下楼时,远远看到了江尧。

少年嚣张的蓝头发压在涂鸦的印花鸭舌帽里,耳骨上的耳钉在阳光下闪着光。

他蹲在那里换轮胎,身上的黑色无袖衫被风卷着贴到身上,露出清晰流畅的背部线条,长臂露在外面,胳膊上的肌肉随着他拧螺丝的动作膨胀又放松。

走近了，才看到他脸上的表情透着些不耐烦，整个人看上去又帅又坏。

"早。"叶柔打了声招呼。

江尧扭过头来看她一眼，问："起了？"

"嗯。"

"等一下，我拧紧螺丝。"说话间，江尧把那金属扳手套上去，站起来，用脚踩住，往下拧。四个轮胎，全部来过这么一轮后，他摘掉手上的手套，随手掀起T恤下摆擦了擦脸上的汗。

叶柔清楚地看到了一截紧实而流畅的腰线，耳根瞬间红了。

江尧转身把扳手丢进工具箱，冲她说："走吧，先吃早饭，一会儿带你去魔鬼城转转。"

叶柔好奇地重复了一遍："魔鬼城？"

"听过？"江尧笑。

"嗯。"准确来说是在书里看过，风蚀性雅丹地貌。

早饭就在门口的小店里吃的，江尧出去了一趟，回来递给叶柔一个塑料袋，里面放着遮阳伞和防晒衣。

叶柔看了他一眼，问："你刚刚是特意去买这些的？"

江尧摸了下鼻尖，语气贱得没边："嗯，怕你一会儿晒得哭鼻子。"

叶柔小声嘟囔："我才不哭呢。"

江尧闻言，笑了一声。

叶柔家两个保镖也找了过来。

"走吧，去魔鬼城。"说完，他往前走了几步，仿佛想到什么，对那两个保镖说，"伯伯，你们俩开车吧。"

然后，江尧和叶柔两人就坐到了宽敞的后排。

"有人做司机就是好啊！"江尧靠在座椅里，一会儿拆包瓜子，一会儿又撕包薯片，故意把声音弄得很大。

一副"我干不掉你们，但一定要气死你们"的坏样。

叶柔觉得他这个样子有点好笑，弯唇笑了。

江尧看到她那浅浅的梨涡，眉心一跳，凑近了，小声问她："在笑什么？"

叶柔脑子一热，说："你这个样子还挺可爱的。"

说完她就后悔了。

江尧把手里的薯片和瓜子"哗啦哗啦"全收了，伸手过来捏住了她后脖颈上的一块皮肉，皱眉道："再说一遍，谁可爱？"

叶柔僵在那里不敢动，他使坏，食指和拇指配合着慢慢地捻……

麻和痒顿时沿着那块皮肉侵蚀了整个背部，脊柱上升腾起一把火，简直快要把她烧干了。

"江尧，你能不能松手……"她低低地说了这么一句，带着祈求与羞耻。

太乖了。

太软了。

也……太可爱了。

江尧的心被什么东西狠狠戳中了，他猛地把手收回来，靠回椅子上。

叶柔感觉自己掉进了被12级飓风卷过的海面，摇晃、眩晕，久久无法平复。

在魔鬼城玩了一个多小时，叶柔和江尧各怀心思，没说一句话。认真听导游解说的只有那两个保镖。

江尧觉得叶柔像是生气了。他简单反思了下，觉得自己之前的举止太轻浮了。观光车开到最后一个景点，江尧忽然把手臂伸到了她面前，说："喏。"

叶柔看着他，有点蒙。

"你不是生气嘛，让你掐回来，别气了。"江尧轻咳一声，表情有些不自然。

叶柔没动。

江尧捉了她的手放到手臂上，说："给你使劲儿掐，随便掐。"

他俩这样，那两个保镖又像监视器一样看了过来。叶柔在他手臂上飞快地掐了一下，触电似的把手拿走了。

江尧盯着她掐过的地方看了半天，挑着眉笑了，一点也不疼，他怀疑自己刚刚是不是被蚂蚁咬了。

女孩已经跳下了车，步子迈得飞快，一双小腿白而直。

江尧跟上去，问："现在解气了吗？"

叶柔说："我没生气。"

江尧把手插在短裤口袋，笑了笑道："没生气的话，去那边拍张照片。"

叶柔本以为是她一个人拍，谁知道江尧把手机递给了一个保镖，说："伯伯，帮我们拍张合影，谢谢。"

无尽的野风吹过来，他们并肩站在风中。

少年难得站得笔直，眉眼间的不正经淡了许多。女孩的眼睛看着镜头，眉眼含笑，梨涡浅浅，裙摆被风卷着，扫到了少年的腿上，他们背后是寸草不生的荒凉土地。

忽然吹起一阵风，有沙子落到了叶柔眼睛里，她低头揉了揉。

江尧问："怎么了？"

"有沙子飞到眼睛里了。"叶柔说。

"哪只？我帮你吹吹。"

叶柔还没说话，江尧已经垂眸靠了过来，指尖灵活地掀开了她的眼皮……

少年英俊的脸庞在视野里无限放大，接着温热的气息吹到了眼睛里，叶柔避无可避，只能仰着脸任由他弄。

导游拿着喇叭在那里喊："大家注意，沙暴要来了，今天的观光结束，请立刻返回车上。"

叶柔一动，江尧的唇瓣不偏不倚地撞在了她的眼皮上。

眼皮对热源的感知尤其明显。

他的唇是灼热的、滚烫的，就像是烙在了上面。

风沙漫卷，人群骚动起来。叶柔来不及反应，江尧已经一把牵过她的手腕，飞跑着上了车。

沙暴来得很急，大家都在掸身上的沙土。叶柔侧目，偷偷看了眼江尧，他脸上的神色很坦然。刚刚那个短暂又意外的吻，他似乎没有发现。

叶柔有点高兴，又有点失落。高兴的是避免了尴尬，失落的是他竟然没发现那是一个吻。

沙暴持续了近一个小时，他们待在景区的售票厅里，透过厚实的玻璃往外看。

黄沙漫天，遮云蔽日。

风声呜咽似鬼哀鸣，阴森恐怖。

这就是魔鬼城名字的由来。

叶柔有点害怕。

江尧忽然往她手里递了一支雪糕，淡笑道："这票买得值了，六十一块钱听见了'鬼'叫。"

叶柔的恐惧顷刻间散尽了。

是啊，多值啊，六十一块钱就在魔鬼城里听见了'魔鬼'的怒吼，不是谁都有这样的运气的。

沙暴卷了两个多小时才终于停了下来。

次日一早，叶柔和江尧从营地出发前往第三赛段的起点——沙漠。

叶柔终于见识到真正的沙漠了，无边无际的沙漠，真正的荒凉之地，寸草不生的死亡之海。

昨天的狂风停止后，天空露出了本来的颜色，干净、透亮，蓝得纯粹。

太阳很烈，有风，但是风也是热的、干的。沙漠和天空在很远的地方相交，叶柔从没见过这么清晰的天际线。

车子开进沙漠，就像一片树叶飘进了大海。

这是完全开放的赛道，他们要在这沙海里行驶整整400公里。

400公里，全程高速行驶要走近五个小时。他们没有导航、没有卫星定位仪，唯一有的就是叶柔手里的那本路书。

这还不是最大的困难，最大的困难是高温。

沙子比热容小，地表温度达到了60摄氏度，赛车的构造特殊，车内都是没有空调的。车子才走了二十分钟，叶柔头发和后背已经都被汗水浸湿了。

她学江尧把衣领解开一点敞着，但还是热。汗水滴落下来，很快又被干燥的风蒸干了。

沙漠里没有厕所，叶柔只敢喝少量的水，保证自己不渴。

还好，他们的车没有排在最前面出发，江尧沿着车辙往前开，一路还算顺利。

路过第一座沙山时，几十辆车停在了那里。

"他们这是担车了？"叶柔问。

江尧表情淡淡的："嗯，去年我也在沙山上担了车。"

叶柔闻言，莫名紧张起来，但她还是努力安慰道："这次你肯定不会担车。"

江尧笑了一声道:"嗯,今年有你。现在要看看你是不是我的幸运女神了……"

叶柔不知道该怎么接这句话。

江尧脚下平稳操作,车子沿着山坡徐徐往上爬升。车速不快,车轮和沙子摩擦的声音沙沙作响,清晰入耳。

沙子撞上车门,往很远的地方飞溅出去。

发动机的声音嗡嗡作响,叶柔在心里默念着:"通过、通过、通过……"

车子稳稳地度过了最高点,往下是一个陡长的下坡。有很多车子在这里翻了车,车顶陷在沙里,人在里面往外爬,地上是乱七八糟的车辙。

江尧偏头看了眼叶柔,问:"要飞吗?"

叶柔的心"扑通扑通"狂跳着,她说:"飞!"

江尧嘴角弯起一个弧度。

"Ready set go.My dear princess.(准备出发。我亲爱的公主。)"他每说一个单词,左右脚和手都跟着配合地动一下,引擎声轰鸣着,仿佛那是一种庄重的仪式、一种有节奏的配乐。

一句话结束,车子腾空而去,距离地面有两三米。黄沙在车后卷起漫天黄"雾",烈日直直地照进风挡玻璃。

车子稳稳落地的一刻,叶柔觉得自己的心也被那烈日融化了。

那一刻,叶柔脑海里划过一句诗:

"Shall I compare thee to a summer's day?(我能把你比作盛夏吗?)"

跨过了一道险峰,后面的路段,江尧开得游刃有余。

车子一次次破沙而出,飞沙而去,就像鲸鱼一次次从宽阔的海面腾起,再"扑通"坠水而去。

风是热的,心是热的,血液是热的,汗水是滚烫的。

路书显示还有10公里就要到终点了,那里是一座城市,是这片荒凉孤寂之地的尽头。叶柔心里升腾起莫名的感动。

远处,还有最后一座沙山。

这时,江尧的手机忽然响了起来,手机蓝牙连接了车载音响。

江尧随手点了"接通",王小东的声音在车里响了起来:"江尧,你的电话可终于有信号了!"

"有事？"

"你爸和你妈早上来过我这里，说你跑环塔出了事，让我把你存在我这里的钱拿给他们，他们要带你去治病。"

"你给他们了？"江尧皱眉问。

"我本来没想给，但他们在我店门口又是哭又是闹，你的电话又打不通，我怕你真出了事，就给他们了……"

"给了多少？"江尧问。

王小东支支吾吾了许久，说："全给了。"

车子已经开到沙山顶端，江尧完全没有降速。

"江尧！注意后面是陡坡！"

叶柔大声喊了好几次，江尧完全没有反应。

车子滑过顶端，飞驰而去——

车头先落地，车身在地上连续翻滚几次，天旋地转。天空和沙地在视野里轮回交错，风和沙子吹到脸上，漫进鼻腔，再擦脸而过……

"砰——"的一声巨响，一切都止住了。

他们脚底朝着天空，阳光亮得刺目……

25

巨大的坠落感后，叶柔的脑袋一片空白。翻车了——她冷静下来后的第一反应就是这个。

她往里喊了一声"江尧"，少年低低地应了一声。

"你还好吗？"她问。

"嗯。"又是低低的一个单音，根本听不出情绪。

叶柔调整好坐姿，双手撑住车顶，身体往后贴近座椅，艰难地从副驾驶室里爬出去。

叶柔身上、脸上都是沙，她顾不得其他，绕到驾驶室那侧去看江尧——他就那么保持着坠地的姿势一动不动，眼里的光暗着，一团漆黑。

宇宙里的恒星，也不是一直发光。

它们熄灭的一刻，万丈光芒也要跟着死去。

叶柔有些慌,她见过江尧各种张扬、嚣张的模样,还是第一次见到这样的他。

"骨头受伤了吗?"她不太敢动他,只是俯身进去擦掉了他脸上的沙子。

江尧说:"没有。"

叶柔松了口气。

她拉住他的胳膊往外时,江尧瞬间清醒过来……

汽车顶盖完全陷在沙里,底朝天,单靠他们两个根本无法把车子弄正。

江尧摘掉头盔,灰心丧气地说:"别弄了,打救援电话吧。"

少年眼里的灰暗深深刺痛了叶柔,她不想放弃,至少不是在这里放弃。

"江尧,我们想想别的办法。"

在这荒凉的沙漠里,叶柔唯一能想到的办法就是求助后面的车。她不顾60摄氏度的高温,站到路中央,一遍又一遍地朝路过的车子挥动双手。

停下来的车很少,偶尔有停下来的,车里的人也只是看一眼就走了。

要将一辆底盘朝天的车从沙子里拉出来,要费很长的时间。

环塔再有人情味,也是比赛。

江尧过去搦住她的肩膀,说:"别浪费力气了……"

"不要!"她仰着脸,大大的眼睛里蓄积着水汽。

江尧怔住了,他在这个文静温柔的小姑娘身上,感受到一种坚定的、即将爆发的力量。大约是受她感染,江尧也和她一起站到路中央,挥舞双臂。

终于,有车子停了下来。

他们用绳索捆住车子,利用另一台车子的动力,把江尧的车子回正。

叶柔弓着背朝他们讲了无数次"谢谢"。

江尧跳上车,重新转动了钥匙,但发动机点不了火。他把引擎盖掀开,才发现发动机的曲轴摔断了。

"抱歉,叶柔,发动机坏了,我不会修,没法带你走完全程了。"风在沙漠里漫卷,少年失落的声音也跟着消散在了风里。

那一刻叶柔希望自己有魔法,能修好车,或者点亮少年的眼睛。

但她没有。

只能看着她的少年,将梦打碎在这寸草不生的沙漠里。

风沙侵了他满身,烈日灼灼。少年周身全是冰冷的白光,就像蒙着层霜雪。那光刺痛了她的心脏。

叶柔动了动唇,说:"明年再来吧。"

"明年可能不来了。"他说。

重回南城,漫长的雨季还没有过去,依旧是早上出太阳,下午下暴雨,空气潮湿闷热。

连续几天晚上,叶柔梦里都是那一望无垠的荒漠。她的喉咙、胸腔全都有干裂灼热的刺痛感……

叶柔得了重感冒,发烧了整整三天。

第四天下午,她的烧终于退了。

贺明舒从保姆手里端过碗,喂了她两口粥。

叶柔摆了摆手,哑着嗓子说:"妈妈,我想出门一趟。"

贺明舒点头道:"我去给你叫司机。"

叶柔拦住了她,说:"妈妈,我想自己骑车去,不想坐车。"

她有一辆自行车,但是叶朗怕她骑车摔到手腕影响拉琴,只允许她在花园里骑。她曾经偷偷骑出去过一次,回来被叶朗骂了整整三天。

贺明舒避开了女儿热切的眼神,说:"我和你爸说一声……"

叶柔握住了她的手,诚恳地说:"妈妈,十一二岁的小朋友都可以骑自行车在路上玩。"

贺明舒觉得女儿出去一趟回来,有哪里不一样了,以前她从来不会讨价还价。她犹豫了一会儿,说:"好。"

叶柔含泪抱了抱她,说:"谢谢妈妈。"

叶柔起床,换了身衣服,确定自己看起来没那么憔悴才出了门。

骑车出门并没有叶朗说的那么恐怖。相反,风从耳畔吹过,空气里有好闻的蔷薇花的味道,甜甜的,很舒爽,她爱这风里的一切。

她一直骑到了江尧家楼下。

拾级而上,楼道里还是老样子,昏暗潮湿,夹杂着乱七八糟的臭味。

叶柔一口气爬到三楼,江尧不在家,她敲了许久的门,一直没人来开门。

她给江尧发了信息,没有人回,打语音电话也没有人接。

一阵狂风从楼道的窗户里卷进来,楼上有谁家的衣架被风吹翻了,发出"咣当"一声巨响,还有谁家的小孩被骂了,母亲的声音又尖又细:"要下大雨了,再往外瞎跑,打你屁股。"

风越卷越凶,头顶的乌云挤在一起。天黑沉沉的,闷雷滚滚,滂沱大雨骤然而至。

叶柔没带雨具,只能等雨停了再走。

她不想上去,就在最后一级台阶上坐了下来。

雨声把那些嘈杂的声音带走了,鼻尖只剩被打湿的泥土的气息。

许久,幽静的小巷里忽然走进来一个人,白短袖、黑短裤,撑着一把深黑的大伞,白色的运动鞋踏水而来,发出有节奏的轻响。

叶柔认识那双鞋,她立刻从台阶站了起来,喊了声:"江尧。"

来人将手里的伞往上抬了一角,露出一张满是伤痕的脸,叶柔的心脏顿时刺痛起来……

江尧的嘴唇肿着,下巴上有一道暗红的口子一直延伸到脖子,眉骨上笼着一团青紫,颧骨上有着干涸的擦痕。

光芒散尽,眼下一片青灰。

叶柔觉得眼前的江尧和她之前见过的少年有些不一样。

"你回来了?"她不知要说什么,只有这么一句。

"嗯。"少年的眼皮耷拉着,眼底尽是倦意。

他漫不经心地点头,隔着白茫茫的雨幕,挑着眉梢看她。

"找我有事?"

"我……来看看你。"叶柔捏着裙子说。

江尧从大雨里走过来,收了伞,雨水滴落在干燥的台阶上。和她擦肩而过时,他低低地说:"现在看完了,可以走了。"

叶柔问:"江尧,你又去比赛了吗?"

他没回头,在那台阶上停了步子,冷淡地吐出几个字:"不关你的事。"

雨还没停,"哗啦哗啦"的。入眼皆是灰暗和死寂,就像少年的眼睛。

叶柔心口酸涩,她终究没忍住,转身上了楼。

她在门口敲了许久,江尧才来开了门。

叶柔在他开口逐客前,举着胳膊说:"我不进去,你家有花露水吗?借我涂一下,我快被蚊子叮死了。"

江尧看了眼她的胳膊，白皙的皮肤上确实有几个粉红色的小包，裙子没有遮住的小腿上也有同样的小包。

楼里脏乱，蚊子多，他一直都知道。

江尧转身进了卧室。

叶柔长长地舒了一口气，视线在屋子里打量一圈。这里还是空荡荡的，只是没有上次来的时候整洁，鞋子横七竖八地堆在门口。

靠近大门的桌上放着一碗泡面，塑料叉子还插在碗边，是刚泡的，还没来得及吃，不知道这是江尧的午饭还是晚饭。

客厅的椅子上放着一个黑色的双肩包，边上放着他的身份证、钥匙还有一张粉红色的车票，他好像是打算出远门。

江尧从卧室出来，把手里的花露水递给她。

叶柔接过来，说："你吃饭，我涂完就走。"

江尧"嗯"了一声，背对着她坐下来吃泡面。

叶柔涂得很慢，餐厅里安静至极，花露水和泡面的味道混在一起，分不清到底哪个更强烈。

江尧吃完了手里的泡面，转身见叶柔还没走，冷冰冰地说："花露水拿回家涂，我不要了。"

叶柔走进来把花露水瓶子放到了他手边的桌上，说："不用，我已经用完了。"

她还了花露水，还没有打算走。犹豫了几秒钟，她问："你要出远门吗？"

"嗯。"

"去哪里？"叶柔问。

江尧冷冷地瞥了她一眼，说："你是不是管得太多了？和你有关系？"

叶柔说了声"抱歉"，从他家退出去，关上了门。

雨还是没有停，她只能继续坐在一楼的台阶上等。

天黑了一些，小巷里的路灯亮了起来，冷白的光泡在大雨里。蚊虫绕着她白皙的腿乱飞，涂抹过花露水的地方还是痒。

不一会儿，身后的楼梯上有人下来了。

还是江尧，他戴着黑色的鸭舌帽、黑色的口罩，肩上背着那个黑色的包，背影瘦削孤寂，像一只随时会坠水而亡的黑鸟。

从她身边经过时,叶柔注意到他拿着把折叠的瑞士军刀在拨弄,刀锋闪着寒光。比那刀锋更冷的是他的眼睛和他周身的气场。

她终于知道江尧今天哪里不一样了。他的表情像是被什么东西凝固住了,没有笑,没有皱眉,甚至没有不耐烦。

一股不祥的预感涌上来,叶柔起身,冒着大雨跟上去。

她一把抓住了他的手臂,问:"你要去哪里?"

江尧偏头看了她一眼,女孩的头发和脸上都是水,脸颊被路灯照着,晕着一团白莹莹的光。

他下意识地把伞往她头顶上举,替她挡住了漫天的雨珠。

"江尧,你说话。"叶柔声音拔高了一些,带起一阵剧烈的咳嗽。

"去滇城。"他说。

"喀喀喀……去滇城做什么?"

"去找我爸妈。"

"然后呢?"她问。

"不关你的事。"他的脸上终于露出了一丝烦躁。

江尧捉了她的手,把伞柄塞到她手里,转身出了小巷。

叶柔顾不得其他,快步追上去。

江尧在路口拦了辆车,走了。叶柔也如法炮制,跟上他。

江尧去的地方是火车站。

傍晚的南城火车站,到处都是人,大理石地面上湿漉漉的,叶柔跑得太快,在那铺瓷砖的地上狠狠地摔了一跤。她爬起来继续往里跑,人太多了,她的肩膀被人群来来回回地撞击着,根本看不到江尧在哪里。

她买了一张去滇城的票,沿着那硕大的候车厅一个位子一个位子地找。

过了好长时间,叶柔终于在人群里找到了江尧。她没有上前,而是隔了两排椅子坐在他身后。

候车厅里的空调开得很低,叶柔连着打了两个喷嚏,头昏昏沉沉的,很难受,视线却始终没有离开过他的背影。

又过了二十多分钟,江尧站了起来,他要坐的车开始检票了。

叶柔管不了那么多,挤在检票的人群里跟了上去。

叶柔跟着江尧往前走,其间他一直没回头。直到火车"突突突"地开走，叶柔才挤进他那节车厢里去。

江尧一抬眼，看到了她。

叶柔捏着指尖，在他的视线里走到他边上。

江尧拧着眉，有点不悦地问："你跟着我干吗？"

叶柔看着他的眼睛说："因为我喜欢你。"

26

这是一节硬卧车厢。

乘客男女老少都有，行李搬上搬下，人声嘈杂。有人脱掉了鞋子，有人切开了苹果，有人放了又长又细的屁，有人喷了廉价的香水，车厢里充满各种味道、各种声音……

这里着实不是个表白的好地方。

叶柔说得太过坦荡且自然，江尧一时竟不知该怎么接她的话。

其实，他也不是没有被人表白过……

曾经不止一次、不止一个人对他说过"喜欢"，可只有叶柔说这句话时，他清晰地感觉到了心脏的跳动。

那是春风拂动柳叶，万物复苏的声音。

叶柔并没有想要得到江尧的答案，只是因为他问，她就说了，仅此而已。

江尧轻咳一声，在那狭窄的小床上坐下，叶柔也和他并排坐在了一起。

天已经完全黑了下来，火车远离了城市，窗外一片漆黑。

乘客们终于安静下来，叶柔去找乘务员补了票。

江尧沉默了许久，说："你到下一站下去。你下去，坐车回家。"

叶柔注视着他的眼睛，问："你也跟我一起回去吗？"

"我不回。"江尧避开了她的眼睛，语气有些生硬。

叶柔斟酌许久，才低低地说："江尧，我不放心你，所以才跟过来的，你就让我跟你一起吧。你要是打他们我不会拦着，但他们要是打你，我拿石头砸他们，帮你打电话报警。"她说到这里停了停，伸手捉住他的手，"但你别为他们拼命，那太不值得了……"

江尧喉结滚了滚，没有说话，也没有拿开叶柔的手。

女孩的掌心柔软温热，仿佛在他那冰冷的躯壳上融开了一个洞。

时间一分一秒地过去了，他们就保持着这个姿势坐着。

火车中途停靠在一个小站，窗外的灯光亮了起来。有人上车，有人下车，一路晃晃悠悠。

时间还早，上铺的人找了副牌出来，邀请了邻座的人一起玩"斗地主"，你一句我一句，格外地吵。

叶柔的重感冒还没有好利索，今天又淋过雨，好不容易退下去的热，又烧了回来，脑袋昏沉沉的。

她实在没有力气，软绵绵地靠在去往上铺的金属架子上，她趴了一会儿，困极了。

江尧很快发现叶柔不对劲儿，她的脸颊潮红，掌心也烫得惊人。

"叶柔。"江尧喊她。

"嗯？"她应了一声。

"不舒服吗？"他问。

叶柔撑起脑袋，看了他一眼，她眼睛红红的，声音很蔫："江尧，这里好吵，吵得我想吐，我们能去别的地方吗？我们去魔鬼城吧，那里除了风都挺安静的，就是月亮不圆。我今天在沙地里看到一只蜥蜴，浅咖色的，和沙漠一个颜色……"

她已经烧到在说胡话了。

江尧伸手过来在她额头上摸了摸，"嗤"了一声道："烫得可以烤山芋了。"

他起身去找了列车的乘务员，加了三倍的钱调到了一节安静的车厢，并要来了一些感冒药。

再回来时，叶柔已经倒在小床上睡着了。

江尧把那个双肩包背在背上，俯身将她打横抱了起来。她很轻，抱起来并不费力。

叶柔的手顺势环住了他的脖子，滚烫柔软的嘴唇贴在他的脖颈上。

江尧顿了步子，低头，见女孩果冻一样的唇若有若无地贴着他锁骨上的那粒小痣，就像一个吻。

她太渴了，无意识地舔了舔唇，粉色的舌尖碰到了那粒痣。

潮湿、滚烫、直戳心窝，又痒又麻……

"喂，你……"江尧的喉结滚了滚，决心不和一个病号计较、生气。

他快步将她抱进了那节软卧车厢。

这里比外面安静太多，像是一个独立的小房间，有门和卫生间，一边一张铺。

江尧把她放下来，喊她起来吃药——

叶柔的手机忽然响了起来，来电人是叶柔妈妈。

只是女孩睡得很沉，根本没听到。

过了一会儿，手机又响了，江尧关了门出去，替叶柔接了电话："阿姨好。"

听到男孩子的声音，贺明舒如坠冰窟。

"你……你是谁？柔柔呢？"

"我叫江尧，叶柔现在跟我在火车上，她病了，没法接您的电话，不过您放心，我会平安把她带回来。"

"你们俩是去……"贺明舒看了眼旁边怒目圆睁的叶朗，硬生生把"私奔"两个字给咽了回去。

江尧懂她的意思，忙说："我和叶柔只是普通朋友，之前和她一起去过环塔拉力赛，我的身份证号可以报给您，车次和车厢号也都可以报给您，我的定位也可以实时共享给您，如果叶柔有事，您可以随时报警来抓我。"

贺明舒稍微放下心来："那柔柔就拜托你照顾了。"

贺明舒挂了电话，看了眼叶朗，斟酌了一会儿道："阿朗，柔柔肯定是有原因的，这个小伙子听起来不坏……"

叶朗反手扇了她一巴掌："你女儿都跟人私奔了，你还好意思跟我说有原因？"

贺明舒愣在了原地，结婚这么多年，这是叶朗第一次对她动手。

江尧挂掉电话，重新推门进来，火车的灯已经统一关掉了。车厢里一片漆黑，他走近，俯身摸了摸叶柔的额头，还是烫得惊人。

"柔柔。"他轻声喊了她一声，她没反应。

江尧将她半抱着坐起来，语气非常软："把药吃了再睡。"

叶柔昏昏沉沉地醒来，江尧往她嘴里塞了片退烧药，拧开了矿泉水喂她。叶柔很乖地配合着吃完了药，缩进被子里继续睡。

火车开得很慢，一两个小时才停靠一次站，都是一些没听过名字的地方。在这种地方下来，半夜也很难打到车去医院，更没有车回南城。

叶柔吃了药依旧高烧不退，江尧不放心，拧了温毛巾帮她物理降温。在她额头、耳后还有手心一遍又一遍地擦。

高温终于降了下去，叶柔清醒了一些，但还是晕乎乎的，她捂着膝盖，近乎撒娇地说："我的腿好痛啊。"

江尧摁亮了一盏灯，将她的手拿开，绿色的蓬蓬裙下面是一双白净的小腿，腿形也很漂亮，笔直修长，只是膝盖上有一片明显的瘀青。

江尧皱眉，问："怎么弄的？"

叶柔低低地说："跑快了摔的。"

他出去重新拧了个热的毛巾，蹲在地上，帮她慢吞吞地揉，语气踌踌的，带着不易察觉的宠溺："你就不能跑慢点吗？"

叶柔在睡梦里嘟囔："不行啊，你走得太快了，我怕追不上。"

江尧闻言，目光忽然滞住了。半响，他又笑了，声音低低的："你是傻子吗？今天对你那么凶还追过来。"

叶柔没说话，彻底睡着了。

江尧抬手去关灯，意外瞥见了女孩的睡颜。

安静平和的呼吸，光洁的额头，果冻一样的红唇，他伸手想碰碰她的唇，睡梦中的叶柔忽然往外动了一下——

一个轻浅的吻，落到了他的指节上。

柔软、温热……

江尧喉结动了动。他的视线盯着她的嘴唇看，犹豫许久，他俯下身去，嘴唇贴在她唇瓣上印了一个吻。光落在她的唇上，也落在他的唇上。

对于叶柔的告白，他其实有答案。

半夜，江尧又起来几趟，确定叶柔不再发热了，才终于安心睡去。

第三章

嫁妆

27

火车过了一个又一个山洞,第三天早晨,他们终于抵达了滇城。

江东海和胡燕不在滇城,而是在一个偏远的小县城。火车转长途大巴再转公交,傍晚时分才到目的地。

天下着小雨,雾气蒙蒙。

那家麻将馆里黑洞洞的,门口停满了各种杂牌车,一辆崭新的黑色大G正对着门停在门口,显眼又突兀。

麻将馆的门半掩着,隔音不好,里面的人讲话声听得一清二楚——

"哟,门口的奔驰是谁的啊?"

"江东海的呗。"

"海哥回家一趟挖到什么宝藏了?"

"宝藏没有挖到,就是发现我生了个好儿子。"

江尧压低帽檐,蓝头发戳在眉骨上,表情又冷又邪,整个人像是出了鞘的剑。

叶柔追上去,拽住了他T恤的衣角——

江尧也没转身,反手在她头顶按了一下,语气却是和表情全然不同的温柔:"知道,不乱来。里面脏,在门口等我一会儿。"

叶柔松手,从地上捡了根木棍递给他,说:"带着防身。"

江尧单手插兜,走到那黑黢黢的屋子里,抬脚在门口的铁皮上"砰砰砰"踢了几下。

屋里说笑的人忽然停了下来,齐刷刷地往外看过来——

这个年龄的男孩子,再怎么张扬、嚣张,在他们看来也不过是唬人的。偏偏江尧给人的感觉不是那样的,那种气场,一看就是不好惹的那一种。

"小伙子,你是谁啊?"

江东海靠在椅子里,笑道:"我儿子。"

江尧斜倚在门框上,整张脸罩在阴影里,不辨喜怒。

"江东海,你拿了我那么多钱,还钱还是坐牢?"

旁边桌上有人笑着说:"这孩子,儿子挣钱给亲爹花,还跑来兴师问罪。"

江尧抬起眼皮,看了那人一眼,长腿伸过去,一脚踹翻他面前的麻将桌。满桌的麻将、钱币"噼里啪啦"散了一地。

那人愣住了。

江尧一只脚踩住那翻掉的桌子,瞪着眼看过去,眼神冷得吓人。

江尧扭过头来看江东海。

"问你话呢?怎么说?"

"江尧,我是你老子,你怎么敢这么和我说话?"

江尧仿佛听了句笑话,嗤笑道:"你还知道这事儿?我还以为我是石头缝里蹦出来的。"

"不过是拿了你点小钱……"

"小钱?"江尧冷哼一声,"现在给你也挺好,省得以后清明烧。"

江东海闻言,冲上来照着他的脸猛地扇过去,江尧手里的木棍一横,江东海的手心结结实实地砸在了上面。

他痛得直皱眉,转身抓了桌上的麻将朝着江尧的脸狠狠地砸过去——

"你真以为你是我儿子?你妈跟我时就怀孕了,你不知道是谁的种,拿你点钱用用怎么了?我总不能白替别人养儿子!"

江尧怒不可遏,吼道:"你说什么?"

江东海提起边上的长板凳,狠狠朝着他的肩膀砸下去——

"我今天打死你!"

叶柔听到动静,立刻冲了进去。

麻将馆里没有什么可以用来打人的东西,只有角落里的一张小方凳,她抱起来,照着江东海狠狠砸过去。砸完,她一把扯过江尧往外狂奔。

江东海被砸蒙了,他见叶柔和江尧跑,立刻追了出来。

叶柔拉着江尧冲上一辆路过的公交车。

窗外小雨淅沥,老旧的公交车在陌生的城市里行驶着。

叶柔和江尧并排坐在倒数第二排,大口地喘着气,脸上、脖子上尽是汗。

车里的空调温度太低，江尧怕叶柔受凉，将窗户拉开一道缝，外面的热气吹进来了一些。潮湿的水汽里弥漫着各种花香，沁人心脾。

半晌，江尧笑道："叶柔，你刚刚还真打了人，和我想的不一样……"

"哪里不一样？"叶柔侧目问，一双大眼睛被窗外的光照得亮亮的。

江尧舔了舔唇说："就……挺凶。"奶凶奶凶的，但是又很可爱，非常可爱。

叶柔耳根发热，有些窘。

"我凶还不是为了救你吗？"

"嗯，也对。"

车子过了一站又一站，车上只剩了他们两个人。

叶柔忽然发现肩头一沉，江尧把脑袋靠在了她的肩膀上。

他身上的气味混着一种薄荷味一起漫进了鼻尖，叶柔没动，任由他靠着。

那一刻，她感受到了江尧的孤独与脆弱。

这世上，有谁生下来就是张牙舞爪的螃蟹呢？

不过是为了活着，把自己体面地伪装成了凶狠、强悍、高傲、不可一世的样子……

叶柔吞咽了一下，低声说："江尧，别怕，往前走吧，一直走，会看到光的……"

下一秒，有什么落进了她的脖颈里，灸热的、滚烫的、潮湿的——

那是少年的眼泪。

又过了很久，叶柔等他平静下来，握住他的手，说："江尧，我们回家。"

女孩的掌心温暖、柔软、干净，江尧体验到一种不曾有过的安定感。

"好……"他说。

从十四岁开始，江尧一直是游荡在世间的孤魂野鬼。

那天，他的玫瑰将他引渡到了阳光下……

公交车绕了几个大弯，到了终点站，司机不耐烦地摁了好几遍喇叭。

叶柔推着江尧下车。

这个终点站到底是个什么地方，他们俩谁也不清楚。

下了车，叶柔还有点蒙。

"江尧，我们现在去哪儿啊？"

江尧笑了笑说:"不管,先填饱肚子再说。"

雨已经停了,站台对面有一家卖馄饨的铺子,亮着盏白色的灯,江尧牵着她进去,要了两碗馄饨。

外面还在下着绵密的雨,屋内明亮宁静。

两人隔着桌子坐着,叶柔的额头被光映得亮亮的,她吃东西时慢条斯理,一小口一小口,额头、鼻尖出了层薄薄的汗。

江尧拿了张纸巾,替她把汗擦掉了。

叶柔放下筷子,看着他,耳尖有点红,表情却很乖。

"江尧,你打算什么时候回家啊?"

江尧挑了下眉梢,说:"明天。"

叶柔咬了咬唇道:"那我们能多留一天吗?我想去玩一天,毕竟都从那么远的地方过来了,就当毕业旅行了。"

"好。"江尧又看到了她唇角浅浅的梨涡,心里莫名柔软。

过了一会儿,江尧问:"你跟我跑出来,你爸会打你吗?"

叶柔手里的勺子顿了顿,眼里的光跟着暗了,声音低低的:"肯定会打啊,我小时候要是去朋友家太久没回,他就会打我。"

"怕吗?"江尧问。

叶柔耷拉着眼皮,指尖转了转桌边的牙签盒,说:"怕,特别特别怕……你可能不信,我看恐怖片里的'鬼'都不怕,就怕他。"

江尧伸手想摸摸她的头发,叶柔忽然抬了头。

江尧又把手收了回去。

叶柔吐了口气道:"不过,挨他一次打,换我来滇城玩一趟也算是值得啦……"事实上,只要做的事是值得的,她其实也不怕挨打。

那一刻,江尧忽然意识到,他这里是片荒漠,没有雨露,没有甘霖,甚至没有任何一点遮阳物,他的玫瑰在这里会缺水,会枯萎……

而他希望他的玫瑰永远鲜艳、明亮。

他们在滇城玩了一天,晚上坐车返回南城。

分别那天,叶柔往江尧包里放了两大盒鲜花饼,那是他们在滇城玩的时候买的。

卖鲜花饼的老板给他们科普了鲜花饼的寓意——美好甜蜜的爱情。

"江尧，你还有没有话要对我说？"她在等一个答案。

她以为可以在那天等到那个答案。

江尧哽了一下，说："没有。"

叶柔眼底划过一丝失落，很快被她压了下去，她朝他挥了挥手说："那再见啦。"

五天后，高考成绩出来了。

叶柔返回学校填报志愿，那天有几百个人在她耳边念叨江尧——

江尧的成绩破天荒超一本线93分，惊掉了所有人的下巴。

"天啊，他是怎么超常发挥的？"

"江尧虽然考得好，但是没来学校填志愿。"

"我听说他的分数都不是他自己查的。"

"他根本不想上大学吧。"

"我要是能考他那个分数该多好呀……"

从滇城回来以后，叶柔就再也没有见过江尧。叶朗没收了她的手机，清空了她的通信录，也不允许她出门。

她很想念江尧，非常想念。

同学们都挤在学校机房里填志愿，叶柔从学校的小东门溜了出去。

南城的夏季，出了梅雨就是三伏天。天很热，一丝风都没有，马路牙子都要被太阳晒化了。

叶柔快步走到了小巷深处，身上尽是汗。

江尧在家，她只敲了两下，门就开了。

只是他身上穿着蓝色的赛车服，手里拿着个头盔，正打算出门。

叶柔问："你要出去？"

几天不见，他清瘦了一些，脸上的伤已经好了，却又成了那个玩世不恭的江尧，眉梢挑着，嘴角噙着抹玩味的笑，看上去帅而邪。

"有事？"他问。

叶柔抿了抿唇道："我听说你高考考得很好。"

江尧把手里的头盔戴上，有点不耐烦地说："是吗？没查，不知道。"

叶柔不知道他发生了什么事，忽然就变得陌生、无法接近了。

明明在滇城的时候，他不是这样的，他们曾靠得那么近。

"学校公布分数了,你超了一本线 93 分。"叶柔继续说。

"哦。"江尧神色淡淡的,似乎对这个话题并不感兴趣,他看了看手表,撇了下嘴。

叶柔捏紧指尖问:"那你志愿打算填哪里的学校?你的分数可以去比较好的学校,可以去京市,也可以去海城,你想去哪里?这两边我的分数也够……"

江尧打断她,瞥了她一眼,道:"不好意思啊,乖宝宝,我可能两边都不去。"

叶柔耳根腾起一片热意,她翕动着唇瓣说:"那你想去哪里?我也可以跟你一起……"

江尧垂眸看了她一会儿,"啧"了一声,道:"叶柔,你这是要追我啊,但可惜,我们不是一路人。"

叶柔看着他的眼睛,问:"什么样的人是和你一路的?"

江尧把手里的头盔放到了身后的餐桌上,抬手摸了摸她的头发,他摸得非常缓慢,被他碰过的地方在发烫,叶柔吞咽了一下,心尖发颤。

"头发颜色太单调了,"指尖沿着她的刘海落到了她的耳郭上,两只手指夹住她的耳骨色气地捻了捻,"这里要打耳洞。"叶柔僵在那里。他的指尖往下,隔着衣服碰到了她纤细的蝴蝶骨,"这里要露出来。"

再往下,他的指尖碰到了她的裙摆,语气依旧是轻佻的:"裙子太长了,要到这里……"他指尖虚点到的位置是她的大腿。

最后,他蹲下来,碰了碰到了她白皙的脚踝,说:"还有这里,太干净了。"

他从头到脚点评完,叶柔的心已经快炸了。她不敢再停留,从那屋子里飞跑出去。

28

南城的三伏天漫长又炎热,一滴雨都不下。

这种天气,总让叶柔想起沙漠里那场戛然而止的比赛。

江尧没有填志愿,叶柔也没有,就像在那里暗暗跟他较着什么劲儿,可她知道江尧并不在意。

那天下午，班主任打来了电话。

"叶柔，你的志愿怎么还没填？大后天填报就结束了，历经千辛万苦考出来的成绩，可不能耽误在这儿。"

"谢谢老师提醒，我这就填。"

叶柔开了电脑，也登录了系统，但是指尖就是没动。

几分钟后，她下楼，避开所有人，溜出了家门。

年少时，无知又无畏，冲动又勇敢。

她转了两趟公交车，一路狂奔，终于到了江尧家。只是才往那楼道里走了一步，叶柔就又退了回来。她没忘记江尧的那句话，他们不是一路人。

可他说的那些条条框框，却也不是死的。

那一刻，叶柔脑海里的想法很简单，既然江尧不能来她的世界，那她就走去他的世界。

耳洞她敢打，头发她敢染，短裙她可以穿，甚至其他的她也可以去弄。这些事情在她看来不过是外表上的东西，简单、浅显、易得。

她对于自己容貌的美丑，并不那么在意。

江尧拿这些来说事，不过是笃定她不敢，也不会那么做。

叶柔从那楼道里出去，坐车去了闹市区。

晚上七点，她重新去了江尧家。她敲了几次门，发现没人在家。

叶柔给她的同学打了电话，江尧是南城中学的名人，找人打听很快问到了他的去处。

他正和几个朋友在一家叫"零"的酒吧里喝酒。

她推门进去，里面的光线很暗，头顶的光影流动，歌手在那方不大的舞台上低低地吟唱着一首英文歌，曲调悠扬而缓慢。

叶柔第一次来这种地方，不太适应，心脏怦怦直跳。

她长长地吸了口气，握着拳头往里走。

这家酒吧比她想象的大许多，江尧不在门口，她一直走到了酒吧的最深处。

一路上，叶柔因为长得漂亮被人看了一遍又一遍。

江尧坐的位子，在酒吧的最里面。他背对着外面，一起喝酒的几个人是他的同学。

坐在江尧对面的人忽然说:"哟,今天来了个极品姑娘。"

"哪儿呢?"江尧边上的人问。

那人用下巴往外指了指,说:"那不就是啊,穿黑色露背小短裙,红头发,高马尾,皮肤又白又嫩。"

"我来这么久都没见过这么正的姑娘,又纯又欲,看一眼都酥了。"

"哎,不对,你觉不觉得这姑娘有点眼熟,好像在哪里见过似的。"

江尧握着杯子喝酒,继续低头玩着手机里的游戏,他对这个话题一点也不感兴趣。朋友喊他时,他只是撇了撇嘴,眼皮都没抬一下。

"不对啊,你们不觉得这姑娘和我们的校花有点像吗?"

"欸?你一说我还真觉得很像叶柔。"

江尧听到"叶柔"两个字,指尖忽然停住了,手里正操控着的英雄被对方连杀了。他烦躁地"啧"了下,重启了游戏,却依旧没回头。

在他的印象里,叶柔是那种乖乖女,家里管得严,绝对不会来这种地方。

江尧没看叶柔,他旁边的人倒是盯着她看了好一会儿,然后使劲儿拍了下江尧的肩膀道:"尧,你看看,这姑娘到底是不是叶柔?"

江尧被他一拍,又"死"了一次。

真烦!

他丢掉手机,有些不悦地扭头过来,一抬眼,视线猛地顿住了——

叶柔站的位置正好是光线的正中央,平日里软软的头发被高高地扎到了颅顶,颜色变成了酒红色,刘海不见了,额头光洁又白净。

藏在头发里的耳朵也露了出来,左边耳骨上钉着三颗闪亮的碎钻。

黑色的连衣裙,露出漂亮的锁骨和天鹅颈,皮肤白得发光。再侧头去看,这裙子还露着背,她很瘦,骨骼纤细,远远看过去真的像是一只发光的蝴蝶。

裙子的裙摆也不长,底下的一双长腿白且直,脚上穿着一双同色系的小皮鞋,鞋跟不高,有一圈黑色的缎带缠在小腿上。

然后,江尧就看到了她脚踝上的那朵玫瑰——黑色的一朵,花枝细软,却格外地显眼刺目。

偏偏她又没有化乱七八糟的妆,眉眼很干净,瞳仁清澈乌黑,嘴唇粉红。

那一刻，江尧脑海里划过很多个词——漂亮、清纯、乖巧、清冷、娇艳……小姑娘的的确确是狐朋狗友嘴里说的"又纯又欲"。

叶柔也看到了江尧，她大大方方地走过来，低低地喊了他一声。

满桌的人"嗷嗷嗷"地叫起来："还真是叶柔啊，你来找江尧啊？"

叶柔被他们叫得有些脸红，乖巧地点了下头，声音也软软的，很好听："嗯。"

江尧收回视线，淡淡地应了一声，扭过头去继续喝酒。

江尧边上的人已经自觉地把位子让给了叶柔。

"喏，给你坐，给你坐。"

"谢谢。"

叶柔坐下后，江尧的背明显僵硬了一下，她光洁的手臂和他的靠在了一起，身上那股淡淡的百合香也飘了过来。

江尧抿了口酒，偏头看了她一眼，问："谁让你来这里的？"

叶柔笑了笑，说："我自己。"

江尧好半天才把视线从她的梨涡上移开。

"叶柔，你不该来这种地方的。"

"为什么我不能来，你不也来这里吗？江尧，这就是你的世界吗？我觉得和我的世界没有什么不同。"

江尧不想再和她说话，把手里的杯子"砰"地摁在桌上，抓了手机，起身往外走。

叶柔眼里的光暗了一瞬，没追。说到底，她也有自己的骄傲，江尧刺到她了。

江尧那几个朋友立刻拥了上来，和她说话："叶同学，第一次来，要不要喝一杯？啤的，不醉人。"

叶柔心里难受，脸上却还是笑着，声音低低的，很甜："好啊。"

"你来找江尧有什么事啊？"

叶柔语气淡淡的："也没什么事，就是想追他。"

"他那个死样子不好追，你追我，我一秒钟不到就同意，而且保准对你好……"

玻璃杯在桌上"刺啦"一声滑过，橙黄的酒沿着透明的杯壁滑落了进去。

江尧在那一瞬顿住了步子,他回头,一把捉住了叶柔的手腕,将她带离了酒桌。

叶柔被他拉得往前一踉跄,酒杯歪了,酒洒了她满手,她有些恼怒地甩开他的手道:"你干吗?"

旁边看热闹的人笑着附和道:"就是,尧,你刚刚不还不理人家姑娘嘛。"

江尧单手插兜,垂着眼睫看她。

"我送你回家。"

叶柔仰着脸,拒绝道:"不用你送,我自己可以回。"

江尧轻嗤一声,松开了她,冷淡地吐出两个字:"随你。"

叶柔眼里腾起一层薄薄的水雾,耻辱、委屈、难受,各种情绪都往外冒,她努力把眼泪憋回去。

有人忽然插了句嘴:"叶同学,你为他伤心不值得,江尧这人就没有心。"

江尧闻言也不反驳,继续往外走。

他已经到了门口,叶柔忽然追上去,拦住他说:"江尧,你骗人!"

江尧垂眸,目光徐徐地在她脸上扫了一眼,嘴角弯着,要笑不笑的,神色又痞又散漫,他低笑着说:"说说看,我骗了你什么?"

叶柔语塞。

他只说了拒绝她的理由,却没有说要怎么样才会喜欢她。

叶柔定定地看着他的眼睛,不死心地问:"那要怎么样才能做你女朋友?"

江尧慢条斯理地垂眸扫了她一眼,说:"想要做我女朋友,送我一辆顶配的 WRC 赛车,我明天就要。"

"尧,你这一看就是难为人家姑娘,顶配 WRC 赛车可不便宜。"

"就是,这是不可能的事。"

叶柔赌气,追问:"给你弄来,你就高兴了吗?"

江尧"嗤"了一声,道:"对。"

叶柔又问:"那你会回去填志愿吗?"

江尧微挑着下巴,俊脸笼罩在斑驳的灯影里,嘴角勾着一丝笑意,语气很淡:"会。"

"好。"

叶柔不再说话,快步走出了门。

叶柔一走,人群很快把江尧拥在了中心。

"尧,叶柔多好一姑娘啊,怎么就这么不被你待见?"

"刚刚看她要哭不哭的,我都心疼。"

"就是,一点怜香惜玉的心都没有。"

江尧没理他们,径直出了门。

沉闷燥热的夏夜,闷雷滚动,起风了。

不知道是谁说了句:"终于要下雨了。"

女孩纤细的背影停在了长街尽头,她在那里拦了辆车,猫着腰钻进去。

江尧的眉头皱了皱,叶柔穿得太少了,背和腿都露在外面……他是想让她知难而退,谁知她真敢这么做。

江尧拦了辆车,跟了上去。

见叶柔平安到家,他才让司机把车开走。

那司机没忍住问:"小伙子,你喜欢这小姑娘吧,不放心所以来送她?"

江尧没接这句,而是说:"走吧。"

叶柔到家,叶朗还没回来,贺明舒看到叶柔这身打扮,着实吓了一跳。

"柔柔,你这穿的是什么?要是给你爸看见,还不得……"

叶柔飞奔上楼:"妈,我有点事,一会儿再跟你说。"

叶柔满脑子想的都是怎么筹钱,她给贺亭川打了电话,他在开会,没等叶柔讲完就挂了。叶柔又给苏薇薇打电话,那边直接没信号。

叶柔把所有的私房钱拿出来算了算,根本不够……

她翻箱倒柜地找了一通,看到了奶奶的那个玉如意,这是她的嫁妆。

她犹豫许久,将那个红盒子抱了出来。

贺明舒跟了上来,敲了敲门。

"柔柔,在忙什么?"

叶柔吓了一跳,立马把东西放了回去。

贺明舒觉得女儿有些不对劲儿,忙问:"柔柔,是不是发生什么事了?"

贺明舒太温柔了,叶柔终于没忍住,说:"妈妈,你能不能……给我点钱?"

叶朗上楼刚好听到这句,立马冲她吼了一句:"你要钱做什么?"

贺明舒赶紧把女儿推进房间，一把将房门关上了，她转身朝叶朗说："你下个月过生日，柔柔说看中个礼物，想送给你，但钱不够，找我要。"

叶朗音调拔得老高："我不要礼物，平常给我省点心就行，你对她的教育要严格点。"

贺明舒点头，说："是，我好好教。"

找贺明舒也行不通，叶柔重新把那个红盒子抱出来。

这是她的嫁妆，是她的东西。

是整个家里，她唯一有决定权的东西。

她找了个袋子，将它放了进去。

29

贺明舒和叶朗去了书房，叶柔换了身衣服，提着袋子悄悄跑下了楼。

晚上八点，还有车去往闹市区。

雷声滚滚，起风了，雨还没往下落。

南城的典当铺并不多，叶柔只知道一家，她快步走进去，把东西小心翼翼地放在了柜台上。

鉴定师看完那个玉如意，眼睛闪着光，他抬头看了眼叶柔，问："小姑娘，你这个……打算当多少钱？我们柜上的钱恐怕不够，要不你后天再来？"

叶柔说："那就有多少换多少。"

那个鉴定师吃了一惊，说："你这个当法有点亏。"

叶柔捏紧了指尖，说："没关系，我会想办法来赎的。"

那人点了点头说："也行。"

现代的典当铺和从前的有点不一样，典当更像是抵押贷款，急用钱的人来这里抵押些东西，周转下资金，过段时间再赎回去，只要交些手续费就行。

东西交进去，那里面的人很快帮叶柔办理了手续，钱在半个小时后打进了叶柔的银行卡。

临走时，那个鉴定师忽然从里面出来，摘掉眼镜，叫住她："小姑娘，你这东西可一定要记得来赎回去,要是给别人收去就太可惜了。"

叶柔朝他郑重其事地点了点头,说:"谢谢,我一定会再来您这里的。"

叶柔从那铺子出去,打车去了城北的那家修车铺。

王小东刚把卷帘门放下来,金属锁链撞着玻璃门啪嗒作响。

"王大哥……"叶柔叫他。

王小东一转身,见门口站着个白白净净的小姑娘,风卷着她宽大的裤子,看着特别乖。

王小东愣了愣,指了指自己的鼻子,问:"你叫我啊?"

叶柔点头。

门口的灯不亮,王小东盯着叶柔看了半天,猛地想起这姑娘是谁了,这是江尧那天带来这里的女孩。

他舔了舔唇问:"你找我有事啊?"

叶柔开门见山地说:"江尧之前托你买的那辆赛车还在吗?我想替他买。"

王小东呆住了,有些为难地说:"你替他买?你知道那车要多少钱吗?那可不是玩具车……"

"钱我有,车还在吗?"

江尧买车的钱是从他这里被骗走的,王小东到底有点歉意在,他清了清嗓子说:"你等等,我问问。"

说完他打了个电话,叶柔一直静默地等着。

王小东挂了电话对她说:"车还在的。"

叶柔又问:"明天能送来吗?"

王小东又打了个电话,这次他和对方讲了很久,然后朝叶柔点了下头。

"我明天来你这里提车,钱只能先给你一部分,成吗?"

王小东点头说:"行。"

叶柔道了谢,很快就走了。

回到家,叶朗正坐在大门口等她。

雷声依旧在头顶轰鸣,狂风漫卷,一声炸雷在远处落下来,漆黑的夜幕被光撕开了一道裂缝。

叶柔放慢了步子,尽量让自己看上去不那么慌张。

"上哪儿去了?"叶朗问。

叶柔低着头说:"去我同学家,有点事。"

叶朗冷哼一声:"你头发还有耳朵上是怎么回事?"

叶柔僵着不敢吱声,她今天的确做了一件该打的事,她不反抗,也不躲避,低声说:"爸爸,你打我吧。"

贺明舒发现大事不妙,要来拦,却已经来不及了。

见皮带落到了女儿身上,贺明舒冲过来,连抢带抓夺走了叶朗手里的皮带。

叶朗咆哮着:"明天去给我把头发染回来,耳朵上再戴这些东西,别踏进家门!"

叶柔低头抹掉脸上的眼泪,应了一声:"好。"

贺明舒气不打一处来:"柔柔长大了,爱漂亮怎么不行?"

"你看她哪里漂亮了?我们叶家是南城名门,她那叫不三不四!不肖女……"

楼下的争吵声不断,贺明舒和叶朗对骂着,又哭又叫又吼。

这是她记事以来,父母第一次争吵,而且是因为她。

叶柔把脸埋进枕头,抓着被子哭了,她确实对不起父母,对不起奶奶,是个不肖女。

江尧太讨厌了。

而她自己更讨厌。

她暗自下了决心,车子给他后她再也不和他有任何的交集了。

半夜,贺明舒来给她擦药,叶柔抱住她的脖子低低地说了声:"对不起。"

第二天早上,叶柔又去了江尧家。

和那天一样,他一身赛车服打扮,似乎又要出门。

江尧见到她,单手插兜倚在门框上,有些不耐烦地瞥了她一眼:"抱歉啊,我今天有事。"

叶柔扯住他赛车服的袖子,说:"就耽误你一会儿时间。"

江尧本来想说不行,但是他看到叶柔红肿的眼睛,又把话给咽了回去。

她昨晚回去哭过?

江尧喉咙里涌上来一股苦意,有什么东西拉扯着心脏,疼得发紧。他喉结滚了滚,说:"就半个小时,我今天有比赛。"

叶柔说:"你能开车吗?我们快点,我也不想耽误你比赛。"

江尧的车子后座满满当当,叶柔只能坐在副驾驶座。

天气热,车里开着空调,车窗紧闭,唯一流动的风就是空调吹出的风。

密闭的空间里,江尧闻到了她身上甜甜的香味。他把车窗降下来一些,让扑面而来的热风把那香味吹散了。

"要去哪儿?"他问。

"王小东那里。"

"去他那儿干吗?"

叶柔也没和他解释什么,只说:"去了你就知道了。"

江尧"嗤"了一声,一踩油门把车子开了出去。

两人沉默着,一路没说话。

到了王小东那里,江尧看到门口停了辆运输车。

叶柔过去找王小东付了剩下的钱。

江尧皱了下眉,莫名有些烦躁。

很快,叶柔过来喊江尧:"你跟我来。"

叶柔忽然把那运输车的后门打开了……

一辆崭新的蓝旗亚出现在了视野里,白底,红绿色涂装,这是他之前找王小东定的那辆。

江尧手抖了下,很难形容他那一刻的心情,吃惊、喜悦以及不可置信。血液在血管里涌动、发烫,心脏在胸腔里跳动着,几欲蹦跳出来……

他说买赛车,就是故意刁难叶柔,谁知道她真的买了。

"江尧,你要的赛车,我给你买到了。"叶柔说这些话时的情绪很淡,没有哭也没有闹,仿佛她买的是个不值钱的玩具,"你记得今天去填志愿。"

江尧一下捏住了她的胳膊,问:"你哪来的钱买这个?"

被江尧捏住的地方,正好就是叶朗昨天打她的地方,有点痛。她皱了下眉,避开他灼热的目光说:"我卖了点金银首饰。"

江尧看着她的眼睛,问道:"卖什么样的金银首饰够买一辆车?"

叶柔故意让语气显得轻松,仰着脸,也不躲避他的视线,说:"那可太多了,这样的项链我就有好几条。"

江尧根本不信她的话。

叶家家风严谨,他也是有所耳闻的。

虽然叶柔家里有钱,但她平常也没有过什么特殊的打扮,更没有戴过什么首饰。

江尧追问:"你到底卖掉了什么?"

叶柔坚持道:"一个首饰。"

江尧声音有点大,俊眉拧着,有点生气,音调也拔得很高:"这车我不要,你去把东西拿回来。"

叶柔一把甩掉他的手,说:"江尧,是你昨天要车的,我给你买了,你为什么不要?"

江尧指尖捏着她的下巴,将她的脸抬了起来。

"叶柔,我让你买车你就买?我让你杀人放火你去不去?你就这么想做我女朋友?"

叶柔猛地拨开他的手。

手刚拨开,江尧又握住了她的肩膀,叶柔用力推他、扯他、踢他,江尧偏不松手。挣扎间,她露出了一小片肩膀,雪白的皮肤上有一条暗红色的伤痕。

江尧伸手拉住她外套的拉链,"刺啦"一下将它拉到了底。

锁骨上、脖颈上清晰的伤痕落入了他眼底。

一阵钝痛锤着他的心脏。

他终究是没忍住,伸手在那片红印上碰了碰,喉结滚动着:"你爸……又打你了?"

叶柔扯住拉链,重新拉好,转过身平静地说:"不关你的事。江尧,我买车给你,不是为了做你女朋友。你放心,以后我也不会再来找你。"

江尧忽然问:"值得吗?"

叶柔沉默了一会儿,说:"我也不知道以后还有没有勇气再做这些事,单冲这勇气来看,值。"

二十岁时不敢做的事,到了一百二十岁依旧不敢。

这句话是他说的。

她没忘。

她第一次全凭本心做事,值不值得又怎么样呢?她在这天花掉了余生全部的勇气和全部的喜欢……

头顶骄阳似火,叶柔踩过半干的地面往对面的路走。

那抹纤瘦的身影在视线里变成了一个点,一种惶恐感笼罩在江尧的心头。

他忽然快步追上去,一把从身后抱住了她——

少年的胳膊揽住她的肩膀,他身上好闻的气息漫入鼻尖,那一刻,叶柔的眼泪落到了他的手背上。

江尧的下巴压在她的头顶,他哽咽着说:"叶柔,我昨天的话算数的,从今天起,我就是你男朋友了。"

叶柔脑袋有些发蒙,眼泪一直往下落。

江尧将她扳过来,抬起她的脸,屈着指节,一点点擦掉了她眼皮下的潮湿。

他以为他的玫瑰有阳光、有雨露,并不知道她也在寒霜中被侵蚀,在暴雨里被摧残。

他的玫瑰,只能由他来守护。

如果他是荒漠,也要为她变出雨露……

江尧弯着唇,故意逗她:"乖宝宝,你这时候是不是要笑一下?庆祝一下你有了男朋友。"

叶柔拍飞他的手,不想说话。

江尧将她的头重新摁到心口,哽咽着说:"我说的是真的,叶柔,做我女朋友吧。"

那天下午,江尧带叶柔去医院上了药,然后亲自把她送回了家。

到门口后,江尧一直不走,叶柔怕他被叶朗看到,催了他好几次。

江尧伸手在她头上揉了揉,说:"我今天等你爸回来再走。"

"我爸很凶的。"叶柔小声说道。

"知道。"

叶柔又提醒:"他可能会打你。"

"没事,我不怕。"

天黑以后,叶朗回来了。

江尧迎上去,喊了声"伯伯"。

叶朗看了眼几步之外的叶柔,有些不悦。

别墅门口亮着灯,照得少年的眼睛晶莹闪烁,他扬着下巴,语气嚣张地说:"叶伯伯,叶柔从今天开始是我女朋友了,你要是再打她,我一定会把她带到一个你永远都找不到的地方,让你再也看不到她。"

30

江尧的话讲完,叶朗直接上前甩了他一记耳光。

非常响亮的一记耳光,江尧嘴角渗出了鲜红的血。

他抬了抬拇指,在嘴角抹了抹,脸上的表情依旧是乖张的,眉眼间的邪气未消。他仰着头,舌尖抵过腮帮子,冷嗤一声。

"您平常就是这么打叶柔的吗?您的女儿,您要是不疼,给我疼。"

叶朗要扇他第二记耳光时,被江尧握住了胳膊,叶朗用了很大的力气,但依旧没有从少年的手里挣脱开。

江尧丢开他的手,转过头笑道:"您看,我不是打不过您,是不想。"

叶朗气得眉毛都在抖。

叶柔上前拉了拉他的T恤,说:"江尧,你先回家吧。"

江尧懒懒地耸了耸肩,有点不高兴。

叶柔抿了抿唇说:"这是我迟早都要面对的事,接下来就交给我自己处理。"

冰冻三尺,非一日之寒,她如果想将那冰山破开,只能由她自己来。更何况江尧已经替她在那冰山上凿出了一道缝,她不该再退缩。

江尧犹豫了一瞬,道:"好。"

江尧消失在了小路上。

叶柔抬眸看向叶朗,女孩的瞳仁干净清澈,平日里的怯懦不见了,只有笃定与勇敢。

"爸,我想我们需要谈一谈。"她说。

"你真以为今天有人替你撑腰了?"

叶柔抿了抿唇道:"这和旁人没有任何关系,爸,我已经成年了,从今天开始,我会自由地选择自己喜欢和厌恶的一切,并且接受由此带来的各种结果。江尧只是其中一样,以后还会有很多别的东西。"

夕阳落在女孩的眉毛和眼睛上,闪闪发光,她继续往下说:"您可以继续打我,因为您是我的父亲。但您阻止不了我。"

叶朗怔住了,叶柔从小到大没有这么和他说过话,一直都是他说往东,她不敢往西。

说完,叶柔进屋找了那根皮带,递到了叶朗手里,漂亮的眼睛里没有任何惧怕。

叶朗接过皮带,却迟迟没有打下来。

许久,叶柔朝他鞠了躬,转身回了家。

从某种意义上说,江尧是叶柔青春期叛逆期的起点,狂风过境后,春草冒出嫩芽,玫瑰露出了尖尖的小刺。

那天晚上叶柔还是练了一会儿琴,但没有像平常那么久。她平生第一次觉得大提琴的声音是那么悦耳。

叶柔打电话,将她爸没打她的事告诉了江尧,顺带还告诉他自己没那么讨厌大提琴。

电话那端的少年笑得张扬又恣意。半晌,他用那种低低的、缱绻的声音说:"我们柔柔,今天是勇敢的乖宝宝。"

明明是隔着电话,她却有种江尧贴着她耳郭说话的错觉。

"江尧,我现在能和你视频通话吗?"她很想见见他。

江尧低低地笑了声,问:"想我了?"

叶柔大方承认:"嗯。"

"那你得等我一会儿,有东西要给你看。"

"好。"

电话挂了许久,视频通话的铃声一直没响。等到叶柔以为江尧把这事忘了的时候,手机忽然收到了条语音消息:"睡了没?"

"还没。"

"到窗边来。"

朝南的窗户敞开着,温热的晚风吹进来,白色的窗帘"啪嗒"几声卷到一旁。

别墅前面的路灯已经关了,月光下,香樟树影婆娑,那片漆黑里忽然蹿出几朵金色的小花来,那些小花是小孩子点着玩的仙女棒。

少年的俊脸被金色的小花点亮了,他眉骨坚硬,线条清晰,瞳仁里簇着星星,夜风拂动着他的头发,他的表情酷酷的,透着些跩劲儿。

叶柔的心脏怦怦地跳动着,她没想到江尧说的"给你看"是要当面送来给她看。

隔着一团漆黑,两人静默地对望了一会儿。

江尧勾着唇,给她发语音消息:"看到了吗?"

"嗯。"

江尧又问:"确定看清楚了吗?"

叶柔说:"没有,光线太暗了。"

江尧说话的声音已经染上了笑意:"要下来看吗?顺便去山路上试试蓝旗亚。"

"要!"没办法,他抛出的诱饵太大了。

江尧给她发了一条语音消息,语气又跩又宠溺:"行,我来帮我们叛逆的小公主勘勘路。"

江尧绕着她家别墅看了一圈后,说:"除了你的房间,所有的灯都关了。"

叶柔说:"我家保姆阿姨每天会反锁院子的大门,我没有钥匙。"

江尧又发来一句语音消息,笑意不减:"看来还得要个骑士来搭救,要我进来吗?"

叶柔问:"你怎么进来?"

"翻墙,可以吗?"

"行。"

叶柔家的院子很大,围墙也有些高。

江尧往后退开几步,冲刺助跑后往上一跃,双手攀住顶上的栅栏,脚"噌噌"地蹬了几下,纵身跳进了院子里。

他径直走到她的窗下。

没有了树影遮挡,他整个人都照在月光里。

江尧拍拍手,给她发了条文字消息:下来吧,来接你了。

叶柔推开门,轻手轻脚地下楼。

出了门,江尧朝她伸了手。

叶柔把手递给他。

江尧的掌心宽阔、温热，正好将她的手包裹进去，显得她的手格外小。

他牵着她去往那高高的墙边，这才发现她穿的是睡觉穿的小裙子，淡粉色，丝质面料，露着光洁的胳膊和小腿，脚上踩着小兔子拖鞋，可爱又柔软。

江尧挑挑眉，笑道："就穿这个出来见我啊？"

叶柔也发现不对劲儿了，都怪她太着急出来。她忙说："我上去换一件。"

"不换了，挺好看的。"

到了墙边，江尧蹲下去，说："过来，我背你出去。"

"要不我还是去找把椅子吧，太高了。"叶柔提议道。

"用不着。"

叶柔趴到了他的背上，裙子的衣料太薄了，他的体温顺着皮肤一直蔓延到了她心里，热意顿时爬满了她整张脸……

要是光线好，江尧保准能看到一颗熟透的柿子。

江尧低笑了一声，说："一会儿没手抱你，你自己抱紧我，腿夹住我的腰。"

叶柔闻言抱住了他的脖子，脚也钩过来，腿夹住了他的腰。

"腿得再夹紧一点。"江尧提醒。

叶柔依言照做了。

江尧往后退了两步，用力冲出去，往上一跳，两只手搭住那围墙的顶端，脚下使劲儿一蹬，反手撑住她的腰，跳下去——

裙摆飞起的一瞬间，叶柔的心也跟着飞到了空气里。

蓝旗亚还在王小东那里，江尧找他拿了钥匙，把运输车一路开到南城的赛道上。

四周一团漆黑，江尧爬进车厢，将蓝旗亚打火，徐徐开下来。大灯亮得刺眼，少年的眼睛也镀上了光，他隔着风挡玻璃朝叶柔勾了勾手，示意她上车。

专业赛车的引擎声低沉悦耳，和她从前听过的任何一辆车的声音都不一样。

不过才见第一面，叶柔就喜欢上了这辆车。

新车有股儿味，江尧反手将车窗降了下来。晚风吹进来，女孩的长发被风漫卷着落到了他手背上。

顶灯还没熄灭，他手指钩住她一缕头发，垂着眼皮，在指尖绕着玩。半晌，他没头没脑地说了句："真好看，黑头发、红头发都好看。"

叶柔耳根"腾"地热了起来。

江尧的指尖碰了碰她耳郭上的耳钉，她的耳骨还发炎，有些红肿。

"疼吗？"他说话的声音很低，心疼的意味明显。

"已经不太疼了。"叶柔说。

"怎么不拿下来？"

"拿下来怕它长回去。"

他伸手过来，小心翼翼地将那些耳钉一颗颗摘了下来，低低地说："对不起，叶柔，你做自己就好了。"

叶柔偏过头来，笑着说："可我也觉得它们很好看。"

他们靠得很近，几乎鼻尖相贴，她的梨涡清晰可见，江尧没忍住，指尖在那个梨涡上碰了碰……

叶柔的脸颊更红了，她指尖捏着裙子，眼里被光照得水汪汪一片。

江尧轻咳一声，收回了指尖，说："走吧。"

叶柔低头扣好安全带，皱眉道："我忘记带路书了。"

江尧笑了笑，说："没事，这条路线我会背。"

山道漆黑，蓝旗亚穿破黑暗，移动起来。

车速徐徐提了上来，江尧以往在这条道上开车车速都很快，可他珍视这来之不易的车子，今天没有刻意炫技，开得很平稳。

顶灯熄灭后，车里暗了下来。蓝旗亚闪烁的大灯在漆黑的山路间穿梭、闪动。

半晌，江尧忽然很轻地喊了她一声："柔柔。"

"嗯？"

"谢谢你，我很喜欢。"

江尧没具体说喜欢什么，可叶柔明白他的意思。她忽然想起沙漠里那场没完结的比赛，少年无光的眼神一直刺痛着她。

"江尧，明年我们开着它，再去跑一次环塔吧？"

"好。"

"那你现在可以开得快一点了吗?"

江尧低笑了一声,他还是第一次被领航员嫌弃车速慢。大多数时候,都是领航员扯着嗓子在副驾驶室喊他开慢一点。

江尧脚下交替操作,车速很快飙了上去。

蓝旗亚如一头野兽狂奔出去,丝滑地过弯,刺激地飞坡。

轮胎在地面高速滑过,拉出一阵细碎的火花,转瞬熄灭在漆黑的山道上,"嗡嗡嗡"的声音响彻整座大山,叶柔的血液跟着沸腾起来。

太快了!

简直就像在贴地飞行……

"够快了吗?"江尧轻笑着问。

"嗯。"

江尧说:"还可以更快,要吗?"

叶柔的心都要从嘴里跳出来了,她眼睛里亮光闪烁,毫不犹豫地说:"要。"

江尧手脚非常灵活地配合着,操作流畅顺滑。叶柔能清楚地听到他转挡、踩油门、制动、转弯的声音,那是长久的训练练出来的娴熟与自信。

仪表盘上的数字已经飙到了 260km/h,普通的车也就能跑到 250km/h,赛车已经超过了那个极限……

副驾驶座上的叶柔一点也不怕,因为驾驶室里的少年太淡定、太熟练了,他目光如炬,仿佛和车子完全融为了一体,那嗡嗡作响的引擎声也是他的嘶吼声,那在路上交替的光亮是他的目光。

江尧是天生的赛车手,天生的追逐者。

车子到了山顶,江尧掀了门下来,叶柔这才发现自己的后背被汗水浸湿了,耳朵里仿佛还充盈着"嗡嗡嗡"的引擎声。

江尧绕到另一侧,帮她开了车门。

"感觉怎么样?"他问。

叶柔很诚实地回答道:"有点晕,还想吐。"

江尧在她额头上抚了抚,说:"晕车了。"

"好像是。"

江尧俯身将她抱出来,放在了引擎盖上,然后自己也坐上去,让她靠着他的肩膀。

夏夜宁静,晚风舒爽,那种不适感缓缓地退了下去。

许久,叶柔侧身抱住了他,说:"江尧,我好喜欢你。"

江尧指尖拨弄着她的长发,低低地笑了声,说:"嗯,我知道。"

"一会儿我们去把志愿填了吧?总不能真的白考了,你考了那么高的分。"

"还没忘记这件事?"

"当然没忘!"

"好,回去就填。"

叶柔心里莫名轻松起来,她长长地吸进一口气,道:"我想去京市,离我爸远一点。"

"你去哪里,我就去哪里。"

叶柔晃了晃腿,小兔子拖鞋"啪嗒"掉到了地上。

江尧下去帮她捡鞋子,看到了她脚踝上的那朵玫瑰。

他盯着那里看了许久,然后俯身在上面印了一个吻。

灼热的呼吸从皮肤上传来,痒痒的,麻麻的,一直侵到心里去。叶柔眼里顿时晕出了一团水汽……

31

录取通知书寄来的那天,江尧的朋友们非要给他在KTV整个"趴"(派对),生日和录取,两件事一起庆祝。

叶柔也去了。

江尧请客,他倒没去得太早,和叶柔逛了会儿街,等他们催了才过去。

江尧要带她去见他的朋友,叶柔有些紧张,一路上抱着他的胳膊,问了无数句这个怎么办、那个怎么办。

江尧捏着她的手指,一根根搓着玩,语气懒洋洋的:"别紧张,和他们玩,脸皮厚点,凶一点就行。"

叶柔点头,表情依旧不轻松。

江尧忍俊不禁,但也没再说什么。

进门前,叶柔特意整理了裙子。

江尧见状，叹了口气道："我现在都想带你下去把裙子换掉了。"

"嗯？"

"你穿裙子太漂亮了，不想给那帮人看。"

他说得自然至极，叶柔的耳尖忽然红了。

江尧没忍住，低头在她耳朵上亲了一下。叶柔的耳朵、脸颊连带着脖颈都红了，眼睛里水汽氤氲，娇羞、温软，似一朵含苞待放的玫瑰。

这是逗过头了。

江尧递过来一截结实的手臂，一本正经地说："喏，人工撒气机，给你掐着玩。"

叶柔掐了他两下，不过并不重，江尧装模作样地"嗞"声抽着冷气，夸张地配合她："叶小柔，你看起来温柔，力气还挺大嘛。"

叶柔脸上终于有了笑意。

这么一打岔，叶柔刚刚的紧张感也跟着一扫而空。

到了包厢门口，江尧把手插进口袋，手臂弯曲着，对她说："给我们的公主挽着，壮壮胆儿。"

叶柔大大方方地伸手挽住他，和他并排进了包厢。

昏暗的包厢里，哄笑声一阵接着一阵。

江尧今天是寿星，众人给他在沙发里留了个主位。

江尧牵着叶柔进门，眉毛一挑，宣布道："各位，介绍一下，这是我女朋友，叶柔。都自觉点，把位置让大一点出来。"

有人笑着说："哟！太阳打西边出来了，江尧找女朋友了。"

另一个说："这算什么，尧尧居然考上了京市的学校，我做梦都没想到。

"说好要一起放飞自我，他倒好，说去京市就去京市，不要我了。"

江尧踢了那人一脚，说："你看看你那张脸，一脸褶子，我能要你吗？"

众人都在哄笑。

叶柔插不进去话，也没有强行插话，安安静静地坐在江尧边上。

他们唱歌，江尧不唱，就给她剥瓜子，剥一粒喂她一粒，跟养小仓鼠似的。

桌上的瓜子壳堆成了小山，叶柔扯了扯他的胳膊小声说："江尧，好啦，我不吃瓜子了。"

然后，某人终于不剥瓜子，改剥龙眼了。

剥完还是往她嘴里喂，等她吃完还不忘伸手过来帮她把核给接走了，一点都不嫌弃。

"尧尧，你是老婆奴啊？"

江尧抬起眼皮看了那人一眼，说："怎么？你有意见？"

听到"老婆"这个词的时候，叶柔偷偷瞄了眼江尧，有些窃喜，他居然没有反驳。

江尧离得近，正好看到了她弯起的嘴角。

他凑过来，和她靠得极近，问："笑什么？"

叶柔有些心虚，说："没笑什么。"

"真没有？"

这句是气音，只有她一个人听见。

叶柔低头"嗯"了一声，心脏都酥了。

江尧也没有特意追问，他擦了擦手，姿态慵懒地倚进身后的沙发里。他个子高，腿也长，整个人看起来有些玩世不恭。

反观旁边的叶柔倒是坐得端端正正，目不斜视，跟上课似的。

江尧的手搭在她身后的沙发上，指尖有一下没一下地拨弄着她散落下来的头发。

小姑娘太乖了，也好小一个。

他起了些坏心思，手指伸过去，指尖贴在她的手臂上轻轻地刮了刮，像小猫抓人似的，似有若无的。

叶柔转过来，对上他一双黑沉的眼睛。

少年被发现也没有不好意思，干脆张开手指，捏了捏她的胳膊。他手心滚烫，她的手臂冰凉而柔软，在隐蔽的黑暗里对比鲜明，又格外暧昧。

也不是什么特别亲密的举动，叶柔却觉得被他碰过的地方麻麻的、痒痒的，像触电一样，那电流沿着手臂，一直蔓延到脖颈、脊柱，然后没入心脏，微微发颤……

她身体的细微反应，江尧看得清清楚楚，禁不住弯唇笑了下。

过了一会儿，有人从外面抱了一箱啤酒进来，开了一排放在桌上。

叶柔面前也放了一瓶，江尧终于松开她坐起来，手指提着那玻璃瓶

"砰"的一声放到了一旁,嘴角扬着,痞兮兮地说:"喂,有没有眼力见儿,我家小姑娘不喝酒,整点果汁来。"

那人骂道:"就你是护妻狂魔。"

"喊,我就乐意护,你有意见?"

"喂,尧尧,叶柔不喝酒,你总不能不喝吧?"

江尧拿了桌上的车钥匙朝叶柔晃了晃,问:"手动挡的,你敢开不?"

叶柔接过来,点头道:"可以的。"

江尧笑了一声,伸手过去拿了桌上的啤酒,也懒得拿杯子,就那么仰着头喝。

暖橘色的光影里,叶柔看到了他滚动的喉结,一下一下,有节奏地下落又升起,就像电影里刻意剪辑出来的特写镜头……

叶柔的心狂跳着,她第一次发现,"性感"这个词其实是可以用来形容少年的。

光喝酒没意思,他们整了个游戏,酒瓶指到谁,众人就让他做一件事,如果不愿意就喝一杯啤酒。

第一个被指到的正是江尧。

"尧,不为难你,你就和叶柔表个白吧。"

旁边的人叫:"这也太容易了吧。"

叶柔也觉得不难,但是江尧偏偏选择一口气喝完了一杯。

"尧,容易的你不选,偏偏选难的。"

江尧把手里的空瓶"咚"地磕在桌上,语气跩得不行:"我告白,干吗要说给你们听?想得美!"

"又不是让你说给我们听,是说给叶柔听。"

"尧尧你该不会是害羞了吧?"

江尧踢了踢桌子,骂道:"滚蛋。"

后面又玩了几局,瓶子都没有指到江尧。

有人提议:"让人家叶柔也加进来玩嘛,大不了尧尧喝酒。"

江尧淡笑着说:"好。"

叶柔参与的第一轮,酒瓶就指向了她。

一群人起哄道:"叶柔,这样,你撒个娇,让江尧给你表白,我就想看尧尧表白。"

叶柔窘得不行,她看了眼江尧,他脸上的表情淡淡的,唇角含了丝笑,叶柔碰了碰他的手。

江尧伸手在她头顶按了一下,"嗤"了一声,道:"我就知道带女朋友来见你们,准没好事儿……"

江尧随手倒了一杯继续喝。

叶柔也发现了,江尧情愿喝酒,也不情愿和她表白,明明只有简单的一句话,他就是不情愿说。

她也不确定江尧是不乐意在这种场合说,还是根本不想说,他们独处的时候,江尧也没和她表白过。

叶柔心里闷闷的,她起身去了趟洗手间。

再回来,在门口听到他们的说话声——

"尧尧,你真和叶柔谈恋爱了啊?我可记得,你那天在酒吧里拒绝得可凶了。这姑娘也不是你喜欢的那一类呀,你这到底是因为那辆车还是因为喜欢她和她在一起的呀?"

叶柔因为这个问题停住了步子,她想听听江尧的答案,谁知道他在里面说了一句:"关你什么事。"

那人笑道:"我这不是关心你嘛,万一哪天你要是再遇到真爱呢?你去京市,保不准还有京市的白富美稀罕你呢,你这张脸是挺值钱的。"

江尧笑着骂道:"滚。"

"别说这些了,给你订了个大蛋糕,点蜡烛吧。"

江尧说:"等会儿,等叶柔来了一起。"

叶柔回神,推门进来。

他们在蛋糕上插满了蜡烛。

江尧愿都懒得许,等他们唱完了歌,一口气把蜡烛吹灭了。

蛋糕很大,但是大家没吃多少,都在喝酒。

江尧也有些醉了,回去的路上任由叶柔架着他。

到了车里,他稍稍清醒过来一点,坐起来,握着她的手教她打火和换挡,指尖徐徐地捻着她的手背。

叶柔说:"江尧,我都会的。"

江尧懒懒地靠进副驾驶座里坐好，闭上眼睛，懒懒地说："行啊，让我们的乖宝宝来开车。"

叶柔拿到驾照之后太久没上过路，开得并不熟练，中间熄了两次火。

江尧对车子太熟悉了，闭着眼也听出问题，他合着眼睛笑了声，语气懒得不行："离合器慢慢地松，你松得太快了，它反应不过来就会熄火。"

叶柔照着他说的，重新打火，车子一路开到他家楼下。

叶柔扶着他下来，终究没忍住好奇，问："江尧，如果我没有送你蓝旗亚，你是不是就不会和我在一起了？"

江尧醉得太厉害，脑袋昏昏沉沉的，根本没听清她讲了什么，只是很轻地"嗯"了一声。

他的行动也是这样的，送车时，他接受了车也接受了她，就好像她是车的赠品，和超市里卖方便面送塑料碗似的。

"那你……喜欢我吗？"她问。

哪怕他再"嗯"一声也行，可是他没有，一点声音都没有，他靠在她的肩膀上睡着了。

叶柔说："江尧，你是真的没有听见，还是装作没有听见啊？"

江尧依旧没有说话。

叶柔费了好大劲儿才将江尧送上楼，他太沉了，她出了一身的汗。

从他家出去，叶柔打了辆车回了自己家。

虽然是她主动追的他，但她还是有点生江尧的气。

第二天早上，江尧酒醒后立刻给叶柔发消息：早，乖宝宝。

叶柔回他的只有一个简单的字：哦。

江尧挑挑眉，继续问：今天去水世界玩呀？

叶柔：不去。

江尧：那一会儿给你送生煎去？要什么口味的？

叶柔：不用。

江尧：那去看电影？

叶柔：不去。

江尧也不是傻子，察觉到不对，立刻给叶柔打了电话。

"怎么了？我们的小公主今天不高兴了？"

"对,很不高兴。"叶柔说。

见她大方承认,江尧不禁笑出了声,问:"谁惹的?"

叶柔直言不讳:"你。"

江尧笑,语气格外宠溺:"那要我怎么哄啊?"

叶柔说:"戒烟、戒酒、把头发染回来。"

江尧"啧"了一声,说:"柔柔,你这要求有点高啊。"

"可你不是说要哄?"

"行!谁说我不哄了?"江尧笑。

傍晚的时候,他给叶柔打了电话,喊她下来,叶柔看到他的那一瞬愣住了。

那头蓝色的头发变成了板寸,耳骨上的银环还在,微微闪着光,那股痞气淡了些,邪气占了上风,但还是很帅。

江尧看她下来,挑挑眉说:"过来检查下吧,头发染了,用了理发店最黑的颜色。酒没喝,烟今天一根没抽,不信你亲亲看,保证没味。"

32

8月下旬,各大高校相继开学。

叶柔学校的报到时间比江尧的早了五天。

江尧提前去的话没宿舍可住,两人说好分开去学校。

离家这天,叶朗要安排司机送叶柔去车站,被她拒绝了。

叶朗板着张脸冷哼一声,道:"要独立就好好独立,不好的那一套不要学,家里只会给你出学费和生活费。"

叶柔点头说:"知道了,爸爸。"

叶朗朝她摆摆手,道:"快走。"

贺明舒舍不得,一直把叶柔送到了门口,再要往前走,被叶朗叫了回去。

身后的大门一闭,叶柔长长地吸进一口气。她得到了难能可贵的自由,却又不得不独自背井离乡,到底有些惶恐。

贺明舒怕叶柔在北方不习惯,给她装了满满两大箱行李,吃的、用的满满当当,东西多且重。

南城的夏天还没过去，气温还保持着三伏天时的38摄氏度。叶柔推着那两个大箱子，才走了一小段路就冒了一身汗。

一道含笑的声音忽然从不远处传来："乖宝宝，带这么多东西去学校啊？"

叶柔抬头，对上一双漆黑狭长的眼睛。

少年闲闲地倚在一棵香樟树下，单手插兜，嘴里咬着根雪糕，白T恤、黑短裤的打扮，露在外面的小腿肌肉结实有力，线条清晰。

斑驳的阳光落在他的脸颊上，将他身上那种玩世不恭的感觉衬托到了极致。

叶柔有些惊讶，问："你怎么来了？"

"想来就来咯。"他几口咬碎了手里的雪糕，扔出一条抛物线将那木制的棍子丢进马路对面的垃圾桶，抬腿走了过来。

手里的行李箱被他接了过去，叶柔跟上他的步子，有些好奇地问："你怎么知道我几点走啊？"

"不知道啊，所以早上就在这里等着了。"江尧神情依旧懒懒的，手插进口袋，"哗啦哗啦"摸出一堆零钱放到她头顶，撇嘴道，"真热，再去买几支雪糕。"

叶柔把头顶的钱拿下来，问："你喜欢吃什么口味的？"

江尧扯着嘴角说："都行。"

叶柔买了雪糕回来，发现路边停了辆车，后备厢开着，江尧正把她的行李往里放。上了车叶柔才发现车里还有别人，是上次一起吃饭的他的朋友王远还有杜临。

叶柔发现雪糕少买了一支，正要回头再去买，被江尧捏住了指尖。

"不用，我跟你吃一根就行。"他淡笑着说。

王远"嗷嗷"地叫起来："尧，我怎么闻到一股恋爱的酸臭味？"

江尧懒洋洋地说："建议你去医院看看耳鼻喉科。"

副驾驶室的杜临笑得发颤，说："尧尧骂人不带脏字，牛。"

叶柔撕开袋子，把雪糕递到了江尧嘴边，示意他咬第一口。他咬完，叶柔转到另一侧咬了一口。

江尧挑挑眉，不悦地把嘴里的雪糕从左边腮帮子移到右边腮帮子，"咔嚓"几下嚼碎了。啧，还嫌弃上他了。

下一秒,他低头靠了过来,叶柔立刻把雪糕转了转,把另一侧移给他。他偏不吃,就要咬她吃过的那一边,末了,还不忘在她手背上啄了一口。

他的唇瓣冰凉又潮润……

叶柔的脸颊"腾"地一下红了。

始作俑者大大咧咧地往后靠了靠,抬起一条长腿,挑眉看她,明知故问道:"怎么不吃了?"

叶柔低头咬了口雪糕,脑子里忽然冒出个奇怪的想法来——

那雪糕上的温度,和江尧嘴唇上的竟然一模一样,仿佛她吃的不是雪糕……

到了高铁站,叶柔才发现江尧也带了行李,忙问:"你也现在去学校?"

江尧把东西搬下来,淡淡地说:"嗯,提前过去玩两天。"

杜临在边上吐槽道:"少来,你明明是不放心柔柔要提早走。那边你都去过多少回了,还有什么地方可玩的。"

"话多。"江尧的长手钩过三个行李箱,猛地往前一拽,酷酷地走了。

叶柔背着手跟上去,笑得眉眼弯弯。

"江尧,是他说的那样吗?"

江尧语气跩跩的:"不是。"

"哦。"

江尧停了步子,扭头问:"你'哦'什么?"

叶柔说:"没什么,我开心。"

到了火车上,江尧找人调了座位,和叶柔坐在了一起。

车子由南到北走了好几个小时,窗外景色变换,路过许多陌生的城市。前路漫漫,但又并不是那么难熬。

叶柔侧目看了眼江尧,他正合着眼睛睡觉,少年的睡颜英俊而沉静,睫毛长而卷,呼吸均匀,和他平时那张牙舞爪的样子完全不一样。

叶柔想到了那冰冰凉凉的触感,禁不住一点点靠近……

嘴唇即将碰到他的嘴唇时,江尧忽然伸手在她脑袋上揉了一下,目不转睛地望着她问:"搞偷袭?"

他刚睡醒,声音低低的有些喑哑,格外蛊惑人心。

叶柔想逃,却被他按住了后脑勺,滚烫的手顺着她的脖颈轻抚下来,他的指尖带电,她整个背都麻了。

眼前的光线一暗,少年的眉眼落到了很近的地方,接着落下来的还有唇。

潮湿的、柔软的、带着薄荷的味道,浅尝辄止,触碰即离……

叶柔一把推开了他,整张脸红成了柿子。

江尧伸手,一把将她捞进怀里固定住,低低地笑了声:"柔柔,亲完了,我现在是你的人了,你别想要赖了。"

"我没……"

江尧将她的脑袋扳过来,吻住了她的眼睛。

阳光洒落在波光粼粼的海面,疾风拂过,浪花翻涌滚动,无法平息……如同叶柔的心。

转了几趟车,千辛万苦赶到了Y大。

快到下午六点,天还亮着。这会儿正好是吃晚饭的时间,新生报到处人已经散得差不多了。有人递过来一张纸,叶柔弯着腰在那长桌上填信息。

等她把填好信息的纸交进去,那人忽然说:"叶柔?真的是你。"

叶柔有些疑惑地看着他。

那人朝她比了个兔耳朵,说:"秦温,你还记得不?"

叶柔想起来了,他是小时候她家隔壁的一个哥哥,后来搬去了北方。

秦温格外激动,说话的语速都快了许多:"我妈说你考来了Y大,我刚看到迎新名单上有你的名字,还以为是巧合,就想来等等看,没想到真的是你。"

叶柔笑了笑说:"是挺巧的,你也在音乐学院。"

"走,我帮你把东西送到宿舍去。"

江尧本来在底下的台阶上等叶柔,见状,他走上来,握住叶柔的手,俊眉挑了一下,问叶柔:"认识?"

叶柔说:"嗯,小时候的邻居。"

秦温看了眼江尧,又看了眼叶柔,大致猜到了两人的关系。

他朝江尧伸了手过来。

江尧看了一眼,没握,语气非常冷淡:"学长告诉我们宿舍门牌号就行,我送我女朋友进去。"

秦温说:"那我跟你们一起去吧,女生宿舍得有志愿者工作证才能进。"

秦温把东西收了收,转身把资料递给里面的同学,拿着车钥匙出来,说:"走吧,有点远,我开车送你们。"

黑色的名车,车牌后面有一长串"8"。

秦温已经帮叶柔把东西搬上了车。

江尧不爽,非常不爽,但是也不好爆发。

车子到了宿舍楼门口,秦温提着东西要往里面进。

江尧舔了舔后槽牙,问:"除了志愿者,旁人不能进?"

秦温想了想说:"家里人也可以。"

江尧冷冷地应了个"哦",然后从他手里接过了叶柔的行李箱,快步往楼道里走。

叶柔跟进去,听到某人脸不红心不跳地和那宿管员扯谎:"叶尧,嗯……叶柔的亲哥。"

开学第一天,宿管员也没那么严格,没查证件。江尧问完宿舍门牌号,走了进去,叶柔赶紧跟上。

叶柔的宿舍在五楼,江尧提着两个行李箱上去,一口大气都不喘,反而是跟在后面的叶柔气喘吁吁。

江尧略微放慢了步子,扭头问:"青梅竹马?"

"嗯?"叶柔有点没明白他的意思。

江尧有些不自然地问:"刚刚那个秦温,和你是青梅竹马吗?"

叶柔回过味来了,连忙解释道:"我上小学二年级时,他们家就搬走了,我只是小时候认识他。"

江尧撇嘴道:"你还和他有暗号。"

叶柔问:"哪有什么暗号?"

江尧把手里的东西放下来,朝她比个兔耳朵。

叶柔"扑哧"一声笑了,说:"他家养过兔子,我爸不在家的时候我就会溜过去和兔子玩。"

江尧鼓了鼓腮帮子道:"你跟我都没有暗号。"

叶柔想了想,说:"那要不……你现在想一个?"

江尧点了点自己的嘴唇。

叶柔有点不明就里,微微蹙了下眉毛。

江尧故意拖腔拉调地说:"喊、你、亲、我。"

叶柔往上走了几步,笑着在他唇上啄了一口。

刚刚那个宿管员正好有事要上来,叶柔心虚又慌张,连忙往楼上冲。

江尧笑到肩膀发抖,追上去,又贱又坏地喊:"柔柔,跑慢点,等等哥哥呀。"

叶柔他们学校开学早,军训开始得早,结束得也早。

等她开启愉快的大学生活时,江尧他们学校还在军训。

叶柔放学和舍友去试了几条裙子,有点难以选择,给江尧发了照片,询问他的意见。

几分钟后,江尧直接给她打了视频电话。

"在哪儿?"江尧问。

叶柔把摄像头转过去照了一圈,说:"外面。"

叶柔逛的那条街就挨着他们学校西门。

傍晚时分,街上尽是温柔的光。叶柔转了一圈后,又把摄像头掉转过来,她的脸就自然而然地晕在了薄暮的柔光里。

女孩的皮肤很清透,泛着健康的粉,脖颈修长纤细,嘴唇很红,眼睛里仿佛映着闪烁的星星,江尧看得心口发痒。

"晚饭吃了没?"他问。

"刚和我舍友一起吃过。"

"裙子买了吗?"

"还没,选不出来。"叶柔说。

江尧穿着迷彩服在路上走,俊脸上尽是汗水:"等我一会儿,我出来陪你选。"

"你们军训结束了?"

"刚结束,今天晚上有个新生班会,多半是无聊的自我介绍,我想翘课去见你。"他笑着,声音低低的。

"你们辅导员不会说你吗?"

"我早点回学校,晚点去参加班会,顶多被骂一顿咯。"

叶柔没等多久江尧就出来了,他洗过澡,换掉了那身迷彩服,肤色因为暴晒深了一些,不黑,但是将他的轮廓修饰得更加锐利。

夕阳西下,他牵着她走了一条街。

然后,他们把那几条很难选择的裙子全部买了回去。

江尧也难以选择,因为叶柔穿哪条都好看。

江尧回学校时,班会已经开始十分钟了,年轻的辅导员问:"干吗去了?"

江尧声音很大,毫无羞耻心:"见女朋友去了。"

众人皆笑。

"100 个俯卧撑,做完可以坐下,做不完交 5000 字的检讨书。"

江尧挑着眉,语气狂得不行:"我能不能申请再加 100 个俯卧撑,给我女朋友录个视频?"

那辅导员瞪了他一眼,道:"行,只要你做完人没废,就给你录。"

十几分钟后,叶柔收到了江尧发来的一条视频——

"225,226,227,228……"视频背景音很嘈杂,是各种数数的声音。

江尧赤裸着上身趴在地上做俯卧撑,背部肌肉结实紧致,线条坚硬,汗水浸过的皮肤被路灯照着,反射出薄薄的亮光,腹肌排列整齐,在他起伏的动作里若隐若现。

修剪利落的短发上尽是水,汗一点点从他的眉骨上落下来,脖子里也都是汗,喉结在他上下起伏的动作里时而出现,时而隐没……

他喘着气,抬起眼皮看着镜头,低低地笑了声。

"乖宝宝,给你的做梦素材。"

33

11 月初,江尧连续拿了两个赛事的冠军。

王远、杜临他们和江尧一起比赛,比赛结束,几人小聚。

那天叶柔也去了。

王远喝了不少酒,他说:"尧,你去这些小比赛整来整去没啥意思,得往体育总局办的锦标赛上整。把你那宝贝车弄出去造一造,别放家里发霉了。"

一旁的杜临说:"你说得容易,尧尧那车开出去不要钱啊?随随便便掉个螺丝都修不起。"

王远叹了口气道:"可是不去 CRC(中国汽车拉力锦标赛),不出名,就没有赞助、没有经费,没有经费就养不起车,这是个死循环。"

汽车拉力赛不像别的体育竞技项目,太受制于经费了。车辆改装、维修、保养都要花大量的钱。

目前国内一些著名的车手,基本都是家底殷实的主,有的甚至是明星,像江尧这样凭着一身热血闯的还是少数。

江尧把手里的杯子放下来,说:"报名了,12 月会去。"

王远一听,眼睛都亮了,忙说:"我去给你做领航员,杜临搞后勤,再把王小东搞来给你修车。"

一直不发言的叶柔忽然举手道:"我可以赞助经费。"

江尧偏头看了她一眼,小姑娘笑意盈盈,满眼真诚,整张脸都照在光里,头发软软地贴在额头上,软萌又好看。

叶柔见他盯着自己看,有点不好意思,声音也小了很多:"上次买车还剩了点钱,应该够你跑比赛用的……"

王远笑道:"哇,柔柔可真好。"

杜临也跟着说:"可不是!我怎么就没有这样好看又有钱的女朋友?"

江尧伸手过来,把她落在耳畔的碎发拨到了耳后,指尖有意无意地碰了碰她的耳垂,低低地笑了声,说:"真打算把自己倒贴给我了啊?"

叶柔没说话,热意从耳朵开始,蔓延到了脸颊和脖颈,她僵在那里一动不动,像只受了惊的兔子。

江尧在她头顶揉了一下,说:"钱留着自己花,我想别的办法。"

叶柔点头,说:"好。"

这家酒吧每天晚上十点都有音乐表演,今天来的是个小明星,长得漂亮,声音甜美,叶柔很喜欢,他们一直待到十二点才走。

出了门,江尧拦了辆车送叶柔回学校。

路程有点远,她靠在他怀里睡着了。

到了 Y 大,叶柔醒来,跟着江尧下车。小姑娘还没完全醒,懒懒的,走路都在晃,跟醉酒似的。

江尧笑着蹲下来,说:"过来,背你。"

叶柔趴上去,环住了他的脖子。

已经深秋了,夜风很冷,叶柔吸了几口冷气,彻底醒了,说:"江尧,要不我还是下来自己走吧?"

"自己走什么?一会儿摔在路上,还要我哄。再说……你轻飘飘的,又不沉。"

"好吧。"她把脸颊贴到他宽阔的后背上。

路上很静,头顶明月高悬,又圆又亮,隔着衣服,她听到了少年铿锵有力的心跳声。这种独处时的寂静氛围,很适合倾诉。

叶柔问:"你打算用什么办法筹钱啊?"

"还没想好。"江尧说。

"那你……能不能不和人打架?"

江尧顿了下步子,目光暗了。

叶柔继续说:"我会心疼。"

像野草一样过了这么多年,第一次有人对他说"心疼"。

旁人看他打架时,会说他疯,会说他野,会说他狂,会说他不要命,却没人会说心疼。叶柔是唯一不同的那个。

江尧的心好像被温温的糖水浸泡过,柔软而甜蜜。

半晌,他笑了下,语气带着几分宠溺:"知道啦,公主殿下。"

叶柔环着他的脖子说:"江尧,你是金子,一定会闪闪发光的,风沙、尘土都埋没不了你。"

"还挺会哄人。"江尧把她往上抛了抛,笑了。

叶柔在他后脖颈里印了个温热的吻,低声说:"不是哄你的,是真的,我早就发现了。"

她的那个吻就像树叶飘落在水面,却在他心里勾起无数涟漪。

江尧挑着眉说:"叶小柔,你趁机占我便宜哪?"

叶柔两只手抱住他的脖子,掌心摸到了他凸起的喉结,娇气地问:"不给亲吗?"

他"啧"了下,痞兮兮地笑了声,说:"给,随便亲,我不收你的钱。"

叶柔又碰了碰他的耳朵,搓了搓他的脸颊。

江尧任由她作弄，也不制止。半晌，他说："今天胆子挺大呀？"

叶柔说："我胆子本来就大，只是以前藏得好。"

江尧轻笑着说："那是我看走眼了。"

两人说笑着到了楼下，宿舍楼已经关门了，敲了好久玻璃门都没人来开。

叶柔皱着眉，有点苦恼地说："完了，我们宿管员阿姨睡着了。"

江尧问："证件带了吗？"

叶柔点头。

"那上外面住吧。"说完，江尧牵起她的手往外走。

一路上，叶柔的心都在怦怦狂跳，手心因为紧张出了一层薄薄的汗。

到了那灯火通明的酒店大堂里，前台服务员娴熟地点开电脑，问："标间还是大床房？"

江尧随口道："大床房。"

标间和大床房的区别就是两张床和一张床。和江尧住一间房，而且只有一张床……叶柔的耳朵红到快要滴血，眼睛因为害羞隐隐腾起一层薄雾，她根本不敢直视那服务员的眼睛。

那服务员其实也没看他们，只是很机械地朝外说了句："身份证。"

叶柔低着头把身份证找出来，江尧接过来，递进去。

手续办得很慢，叶柔口干舌燥，紧张、好奇、慌乱、期待，各种情绪都有。

她舍友里也有谈恋爱的，那些与喜欢的人有关的……奇怪的知识，她其实也被科普过。

过了一会儿，叶柔手里忽然被江尧塞了一张蓝色的房卡，说："你自己去吧，我就不上去了。"

叶柔愣了愣，脱口道："那个……你不和我一起住吗？"说完，她立马想找个坑把自己埋了。

江尧闻言，侧过身来，有些惊讶地看着她。

叶柔连忙解释道："我的意思是，你们学校回得去吗？你需不需要住这里……"

完了，越描越黑！简直跟发邀请函似的！

小姑娘的眼睛水灵灵的，脸颊成了粉粉的桃子，她着急辩解，眉毛又挤成一团。

江尧忽然起了逗弄她的心思。

他坏坏地挑了挑眉,眼睛漆黑,笑得懒而邪,他低头凑近,食指和拇指捉了她冲锋衣的拉链,捏住,轻轻地往下拉……

拉链摩擦的声音缓慢又暧昧……

叶柔僵在那里,动也不敢动。

女孩漂亮洁白的脖颈露了出来,江尧指尖探上去,沿着颈部的血管轻轻地摩挲了下。

触电般的麻和痒,瞬间浸入皮肤蔓延到了心脏,叶柔很轻地颤了下。

江尧的指腹停留在了她的喉咙上,她的喉结虽然不像男生那样突出,但是那里在他指尖下动了动。

他勾着唇,笑出了声。

"柔柔,这么想让我跟你一起住啊?"

"才没有!"叶柔一把拍飞他的手,跑了。

江尧捻了捻指尖,觉得上面的余温还在。半晌,他低头,凑上去嗅了嗅……

"还挺香。"是百合和蜜桃混合的味道。他俊眉一挑,把手插进口袋,笑着走了。

前台那个服务员目睹了江尧调戏叶柔的全过程,脸都跟着红了……

整个晚上,叶柔脸上的热意都没退散,她只要一闭上眼睛,满脑子都是江尧,像中毒一样。

从那之后,他们有近两个月没见面。

已经是隆冬了,街道两侧的高大乔木相继落尽了叶子,变得光秃秃的。和南城的湿冷比起来,这里的天气又干又冷。

江尧每天都很忙,叶柔和他每天的联系只剩下手机里的"早安""晚安"问好。

叶柔并不是个黏人的姑娘,她利用这段时间看了很多机械方面的理论书,虽然达不到能修车的水平,但是车子的所有部件她都已经一清二楚了。

时间一晃到了12月24日。叶柔宿舍里那三个姑娘,两个出去约会了,剩下的那个是异地恋,和男朋友打了整整三个小时的长途电话。

舍友挂了电话,看叶柔还趴在桌上捣鼓一个不知名的汽车零件,问:"柔柔,我记得你男朋友就在隔壁学校,你今天怎么不出去约会?"

叶柔笑着说:"他忙。"

"今天是平安夜啊,你们不一起过吗?你都不想他吗?"

"想啊,但也不一定非要见面。"叶柔拧掉最后一颗螺丝,将手里的金属盖子打开,对照着电脑里的视频研究。

"柔柔,求你赶紧去约会吧,这么近都不出去,对得起 Y 大和 C 大的建校领导吗?替我出去感受下冰冷的夜晚吧!"

叶柔被她吵得没办法,给江尧发了条消息:平安夜,要出来玩吗?

过了几分钟,江尧回复她:好,一会儿去接你。

舍友听说叶柔要出门约会,立马从床上爬下来开始给她化妆、打扮。

她一面给叶柔化妆,一面感叹叶柔长得漂亮:"要是大家都长你这样,美妆店都要关门,粉底卖不掉,睫毛膏也要滞销!"

叶柔要穿羽绒服出去,被那姑娘叫回来换了大衣和长靴:"姐妹儿!这种节日一定要美爆他!让他以后每天做梦都想你,想得心里发痒。"

叶柔笑着下楼,到了门口才发现下了雪,特别冷。大衣根本不抗冻,叶柔呵了口冷气,牙齿都在打战。

太冷了。

江尧已经到了楼下,他穿着厚厚的羽绒服,围巾、耳罩、手套一样没少,但还是很帅。

叶柔过来,挽住了他的胳膊。

江尧皱眉道:"怎么穿这么少?"

"不好看吗?"叶柔仰着脸看他。

江尧看她化了妆,原本的乖巧气质淡了一些,眼睛又亮又清澈,多了些明艳与锐利。

"好看。"他把自己的耳罩、手套、围巾全部摘了给她,然后敞开羽绒服拉链从身后拥住她,以一个熊抱的姿势环着她往前走,声音懒懒的,带着些倦意:"柔柔,我好想你。"

即便隔着厚厚的外套,身后暖融融的体温和灼热的呼吸还是无法忽视,叶柔心脏怦怦跳着,整个人好像都瘫软在他怀抱里,有点意乱情迷。

"江尧，要不我还是回去换件衣服吧？"

江尧在她头顶嗅了嗅，又在她脖颈上亲了亲，恬不知耻地说："不要，这样好香、好软。"

他们一起逛街，吃晚饭。天已经黑了，碎雪变成了纷纷扬扬的鹅毛大雪，被明亮的灯照着，成了闪烁的萤火，再配上那《铃儿响叮当》的音乐，特别有圣诞节的氛围。

在这里吃饭的都是情侣，叶柔觉得这样的下雪天和江尧在一起真好。

"一会儿想怎么安排？"江尧刮了刮她小巧的鼻子。

"要不去看电影？"叶柔提议。

"行。"

叶柔点开买票软件滑了滑，问："你想看什么电影？"

"你选，我都行，只要不是动画片就行。"

叶柔选了一部评分最高的电影。

这时，江尧的手机来了一通电话，他也没避开叶柔，坐在那里点了"接听"。虽然听不清具体的说话内容，但那头是个女生，语速很快，带着明媚的笑意，不难猜出对面是个漂亮的女孩。

江尧说了几句挂断了电话，面露难色地说："柔柔，十点我要出去一趟，有点事，电影今天可能来不及看了。"

叶柔愣了愣，说："好。"

"票买了吗？"他问。

叶柔把刚刚付完钱的页面关了，说："还没有……"

"那……我送你回去？"

叶柔抿唇道："好。"

天太冷了，江尧没像之前那样裹着叶柔，而是直接把身上的羽绒服脱了给她。

叶柔不想要，说："你还是穿着吧。"

江尧吸着鼻子说："我天生不怕冷。比这更冷的地方，我去比赛，照样不穿秋裤。"

叶柔不再推辞，把手套、围巾、耳罩还给他，披着衣服进了宿舍楼。

舍友还没睡觉，从帐子里露出半张脸来，问："柔柔，你怎么这么早就回来了?"

叶柔坐下来,打开了桌上的台灯,神情很萎靡,但她还是让自己的声音听上去不那么低落:"本来要看电影的,没买到电影票,太冷就回来了。"

"啊?这些小情侣把电影票都买空了?今天的约会怎么样?有没有亲亲、抱抱、举高高?"

叶柔淡淡地说:"嗯,有。"

"啊啊啊!我还以为你今天不回来呢!刚才潇潇打电话来说附近的宾馆都订满了,你们是不是没订到房间呀?"

叶柔摁亮了电脑,鼻子里像是塞了团棉花,喘不上来气,声音哽在喉咙里:"嗯,是满了。"

就算没满,江尧大概也不会和她一起住。

叶柔调出电脑里的视频,戴上耳机,趴在桌上强迫自己继续听。可是那个视频到底讲了什么,她一点也没听进去。

舍友一局游戏结束,说:"我刚才顶着大雪去拿了快递,上次你让我给你代购的雪地靴到了,在潇潇桌上。澳洲那边发货太慢了,要是快点还能给你带去作为圣诞节礼物……"

叶柔起身把那个快递拿起来拆开,里面是一双深蓝色的雪地靴,毛很厚实,她摸了摸,很暖和。

那个舍友玩了会儿游戏就睡觉了,另外两个舍友一直没有回来。

晚上十一点半,叶柔接到了江尧的电话,他问:"睡了吗?"

叶柔说:"正要睡。"

"下来,在你楼下。"

"不想下去,冷。"

江尧声音带着笑:"你不下来,我就上去了,反正你们宿管员阿姨也跑不过我。"

江尧从来不是个循规蹈矩的人,他能干出这样的事。

叶柔裹了件羽绒服,匆匆走到一楼。

外面的雪已经积得很厚了,江尧站在一棵雪松边上,没穿羽绒服,鼻尖和耳朵冻得通红,头发上落着一层白色的雪粒,裤脚上尽是水,鞋面也湿了大半。

他往她怀里塞了个丝绒盒子:"跑得我累死了。"

"这是什么?"叶柔问。

"给你的圣诞礼物。"他淡淡地道。

"你不是有事出去了吗?"

江尧呵出一口白雾,说:"嗯,是去取了个景,最近接了个当网店的模特拍照的活儿,大冷天穿西装摆造型,冻死了。"

叶柔有些惊讶,问:"你最近两个月都在拍照片?"

"也不全是,还接了各种乱七八糟的广告,也有车模……"他语气有些跩又有些无奈,"没办法,缺钱嘛。"

叶柔忽然觉得自己太不理解他了,她轻声问:"那你怎么突然来这儿了?"

"总觉得对不起你,难得你主动找我过个节,还被我'鸽'了。你生气吗?"

叶柔垂着眼说:"之前有点,但是现在不气了。"

江尧张开手臂,说:"好冷啊,过来抱一下。"

叶柔伸手环抱住他。

江尧趁机亲了亲她的脸,说:"乖宝宝,新年的第一天要一起过吗?跟我去漠城私奔吧。"

34

12月最后几天,叶柔请了三天假,跟江尧他们去了漠城比赛。

漠城,零下30摄氏度。雪下了来不及化,一层压着一层,冰天雪地,入眼皆是纯白,真正的北国风光。

南城很少下雪,叶柔是第一次见到这样的景色。

王远开着车,感叹道:"这里简直跟童话世界似的,真漂亮。"

王小东笑着说:"这里漂亮是漂亮,你敢开过30迈试试。"

王远不服气地踩了下油门,车子顿时飘了出去。他连忙踩刹车,冰雪路面打滑,刹车也不顶用,还是往前滑,幸好这一段路上没有人。

王小东在副驾驶座上笑得人仰马翻:"跟你说了别踩油门,不信,非要体验开车滑冰。"叶柔忽然说:"这种路面要开快又要不打滑,得用钉胎。"

王小东听到叶柔这句话，有点意外。

"呦！柔柔什么时候懂这个的？"

叶柔有些羞涩地笑了笑，说："我只知道一丁点皮毛，并不精通。"

王小东说："那也很不错了，拉力赛时根据路面状况选择不同的轮胎，选错了跑不快，也容易发生故障。"

江尧看向叶柔的眼神也有些意外，他伸手将她揽进怀里抱住，问："什么时候知道这些的？"

叶柔脸色绯红，小声说："就……最近。"

"还知道什么？"江尧低头靠过来，隐秘地吻了吻她的耳郭，用只有她能听到的声音在她耳边说话。

叶柔被他亲得发痒，下意识要逃，江尧的大手抚过她的后背，把她按回座椅里。眼前的光一暗，江尧扯了她卫衣帽子上的绳子，在指尖绕了绕，嘴角勾着"嗤"了一声，声音透着懒懒的坏："躲什么呀？奖励还没给。"

"什么奖……""励"字还没说出来，他的吻就落到了她唇瓣上。

车里还有旁人，叶柔连忙推他，江尧偏偏使坏。

王小东一回头，见叶柔被江尧揽在怀里抱着，骂了句："江尧，你俩能不'虐待单身狗'吗？"

江尧终于松开了叶柔，懒懒地靠进座椅里，声音痞痞的，一脚踢在前面的椅子上，说："你也知道偷看别人亲热很'狗'啊？"

再看某个小姑娘，已经成了熟透的番茄。

江尧伸手捏住她的指尖，低低地笑着哄："柔柔，别理他们，偷看的人都是小狗。"

叶柔没说话，心想：偷偷咬人的才是小狗吧。

杜临比他们早到，安排好了住宿和车辆。他领着众人去酒店登记，边走边说："江尧，你没和我说柔柔要来，我只订了三个房间，漠城这会儿可找不到地方住。"

叶柔去了趟卫生间。

江尧把证件递进去，对着摄像头扫描脸，说："我和你俩住，我的那间给她。"

杜临听了他的安排，小声吐槽："你和柔柔住不就得了，你跟我们住，三个人睡一个房间，也太挤了。你们两个是男女朋友，有什么要紧的？"

江尧说："我又不是禽兽。"

杜临看了看后面的叶柔，捣了捣江尧小声问："喂，尧尧，不会吧，你俩还保持着纯洁的关系啊？"

江尧答了句："关你什么事。"

杜临笑得发颤，拍了拍他的肩膀，说："尧，我真佩服你，这都能忍！"

江尧踹了他一脚。

叶柔回来了，江尧等她登记完，牵着她上了楼。

叶柔问："杜临刚刚干吗一直看着我笑？"

江尧扯了扯嘴角说："别管他，他脑子有病。"

江尧把叶柔送进房间，帮她调试了所有的电器和设备才出去。

漠城纬度高，昼短夜长。江尧他们起床出发去赛道时，外面依旧是一片漆黑，叶柔还在睡觉，江尧没舍得去叫她。

气温很低，天到上午八点才亮，车组陆续上了路。

王远虽然做了几年领航员，但是这种大规模的冰雪赛道跑得很少。

"尧尧，你没积分，发车晚，到时候路面被人家压烂了肯定更滑，全程用钉胎可跑不快……"

江尧没有回应他的话，而是一遍遍地停车去找合适的刹车点和转弯点。

江尧平常都是吊儿郎当的模样，这样认真的时候很少。

王远都觉得稀奇，说："你这次是来真的了啊？说来跑比赛就来，这不像你啊。"

江尧看好了刹车点，站起来说："看不出来我要赚钱娶媳妇？"

王远愣了愣，问："你小子这是对叶柔动了真心？"

江尧没理他这句，而是说："别废话，赶紧勘路、修路书，这里下午四点就天黑。"

"你怎么知道四点天黑？"

"我地理好。"

他们勘完路，再对照着路书开车跑过一遍，已经是晚上了。

江尧一天跑了几百公里的路，又疲又累，可等他见到叶柔的那一刻，他又觉得不累了。

人们觉得累、觉得苦往往是因为看不见希望。如果希望站在触手可及的地方，再累也会为它奔波。

他从外面回来，过去给了叶柔一个熊抱，他的脑袋压在她肩膀上，声音有点倦："累，借点力量。"

叶柔被他抱得有点窒息，问："怎么借啊？"

江尧低声道："抱一会儿就好了。"

等他抱完了，叶柔这才发现他换了顶新头盔，白色的，上面印着一朵含苞待放的玫瑰。

"你什么时候换的头盔？"

江尧挑着眉梢，说："来之前。"

"这朵花有什么寓意吗？"叶柔问。

江尧屈着指节在她鼻尖上刮了刮，笑了。

"你不知道什么寓意？"

"不知道。"叶柔仰着头看他。

江尧重新将她扯进怀里抱住，声音无限缱绻："这是你呀，叶柔，你是我的小玫瑰，它就是我的幸运符。"

接下来几天才是真正的比赛。

第一天的比赛比较容易，跑一段超级短的赛道，长度只有900米，对总成绩的影响不大。其实就是给主办方、品牌商和媒体拍照用的表演赛。车辆根据积分排名，两两一组出发，竞速，看谁先到终点。

第一天各家车队都是以炫技为主，车速相对比较保守。

那些大型车队，无论是车手还是车子都是媒体关注的焦点。

像江尧这样名不见经传的新车手，基本就只有一个发车镜头，便再也没有关注度了。

蓝旗亚进入赛道后，叶柔的视线就没离开过它。从这个视角看比赛，和在车里看到的又不一样了。

她可以完整地看到江尧的车漂移、入弯和出弯。

上坡果断，下坡恣意，上桥、飞坡丝毫不拖泥带水，无数雪粒在车尾飞起来，被阳光照得仿佛镏金一般。

观赛的人群里不知是谁点评了句："蓝旗亚是今天的全场最佳，比厂队特意请过来的那几个老外都强。"

"我也觉得。"

"车手是谁呀?"

"不知道。"

叶柔扭过头去,摘掉围巾和手套,用尽全部力气扯着嗓子呐喊:"开蓝旗亚的那个人,他叫江尧!江尧!江尧!"

她也不知道自己为什么那么激动,那么疯狂,完全是凭着满腔的热血在呐喊。

她就想告诉全世界,那是江尧。

她引以为傲的少年,就该熠熠生辉,就该光明灿烂。

那几个人被她喊得愣了愣,接着朝她比了个大拇指。

江尧冲线了,叶柔飞奔到了场地的终点。他下来,摘掉头盔,朝她张开了手臂,叶柔飞跑着,一下跳到了他怀里,她的手钩住他的脖子,腿环住他的腰。

江尧抱着她笑得宠溺:"真成兔子了。"

叶柔捧着他的脸,胡乱地亲他的鼻梁和眼睛,一字一句地说:"江尧,你要成太阳了。"

"嗯。"少年目光明亮坚定,喉结隐隐滚动着。

第二天要跑四个赛段,冰雪和沙石交替的路面。

赛道里不允许无关车辆进入,即便有很多无人机在头顶飞,但除了车里的人,依旧很难直观地看到每辆车具体的情况,只能隐隐约约地听到一些"嗡嗡嗡"的声音。

比赛开始后不久,就有救援车出发去救人了。

有些做自媒体的,他们有无人机,叶柔来回在那些屏幕里找江尧。

"嚯,又飞出去一辆车,保险杠都摔掉了。"

叶柔听得心惊肉跳,连忙凑过去看,发现不是蓝旗亚,才略微松了口气。

有台无人机摆的是个固定机位,车子一辆接着一辆过去,这个弯道太滑了,许多车在这里都出了状况。

那人自己无聊,见叶柔看得专注,适当给她做了些解说:"路面太滑,使用硬胎的车子抓地力不够,容易打滑,甚至失控,这种路面能开好的绝对是大神。"

"嗯。"前两天在车上他们已经体验过了,这路确实难开。

那人说:"你这是在等你们车队的人?"

叶柔忙说:"一辆没有贴广告的蓝旗亚。"

"行,我给你看着,车过来了喊你。"

不久,江尧的那辆蓝旗亚就出现在了镜头里——

他没有采用那种华丽的前后漂移过弯法,而是利用路边粗糙的雪粒找刹车点,车子过弯极其流畅,虽然轮胎出现了一丁点打滑,但丝毫没有影响他的车速和平稳度。

要不是车子飞驰而过时卷起的白雪,乍一看,还以为是在平稳的柏油马路上行驶。

那人惊讶地笑了笑说:"你们队的这车手挺牛啊,是个老车手吧?"

叶柔眼里亮晶晶一片,自信满满地说:"他不老,但是他会赢。"

那人来了兴趣,来回操作了几下遥控器,镜头跟上了江尧的车。

令人热血沸腾的引擎声从屏幕里传来,江尧过了一个又一个坡,一道又一道弯,流畅、平稳、高速。

"嚯,平均时速160迈。我还是第一次在冰雪路上看到有人这样开车,简直是天生的赛车手。"那人感叹道。

叶柔笑着补充道:"他还很勤奋。"

她记得,江尧给她默写过一篇路书,那是千锤百炼才有的熟练度。

无人机跟着江尧飞了一路,他出现的失误非常少。

叶柔的心也在赛道上飞了一路,那是如鱼入海的自由,是久旱逢甘霖的酣畅。

几个小时后,蓝旗亚平安到达了终点。

叶柔在起点,一时半会儿去不了。

她借由无人机朝他高声喊话:"江尧,我看到你啦!太帅啦!好喜欢你啊!"

女孩的声音太大,语气又太甜,江尧半天才发现那声音来自头顶的无人机。他从车里出来,摘掉头盔,看向头顶的镜头,恣意而宠溺地笑了。

叶柔隔着镜头,目不转睛地看着他含笑的眼睛。

下一秒,他微抬下颌,指尖在嘴唇上点了点。

叶柔会意,凑到麦克风上狠狠亲了一口。

亲吻声被音响放大出去,终点线上的人都在笑,江尧也在笑。

半晌,他抱起手里的头盔,垂眸,对着上面那红艳艳的玫瑰,深情一吻。

叶柔顿时消了音。

那是……他的回应。

35

第二天比赛结束,江尧的成绩稳稳地排在第二名。他和第一名之间的差距,只有十几秒。

晚上,他们在外面吃饭,四周的人都在讨论江尧和蓝旗亚——

"那个江尧到底是哪个车队的啊?居然超过了布莱恩和格林威。"

"听说年龄很小。"

"小伙子前途无量啊。"

"明天跑140公里的特殊赛道,他能赢才是真行。"

他们讨论归讨论,根本不知道江尧到底是谁、长什么样子。

叶柔看了眼长桌对面神态自若的少年,禁不住撑着脑袋,凑过来小声说:"江尧,他们都在夸你呢。"

江尧往叶柔碗里放进一块牛肉,指尖在她小巧的鼻子上刮了刮,宠溺又无奈地说:"听到了,专心吃饭。"

叶柔趴在桌上,笑得明艳可爱,她低低地感叹道:"可是我好开心!"

从前他只是她一个人的太阳,现在是很多人的太阳了,以后还会光芒万丈……

江尧说:"现在开心还太早了,明天不知道是什么情况。"

这种冰雪路面,存在的不确定因素很多,特殊赛段又是盘山路,车子很容易出故障。再厉害的赛车手,也不能保证自己一定会赢。

过了一会儿,叶柔又问他:"我还是你的车队经理吗?"

女孩说话时,眼里满是期待与憧憬,闪闪发光,像星星似的。

江尧忍俊不禁,点了点头道:"嗯,是。"

叶柔朝他比了个"OK"的手势,说:"那我明天给你整排面,那些车队夺冠有的程序,我们一样都不能少,我看他们都会喷香槟……"

江尧被她的语气逗笑了,捏了捏她的鼻尖问:"就那么相信我会赢?"

叶柔被他捏着鼻子,说话有点瓮声瓮气:"那会不会给你造成心理负担啊?"

江尧弯唇道:"不会,只要你想,我就会赢。"

只要她想,他就会赢……这是江尧第二次和她说这句话,上一次是在一年前。

叶柔的心里尽是甜蜜。

她也相信,他会赢。她伸手握住了他的手腕,郑重其事地说:"江尧,明天我会在终点等你。"

如果赢了,她为他呐喊。

如果输了,她要把肩膀给他靠。

江尧心中一动,眸光闪烁,过了许久说了一个字:"好。"

第二天早上,所有人都起得很早,他们兵分三路出发去赛道。

窗外一团漆黑,叶柔一直盯着远处的地平线看。黎明时分,星星不见了,橘色的光一点点从地平线上冒上来,直至点亮整片雪原……

绚烂、夺目又耀眼。

就像江尧。

气温很低,叶柔的鼻尖被冻得生疼,但是心却是炙热的。

赛会的工作人员正在为各项事宜做准备,一场拉力赛让这里的早晨变得忙碌、热闹起来。

终点线上聚集的记者越来越多,有体育频道的,也有各大卫视新闻节目的……

时间一分一秒地过去,大家都在等。

今天比赛的发车顺序是按照昨天比赛的排名来的,冠军不出意外的话就会是先到达的前几名之一。

叶柔没碰到昨天那个玩无人机的大哥,最终结果就只能靠等待。

不多时,急促有力的引擎声在山道上响了起来。

"有车过来了!"那些苦苦等待的记者纷纷站起来,翘首以盼。

那"嗡嗡嗡"的声音越来越近,越来越清晰,似野兽在雪原上嘶吼、咆哮。

终于,第一辆车出现在了视野里……

那是一辆斯巴鲁,驾驶它的是一个外国人,记者们都围着他在拍照。

转眼间,又有一辆车来了。

叶柔目不转睛地盯着那空旷的雪原,心脏"扑通扑通"地跳着。

终于……在一个急弯过后,车子在视野里露出了一个白色的角来——

它越开越近,声音越来越响,划破天际。叶柔的心跳得飞快,零下30摄氏度的气温,她后背竟然因为紧张出了层薄汗。

"是蓝旗亚!"有人高喊着。

"速度好快!"

"它几乎是紧贴着斯巴鲁过来的。"

"我感觉冠军会是它,昨天就差了十几秒。"

叶柔屏气凝神,目不转睛地盯着远处的蓝旗亚。

车子经过一个长坡,腾空一跃,大片的碎雪飞溅出去……白茫茫、金灿灿,腾云驾雾一般。紧接着,又是一阵极其流畅悦耳的引擎声,车身落地干脆利落。

那些记者"咔嚓咔嚓"地按着相机的快门。

叶柔胸腔里的血液几乎要燃烧起来了。

出了最后一个弯道,蓝旗亚原地360度转了几个圈,烟雾缭绕,那是他的庆祝。所有的人都在那轰鸣的引擎声里疯狂地尖叫起来。

等叶柔反应过来时,人群已经把江尧团团围住了。

冠军产生了,他叫江尧。

叶柔眼眶发热,心口发烫,那一刻,她觉得空气都是甜的。

阳光和煦,碎雪熔金,一切都是恰如其分地好。

短暂的采访结束,江尧穿过人群,快步走到了叶柔面前。

"我赢了。"他说。

他们之间仅仅隔着一步的距离——

北风吹着他利落的头发,少年的眉毛扬着,目光锐利,周身那种散漫感不见了,取而代之的是锐利与张扬。

光落在他的赛车服上,他和光一样耀眼。

江尧笑了笑说:"柔柔,你现在可以喷香槟了。"

香槟?啊!她刚刚太激动,忘记去车里拿了!她昨天还信誓旦旦地和他承诺有庆祝仪式……

"你等我一下,我现在就去拿!"叶柔说完,立刻往回跑。

江尧追上来,猛地握住了她的手腕。

少年的掌心宽阔,无比温暖。

叶柔一愣。

再回神,他已经将她揽进怀里抱住了,温热的呼吸在她头顶流淌。

"没关系,没有香槟也可以,有你就行。"

杜临不知道在哪里找来的香槟,一阵狂喷。江尧一把将叶柔护在怀里,任由那冰凉的甜酒飞溅在身上……

王远在边上嗷嗷直叫:"杜临,你怎么只喷他俩,也喷喷我啊,我是领航员!"

叶柔从江尧怀里探出脑袋来,笑了笑。江尧将她脸上的酒擦掉,吻住了她的唇。

人群又尖叫起来……

赛后有个体育频道的采访,不长。

江尧回答完了所有的问题,忽然改成了严肃的风格,说:"各位车队领导,看看我,江尧,我什么路都跑,签我不亏。"

那记者被他逗笑了,问:"还有别的话吗?"

"确实还想说一句。"

"你说。"那记者笑。

江尧对着镜头整理好了赛车服的衣领,认真而坦荡地说:"亲爱的小玫瑰,我会努力加油的。"

比赛结束后,一行人又多停留了一个晚上。

王远他们喝了好多好多酒，江尧没有喝酒，拉着叶柔溜了出去。

天上没有月亮，一片漆黑，车子照着皑皑的白雪往前走，寂静又冷清。白天被车轮轧融化了的雪重新上了冻，车子碾上去咔嚓作响，路上几乎看不到什么人了。

"江尧，我们这是去哪里啊？"叶柔问。

"去找极光。"

"可人家说极光很难看得见，好多人等了很久还是落空了。"

江尧停车熄火，握住她的指尖，低声说："那我们就在这里试试，看看有没有好运气。"

叶柔轻笑着说："行啊。"

叶柔缩在座位里，牙齿直打战。

"冷？"江尧在黑暗里问。

"嗯。"

"到我这边来，靠着暖和。"

"去你那边，坐哪里？"

江尧几下将驾驶室的座位调大，轻笑道："我抱你。"

叶柔脱掉鞋子，从中间爬过去。江尧敞开外套拉链，将她裹进去，顺势环住了她的腰。

叶柔的脸颊靠在他的胸膛上，手指埋在他暖融融的衣服里。

异乡的寒夜里，彼此的体温是唯一的慰藉。

他们等了很久，叶柔差不多快睡着时，听到江尧喊了声："极光！"

叶柔立刻坐起来，往外看去——

天空的东北角，不知什么时候出现了一片流动的绿光，刹那间，那光便消失了。

等了约莫有三分钟，绿光重新出现在了漆黑的夜幕里，这次是大片的、纯粹的、灵动的……

持续了好几分钟。

仿佛洗涤了灵魂。

等天空彻底暗下来，江尧低头吻住了她。

和以往任何一个吻都不一样，更强势也更具有掠夺性。

一簇火星被隐秘地点燃了。

脊柱腾起一股热意,他的手隔着衣服在她后背抚过,掌心很烫,像炭火一样。

叶柔缩在他怀里微微战栗着,闷哼一声。

江尧理智回归,松开了她。

许久,他把她按在心口,低低地道:"柔柔,你也是我极夜里的光。"

36

回去后,许多知名车队都向江尧发来了邀请。

最终,他去了实力最强的"野牛"队。

1月中旬,江尧随队前往蒙特卡洛,那是他人生第一场 WRC 正赛,首战告捷。

WRC 在全球一共设有 14 个站,代表了世界拉力赛的最高水平。在江尧夺冠之前,这项赛事的冠军得主一直都是外国人。

一夜之间,江尧成了赛车界的传奇人物。

叶柔见证了江尧的第一场胜利,也见证了他身不由己的忙碌。

寒假,叶柔回南城,江尧则去了海城。

除夕那天晚上,江尧从海城赶回了南城。

因为在蒙特卡洛没有等到那个告白,叶柔的情绪一直不太高涨。分别的这段时间,她没有特意去想他,也没有主动和他发太多的信息。

江尧却很想她。他一回南城,便直接把车开到了叶家门口。

除夕夜,叶家非常热闹,老远就能看到里面通明的灯火。

他给叶柔发了消息,在门口等她,但是迟迟没有得到回应。过了一会儿,他给她打了电话。叶柔的声音低低的,带着些不易察觉的紧张。

"躲哪儿接电话呢?跟做贼似的。"少年语气含笑。

叶柔小声说:"在我房间呢。"

江尧抬头看了眼二楼的窗户,里面的灯亮着,只是隔着厚重的窗帘,他看不到她。

"要溜出去看电影吗?上次欠你的,补一下。另外我搞了个宝贝,带你出去玩。"

叶柔说："可以，但是可能要晚一点，十点以后，行吗？"

江尧看看手表，弯唇道："行，等你。"

贺明舒来叫叶柔吃饭了，她简单和江尧说了几句就挂了电话。

不一会儿，叶家门口开过来两辆车。其中一辆车江尧认识，黑色的保时捷卡宴，车牌后面有一长串的"8"。

来人是秦温和他的父母。

叶朗亲自来开的门，一行人说说笑笑地进了屋。

别墅里的光比刚刚更亮了。

很快，江尧发现二楼房间的灯灭掉了。

他把车窗降下来，透了会儿气，别墅里热闹的讲话声也跟着风传进了耳朵：

"柔柔现在都长成大姑娘了，小时候还天天上我们家玩。我家阿温从小就喜欢柔柔，跟我们离开南城好多年还天天问我柔柔怎么样了。我也老早就想让柔柔做我家儿媳妇，阿温现在和柔柔在一所学校，你说这不是天定的缘分吗？"

贺明舒笑："是挺有缘，我也很喜欢阿温，从小就会照顾妹妹。"

叶柔说："阿姨，我有对象了。"

叶朗吼了她一句："你那是什么对象，二流子一个。"

叶柔反驳道："他开车很厉害，是中国最厉害的拉力赛车手。"

秦母笑着说："没事，年轻人谈谈恋爱很正常，现在哪个孩子不喜欢玩啊，不过总有玩腻的时候。我们小时候不也爱玩嘛，最后都嫁给了门当户对的人。"

秦温插进来说了一句："我可以等柔柔。"

众人全在笑，叶柔说了一句什么话，被那笑声淹没了，听不清楚。

秦母的声音夹在其中，又尖又细："没关系的，让我家阿温等就好了。"

江尧倚在车窗上，冷风刮进来，吹得他额间的短发晃动着，那双桀骜的眼睛里喜怒不辨。过了许久，他发动了车子，出了小区。

他今天忙了一整天，午饭和晚饭都没有吃。

除夕夜，街边的那些饭店早关门了，只剩下一家卖爆竹的店还开着门。江尧下去买了一堆烟花，找了空旷的地方一根接着一根地点。

金色的焰火点亮了漆黑的夜空，叶朗、贺明舒还有秦温一家都出去看烟花了。

叶柔待在屋里给江尧发了消息：我家有客人，可能要到十点半才能出来。

江尧也没问客人是谁，只回了两个字：等你。

叶柔打开窗户，拍了照片发给他：我这边有人在放烟花，很漂亮，给你看看。

江尧发过来一条语音消息问："喜欢烟花？"

"嗯，喜欢。"

"亲一口，我再去买，老板说还有别的品种。"少年的声音低低的，带着笑。

"是你放的？"女孩的语气有些不可置信。

"嗯，等你等得太无聊了。"不知是不是在户外的缘故，他的声音听上去有些空。

叶柔没亲他，而是直接溜回房间和他打了通视频电话。

江尧随手点了接通键，女孩巴掌大的小脸便出现在了屏幕里。她在笑，梨涡浅浅，眼睛很亮，声音温柔，说话时带了几分笑意："我和我爸说一声就出来。"

"不着急，再看会儿烟花。"说完他又进那烟花店买了一堆出来。

那老板收钱手都收麻了，笑道："小伙子放这么多烟花啊？"

江尧弯唇道："没办法，要哄女朋友开心。"

叶柔闻言笑了起来，她趴在桌上，边看他直播放烟花边嘱咐："你跑远一点，别离那么近，小心被炸到。"

晚上十点钟，秦温一家终于走了。叶家的保姆不在，门也没有反锁，叶朗夫妇休息后，叶柔换了身衣服悄悄出了门。

外面很冷，她一路小跑到了别墅区外面，脸颊和鼻尖都被冷风吹红了。待看见冷风里站着的少年，她停了步子，远远地喊了声："江尧！"

江尧走过来，叹了口气道："等你可真难。"

叶柔背着手说："这就难啦，以后要娶我更难。"

江尧想到了刚刚在叶家门口听到的对话，目光暗了暗，很轻地应了声:"嗯。"

叶柔低头在手机里找电影,并没注意到江尧的表情变化。她看了一会儿,皱眉道:"啊!电影票都卖完了。"

江尧把手插进口袋,扬了扬眉毛说:"不看电影也行,先找个地方吃饭。"

"今天过年,你还没吃饭?"叶柔问完,觉得自己粗心得过分,她把手伸到他口袋里握住他的指尖,抿了抿唇,低声说,"对不起啊,江尧,我应该早点关心你的。"

女孩垂着眼,眼底尽是柔软的光,他今晚的不开心瞬间被她治愈了。他反扣住她的指尖,戏谑道:"要不上你家吃?"

叶柔想了想,点头道:"也可以。"

江尧笑了笑说:"不去了,大过年的,怕你爸打我。"

人们都挤在家里过年,路上比往常冷清许多。好不容易寻到一家还在营业的饭店,叶柔高兴地拉着他进去点菜。

江尧对着里面补充了一句:"打包带走。"

叶柔问:"不在这里吃,去哪里吃?"

江尧捏了捏她的脸颊,淡笑道:"我家,去吗?"

叶柔抿唇,点了点头。

车子一直开到他在南城中学附近的小楼。

叶柔许久没来,这栋楼还是一如既往地破旧。只是这次来比从前冷清许多。楼道里冷风直灌,少年瘦削的背影嵌在那昏黄的光晕里。

叶柔忽然问:"江尧,每年你都是一个人过年吗?"

"也不是每年,十五岁以前,他们也住这里。"十五岁以后,他就一个人住了。每年过年,都有人上门讨债,他一点也不喜欢过年。

江尧背对着她开门,叶柔忽然从身后抱住了他。

"江尧,我来晚了,我应该早点来的。"

江尧握着钥匙的手一顿,喉结滚动,眼里隐隐有泪光闪烁。还好这夜色够黑、够沉,身后的女孩没有发现。

江尧开了门,转身牵了她进去。

屋子里的家具上都蒙了一层灰,叶柔帮他把桌子擦了,把那些打包回来的菜摆好,又开了电视,把那背景板一般的春节联欢晚会调了出来,放大了声音。

乍一看,确实有那种过年的味道了。

江尧拆了双筷子要吃饭,叶柔去他家厨房洗了两副干净的碗筷,递了一副给他,自己拿了一副坐下来。

江尧挑挑眉问:"饿了?"

叶柔说:"没饿,但不能让你一个人吃年夜饭。"

江尧失笑。

"柔柔,这是你对过年最后的倔强。"

"嗯。"她总归不想让他太孤单。

两人把饭吃完,春节联欢晚会还在放,叶柔非要拉着他看一会儿。女孩的手心太软,也太暖和了,江尧根本没抗拒。

他们俩靠在一起,看了两个节目,一个小品、一个大合唱。很奇怪,他第一次在这冷冰冰的房子里找到了一丝家的感觉。

过了晚上十一点,春节联欢晚会到了尾声,全是唱歌的节目,越看越觉得困。

叶柔打了个哈欠,问:"江尧,你不是说搞了个宝贝吗?是什么呀?"

"嗯,到了,现在想去看吗?"

叶柔立刻坐起来,晃了晃脑袋,让自己清醒过来,说:"要去!"

江尧找了件自己的风衣给她裹上。

"我不冷。"叶柔说。

江尧搓了搓她的脸颊,捉了她的手,给她戴了双皮手套,说:"一会儿会冷。"

"要出去?"

"嗯,宝贝在外面。"说完,他一路牵着叶柔出了小巷。

路边停了辆货车,江尧用钥匙打开了后面的门。

"这是你的车?"叶柔有些惊讶地问。

"和王小东借的。"说话间,他拉开那厚重的门,爬上去,"咣当"一下丢了块铁板下来,冲外面说,"柔柔,把手机的灯开一下。"

叶柔配合着用手机的手电筒照进去,货车里有一辆摩托车,江尧把它推了下来,一把揭掉上面的塑料纸。

这是一辆崭新的摩托车——

珍珠白的底色，红、蓝、黑的三色涂装，大灯酷炫，尾翼高高翘起，像是飞机的机翼。全车最帅的地方刻着她名字的缩写"YR"。

"好帅！"叶柔惊叹出声。

"送你的新年礼物。"江尧眉毛扬着，表情又跩又酷。

"你怎么知道我喜欢机车？"叶柔像只欢快的小喜鹊，绕着那机车转圈。

江尧懒懒地勾着唇，说："你朋友圈天天发图片，很难看不出来。"

叶柔把视线从车上转到了他身上，问："你什么时候看我朋友圈的？"

江尧眉梢很轻地扬了扬，理直气壮地说："每天。"

"啊！江尧，你这是暗中偷窥。"

"错，我是暗中想念。"

叶柔深吸了口气，垂眸道："我以为你根本不想我。"

"谁说的？"他变戏法似的从那车厢里拿出两顶头盔来，扣了一顶在她头上说，"你不是偷偷考了摩托车驾照嘛，坐上去试试车。"

叶柔皱了下眉，有点犯难。

"可是我没上路骑过。"她是喜欢机车，但还没有上路骑过。

江尧隔着头盔在她头顶敲了敲，宠溺又无奈地说："知道，我教你。"

叶柔有点犹豫，看了看他，问："真骑啊？"

"你不骑我把它退了。"

"别啊！"

她掀开风衣下摆，跨了一条腿坐上去，江尧伸手在她后背抚了抚说："背往下趴一点，手扶住把手，握稳了，和你骑自行车没什么区别。"

叶柔照着做了。

江尧跨坐上来，俯身贴着她的背压过来，长腿撑着地，"啪嗒"一下将那底下的支撑杆踢了回去。

"转钥匙点火。"他这么贴着她，说话时吐出的热意落在她的后脖颈上，叶柔觉得心脏像是被极轻的羽毛扫过，暖融融地痒。

钥匙一转，仪表盘亮了起来。不仅如此，底下的车轮也瞬间发出了漂亮的蓝光，满满的科技感。

这可比她看的那些车酷炫多了。

江尧从身后握住她的手,说:"这里是油门,拧一下就出去了。"

他的手没有拿走,就那么握着她的,轻轻一转。身下的机车忽然"轰轰轰"地响了起来,车轮滚动着往前跑。

冷风扑面而来,叶柔一点不觉得难受。相反,她觉得那风纯粹而清冽。

江尧轻笑着说:"要加速了,准备好了吗?"

叶柔还没说话,他忽然握住她的手,猛地将油门拧到了底。霎时间,令人头皮发麻的"轰轰轰"声,在空旷的街道上猛烈地响了起来,车子疾驰而去。

"怕就叫出来。"他说。

"啊啊啊!"叶柔尖叫起来。

无数的风往身后吹,江尧按住她的手,说:"记住了吗?就是这个感觉,不要松手,不要怕,有我在。"

叶柔吞咽了一下,有些紧张地说了声:"好。"

江尧徐徐松开了她,叶柔的手心尽是汗,她记住刚刚的感觉,死死地握住油门不松。

车在街道上疾驰,房子、汽车、路灯全部都在往后狂奔。

疾驰的风,好像被她捕捉到了。

37

寒假结束,叶柔返回京市,江尧则开始了忙碌的赛季。

之后四个月的时间里,江尧先后在瑞典、墨西哥、新西兰、塞浦路斯四个分站连续夺冠,加上年初的在蒙特卡洛首冠,他稳稳拿下 125 分,以绝对的优势领跑 WRC 世界积分排行榜。江尧的英文名 Ron 频繁出现在各大媒体的报道中。

6 月初,叶柔的学校放假,江尧带她去希腊参加今年的第六站比赛。

比赛的地点在著名的雅典卫城。

古希腊是整个欧洲文明的发源地之一,这种深厚的历史底蕴,让所有到达这里的人心生崇敬。叶柔坐在车里,一直在往外面看,江尧也是第一次来希腊,没法给她做什么介绍。

她专心看风景,他专心看她。

当那个历史书里的卫城(Acropolis)映入眼帘时,叶柔忽然生出一种穿越时空的错觉,这可比书里的照片宏伟壮观多了。

江尧懒懒地靠在椅子里。半响,他伸手捏了捏她的耳尖,说:"柔柔,你已经往外看了一个小时零三分钟了,什么时候能看看我啊?"

叶柔回头,对上他那双漆黑的含笑的眼睛——

少年嘴角撇着,眉毛微扬,语气又跩又坏又无赖,还莫名有点幽怨:"我是不是没有风景好看?"

"嗯?"叶柔惊讶于某人奇怪的胜负欲。

但他的指尖往下撩到了她的耳垂时,叶柔立刻投诚道:"你好看,你最好看。"

前排的司机没忍住笑出了声。

卫城建立在一个险峻的山岗上,WRC 的赛道就在那附近的山上。

希腊站是 WRC 全年赛事里最艰苦的。

因为比赛时间在盛夏,地中海的夏天炎热少雨,每一寸土地都是炙热滚烫的。

这里的路况极其复杂,山路蜿蜒曲折,软硬路交叉重叠,有些路段一侧就是悬崖峭壁,有的往外就是大海,非常考验车手的车技、耐力和胆量。

就像某些体育频道主持人说的那样,所有来 WRC 比赛的车手都是各个车队的精英。

叶柔参观了"野牛"的整备区,很难想象这是临时搭建起来的场地。这里设施完善,有一间超大的机房,从里到外都非常现代化。虽然"野牛"比赛的只有江尧和领航员,但车队来了几十个工作人员。

整备区里一共放了三辆蓝旗亚,前后车盖全部掀着在做检查。

江尧指了指最里面的那辆说:"那辆是你送的,我开它比赛。"

"性能够吗?"叶柔问。

"他们会让它够的。"

江尧说的"他们"就是里面的那些机械师,叶柔对他们的工作太好奇了,兴奋地问:"明天你去勘路,我能在这里看他们整备车吗?"

"我以为你会想去外面旅游。"

"太热啦。"而且一个人旅游也没意思。

江尧笑了笑说:"行,刚好学学,月底我们去跑环塔。"

第二天,江尧勘完路回来,已经是傍晚了。

叶柔还在整备区。为了方便近距离观察机械师操作,她把头发高高地扎了起来,白色的宽松板型T恤被她从侧面打了个结塞进了牛仔裤,袖子也卷了一截上去,一截纤细白净的腰线若隐若现。

女孩的神情专注,眼睛亮亮的,嘴唇粉红,远远看过去既甜又飒。

那些外籍的机械师正在跟她聊天。

江尧还是第一次听叶柔说英语,美式发音,纯正标准,腔调好听。

他双手插兜,在门口站了一会儿,有些移不开视线。

领航员柯维进来,猛地拍了下他的肩膀,说:"江尧,看什么呢,怎么不进去?"

叶柔闻言,结束了和机械师的谈话,笑着走过来道:"你们回来了?"

江尧把手递给她牵,问:"学到手艺了吗?"

"就学了一点点,也不多。"叶柔伸手朝他比了比,表情有些俏皮。

夕阳落在女孩的脸颊上,她的皮肤清透,可以清楚地看见皮肤下的粉红色血丝,江尧没忍住,俯身在她脸颊上亲了一口。

叶柔脸有些红,推了推他说:"路况怎么样,难开吗?"

江尧略扬了扬眉毛,弯唇道:"还行,看到了一个非常漂亮的海湾,海水很蓝,可惜没来得及拍给你看。"

柯维听到这句,眉毛连续抖了好几下。这种魔鬼级赛段,江尧竟然还有心思欣赏风景。

周四虽然不是比赛日,但车队开了一整天的会,结束已经是晚上十点了。

江尧睡觉前有点想叶柔,犹豫半晌,还是敲响了她的房门。

女孩刚洗过澡出来,穿着宽松的睡衣,潮湿的头发裹在厚厚的浴巾里,脖颈柔软白净,嘴唇仿若春天最红艳的花瓣,眼睛乌黑,沁着薄薄的水汽。

"你忙完啦?"

"嗯,"江尧吞咽了一下说,"想你了,来看看。"

叶柔也不知道怎么往下接,江尧从来没有在晚上敲过她的房门,她僵了几秒钟说:"我今天跟车出去买了些新鲜的樱桃,很甜,你要不要吃?"

"好。"说完,他站在门口没动,叶柔转身进去拿樱桃。

她头上的毛巾包得不太紧,低头拿樱桃的时候,忽然散开了。潮湿的发丝瞬间坠落,晶莹的水珠在她白皙的脖颈里滚了滚,没入了衣领。

江尧眼底的光骤然转暗,他走进来,伸手帮她将那潮湿的头发拢住,拎了起来,温热的指尖无意间碰到了她颈部的皮肤。

叶柔回头,脸蛋早红透了。

江尧咳了一声,道:"我帮你吹头发。"

叶柔点头。

酒店里的吹风机,都是固定在卫生间的镜子前的。叶柔在盥洗台前站着,江尧则提着吹风机站在她身后。

他很想好好替她吹头发,但他没有帮女生吹头发的经验,女孩潮湿的发丝被他吹得乱飞。

镜子里少年的眉头皱着。

叶柔抬手,道:"我自己吹吧。"

江尧有些不情愿地把吹风机递给她。

之后他也没走,就那么一直站在镜子前看她。

叶柔吹耳侧的头发时,露出了漂亮的耳垂和纤细的脖颈,她皮肤很白,似在光里上了一层釉,热风把她身上甜甜的香味带到了江尧鼻尖。

江尧觉得心脏被什么东西电了,又干又麻又痒。

他吞咽了一下,试图把那种感觉压下去,但是失败了。

叶柔关掉吹风机的一瞬间,江尧将她抱起来放到了洗手台上,上面的瓶瓶罐罐被扫落到了水池里,"乒乒乓乓"一阵乱响。

叶柔重心不稳,差点栽下去,后背按过来一只有力的大手,稳稳地将她固定住。

叶柔抬眸看向他——

少年的眼睛似风暴席卷过的海面,潮意涌动,漆黑且深不见底。

她动了动唇,想说话,头顶的光忽然暗了,他倾身压下来,吻住了她的唇。

脖颈里尽是灼热的呼吸,叶柔轻颤着,软软地喊了一声:"江尧。"

他垂眸看着她。

女孩眼里尽是潮湿的雾气,脸颊上腾着一层粉红。

江尧脑子里的某根弦,已经绷到了极致。

他的下颌压在她的肩膀上,脖颈里的汗水蹭到了她的脸上,声音粗粝沙哑:"怎么办?小玫瑰,我快忍不住了。"

叶柔主动环住他的脖子,在他的下颌上轻轻吻了下。

那根弦,"啪"地断掉了——

窗外夜色沉沉,明月高悬。

皎月淹没于云层,一场大雨落下来,雨滴飞溅。

次日是周五,又是一个大晴天。

江尧起床时,叶柔还没醒。

房间的窗户紧闭着,空气里还残留着一些甜腻的百合的味道没有散去……

江尧在她眉心吻了吻,去隔壁换了赛车服,随车出发前往赛道起点。

一路上,朋友们都在和他道早安。

"这天真热啊,昨天下的暴雨,今天就干了,地上一点痕迹都没有。"

"这是地中海气候,夏天能下雨就是奇迹了。"

江尧顿了步子,忽然想到什么,捻着食指凑到鼻尖闻了闻,"玫瑰"残留的香气未散。

过了许久,他没忍住,好奇地低头,舌尖在指尖上舔了舔。引人沉醉的甜味似乎还腻在手指上。"暴雨"过后也不是没有痕迹,那些痕迹他都记得。

叶柔昨晚筋疲力尽,醒来已经是中午了,她匆匆穿了衣服去了机房。

排位赛已经结束了,江尧排在第二个发车。

傍晚第一赛段结束,江尧比第二名领先了29秒。

经理开完了会,满意地拍了拍江尧的肩膀,说:"成绩很不错,明天继续加油。"

人和人的差距还真是挺大的。

昨晚江尧和叶柔是凌晨两点五十分睡的,她一直到了中午才醒,依旧浑身酸痛;而江尧早起,还轻松赢得了比赛。

江尧从会议室出来找叶柔去吃晚饭。

队里的伙食很不错,江尧往她餐盘里装了许多菜。

叶柔拦着他说:"太多了,吃不完。"

江尧淡淡地道:"体力不够,需要补充营养。"

叶柔体会到他话里的深意,脸立刻红了。

江尧指尖在她眉毛上抚了抚,小声问:"还疼吗?"

他也不是存心使坏,只是关心她,但是在叶柔听来就格外羞耻。

江尧有点紧张,小声说:"要是还疼的话,我们去看看医生吧?吃完饭,我带你去。"

叶柔低着头,咬了一下唇,很轻地说:"已经不疼了……"

江尧轻咳一声:"哦。"

38

周六的比赛,要跑五个常规赛段和一个特殊赛段,赛程共计196公里。发车顺序是根据周五比赛的成绩,倒序发车。

周六的赛程里程太长,没有任何一个摄影师能拍到全部的赛车画面。只能选一些比较适合拍照的弯道架好机器,等候车子路过。

叶柔跟随"野牛"的摄影师去的地方,也是大多数记者选择等候的位置——

这里有长坡和急弯,又是碎石遍布的沙土路,而且旁边就是悬崖峭壁。如果翻车,车子会沿着山崖坠进无垠的大海。

危险和死亡,同时也意味着刺激与热血,一侧的山坡上聚集了大批的车迷。

这露天的荒山,成了观众席。

天气干燥炎热,高温并没有影响车迷们观赛的热情,他们戴着帽子,坐在野草丛生的土堆上,嬉笑攀谈。

这些车迷来自不同的国家,他们用各种不同口音的英语交流——

叶柔仔细听了听,里面有一半人都在聊江尧和蓝旗亚。

江尧今年在WRC连续拿下五个分站的冠军,颠覆他们的认知。

他们不断地说着"史无前例""难以置信""天才少年""横空出世"之类的话。

不远万里而来，只为匆匆一瞥他的风姿。

那是非常赤诚的感情。

叶柔想，那个为了攒钱买车，在雪夜里被人打得浑身是血的少年……他的梦想终于实现了。

不久，山道上响起了"嗡嗡嗡"的引擎声，车迷们纷纷站了起来，拥到了距离路边最近的地方。众人你一言我一语，格外嘈杂。

车子一辆接着一辆飞驰而过。

这段路比较危险，大多数车子经过这里，都会采用比较保守的过弯方式，但速度依旧很快。

路上偶尔也能看到一些发生了小事故的车子，有的后视镜飞没了，有的直接把保险杠拖在地上跑……

当一辆红色涂装的雪铁龙驶入视线范围内时，车迷们忽然不约而同地尖叫起来。

雪铁龙过弯的速度非常快，没有炫技，简单流畅。出弯后，车子在长坡上跳了一小段，漫天的尘土飞扬起来，然后消失在了视野里。

车迷们边掸身上的灰，边讨论车手的操作："雷威是'神'！"

一同来的记者适时点评道："刚刚过去的雷威，他是去年和前年的WRC年度总冠军，曾连续八年在希腊夺冠，也是江尧竞争冠军的最强对手。"

不久，又有车子从远处轰鸣而来……

"蓝旗亚！"

人群比刚刚更狂热，他们不要命似的往路边靠。

叶柔也跟着看了过去，心脏扑通乱跳。

蓝旗亚全速驶过来，一点刹车都不踩，车子以一个流畅的"Z"字入弯、出弯，"嗡嗡嗡"的声音听得人热血沸腾。

到了长坡那里，他进行了一个超长距离的飞跳——

车子腾空，飞出去近30米，落地的一瞬擦着悬崖边上的一棵橄榄树，掉转方向飞驰过去，树枝晃荡，落了一地坚硬的树叶。

车迷们被彻底点燃了！

"啊啊啊"的喊叫声响彻了整个山坡。

有人跑到路边，找江尧的车辙，回来后他们一面大声说着"Oh my

gosh",一面夸张地用手比画着。

蓝旗亚的落地点要是再往前几厘米,就会翻车坠海。

江尧几乎是踩着那个极限点控车。

他是不要命的赌徒,却也是"神",真正的"车神"。

"Ron 也太不要命了。"

"Ron 是真正的勇士!"

"从今天开始,我是 Ron 的'脑残粉'。"

叶柔的心跳得快要炸了,她既激动开心,又心疼后怕。

开心的是他能在梦寐以求的赛道上肆无忌惮地驰骋,心疼的是他终生都将与危险做伴。

副驾驶座上的柯维吓出了一身冷汗,喊道:"江尧,我是不是得补下飞机票?顺便让老高给我多买点意外险?"

江尧"嗤"了一声,道:"才飞了 30 米就不行了?"

"你刚刚要是再往前飞点,我们现在说不定已经见阎王了。"

江尧懒懒地笑道:"那不是还没见着吗?我女朋友在路边,我不想让她吃那么多土。"

柯维气到跳脚,嚷道:"你就为这个?"

江尧说:"嗯,不然呢?难道是为了带你玩云霄飞车?"

周六全部的赛段跑完,江尧依旧是用时最短的那个,但也不算稳赢,因为排在第二名的雷威仅落后他五秒钟的时间。

江尧回队后,经理高峰牵头开了个会,是关于明天的战术安排的。

等结束了,江尧单独找了高峰。

平常看上去散漫的少年,脸上忽然多了几分认真。

"高经理,我明天的比赛要是赢了,我们重新签个长点的合同吧?"

"怎么忽然想签长期卖身契了?"高峰有些意外,之前和江尧谈合同的时候,他不太愿意签报酬和奖金更多的超长合同。

江尧也没打算藏着掖着,挑了挑眉道:"最近有点缺钱。"

高峰有些惊讶,皱眉道:"分站冠军虽然没发奖金,队里给你的也不少吧?你可别告诉我你上哪里赌钱去了?"

"没赌钱,前段时间买了辆 Y2K。"江尧随口道。

"你疯了？花一年的积蓄买辆摩托车，400迈的摩托车根本上不了路。"

"嗯，改了下，速度打了个折。"速度太快，他家小姑娘骑他也不放心。

"速度打折，那你买它做什么！就图它好看？"

高峰的废话有点多，江尧有点不耐烦了，"啧"了一声说："这样吧，您就说签不签吧，不签我明年就去厂队效力了。"

高峰太阳穴的神经猛地跳了几下，说："签！但你今天得赢，积分榜第一，条件随你开。"

"我肯定能赢。"他说完往外走，到门口又回来了，嚣张地补充道，"我还有个条件，6月、7月我不跑比赛，不接代言，不上班，请长假。"

"请假干吗？"

江尧拖着长腔，语气跩得没边："我当然是去……上学啊，我可是好学生，要拿奖学金的。"

"7月不放暑假？"

"真有事。"江尧笑。

周日的比赛，有两个特殊赛段和四个普通赛段。

江尧依然是最后一个发车的。

叶柔在终点前的最后一个弯道那里等他。

车子一辆接着一辆飞驰过去，每到达一辆车，这里都能看到他们的总时长。

速度最快的车手，放在最后发车，制造了满满的悬念，却也无形中增加了许多压力。

江尧在下了一个陡坡后，车子出现了点小故障，固定引擎盖的螺丝被颠簸的路面震掉了，引擎盖在高速行驶中掀起来，挡住了视线。

柯维忙喊："在路边停下来，我下去帮你弄一下。"

江尧随口道："不弄了，耽误时间。"

柯维尖叫："你看不到路，盲开啊？"

江尧戏谑地笑了声，说："怎么能叫盲开，你不是有路书吗？往下蹲蹲，从缝隙里看路。"

柯维从来没见过这种疯子。

他往下坐了坐，从引擎盖和车身的缝隙里看出去。

江尧脸上的表情依旧是轻松的，他手脚并用，油门、挡位、转向操控灵活利落，引擎的轰鸣声一点没降。

看不到风挡玻璃的蓝旗亚在路上疾驰。

很快，守在路边的记者们尖叫起来。

紧接着是所有看到蓝旗亚的人，包括叶柔，都在狂叫！

蓝旗亚就这么盲开到了终点！

江尧看了眼比赛时间，发现自己赢了，解掉安全带下车，扭头冲还没缓过来的柯维道："钥匙没拔，你开去洗车吧。"

叶柔一口气飞跑过来，惊魂未定地看着江尧，问："你要不要紧？"

"喏，给你检查一下，胳膊没断。"说话间，他把胳膊伸到她面前晃了晃，又把腿伸过来，踢了踢给她看，语气痞痞的，透着些坏劲儿，"呀，腿也没断。"

叶柔一下扑进他怀里，抱住他。

江尧在她头顶亲了亲，轻笑着说："柔柔，你要不要检查下别的地方，比如我的嘴，亲一下，看看它坏没坏。"

叶柔没理他，眼泪情不自禁地冒了出来，连带着声音都有些哑："江尧，你怎么这样开车？输了比赛能怎么样啊！吓死我了！"

江尧举着手指保证道："下次不这么开了。"

他也不是不要命，只是这场比赛他不想输。

他得和"野牛"续签，拿到那笔钱。然后，他要去环塔给她一个诚挚的回应，关于喜欢，关于他们的未来，关于一切。

那是一切开始的地方，他想在那里向他的"玫瑰"告白。

江尧把她的脸捧上来，亲了亲："别哭啦，一会儿被记者拍到了。"

叶柔听到"记者"两个字，立刻松开他跑了。

其实已经有记者拍到了照片，江尧笑着用英语和那些记者说："抱歉啊，刚刚的照片不要发出去，我女朋友会害羞，她要是生气，后面的采访我可没时间录。"

他语气轻松，那些记者都被他逗笑了。

江尧如愿斩获了今年的第六个冠军，续签了"野牛"，也如愿以偿地获得了假期。

回去的飞机上,他旁敲侧击地问了叶柔,才知道她典当的东西在南城市中心的一家典当铺里。只是具体典当的是什么,她没有说。

到了机场,江尧牵着叶柔下飞机。

远远地看到了有人拉着横幅,写着：欢迎六冠王江尧。

拉横幅的是个二十多岁的女孩,一身黑色的西装外套、短裙,短靴上露着一截又白又细的腿,披肩的黑色卷发,化着烟熏妆,耳朵上的大牌珍珠耳坠非常亮眼。

她朝着江尧径直走了过来。

江尧顿了步子,问:"这是整哪一出啊?"

陈佳笑了笑说:"看你们队官方微博说你回来了,我查了下航班,特地来给你接机,再怎么说我也当了你两个月的赞助商。"

江尧"嗤"了一声,道:"我给你打了工、做了事,又不欠你的。"

陈佳连忙笑着说:"是是是,不欠,这不是想再找你拍组照片嘛,趁我请得起你,来排个队,最近店里出了赛车款的T恤。"

"最近没空,找别人吧。"

陈佳看了眼边上的叶柔,夸张地说:"这是你女朋友啊,真是又漂亮又可爱,我请你们吃饭吧?"

江尧挡在叶柔前面,面无表情地说:"不用,飞机上已经吃过了。"

"干吗这么不近人情?"陈佳嘟囔道。

"有事,先不聊了。"说完,他牵着叶柔,头也不回地走了。

上了地铁,江尧立刻主动交代:"柔柔,我和她不熟,就是之前在她店里拍过照。"

叶柔点了点头说:"嗯。"

江尧低头亲了亲她的脸颊:"我怕你误会。"

叶柔心里是有些不舒服,知道江尧航班的人并不多,那女孩居然是其中一个。不过,她很快就释然了,因为江尧的坦然。

39

回来之后,江尧周一到周五住学校宿舍,周末去"野牛"给他分配的公寓。

C大和Y大中间,只隔了一条短短的小街,步行十分钟,骑车更快。

江尧每天中午、晚上都要来找叶柔一起吃饭。

有时,他们晚上不回学校,去公寓里腻歪。江尧在那里弄了整面墙的幕布,窗帘一拉,屋内光线昏暗,客厅就成了一个小型的影院。

6月下旬,江尧离开,外出办事。具体去哪里、做什么,他没说,叶柔也没有问,两人的联系很少。

也就是那几天,叶柔的第二专业申请通过了,学校特别有仪式感地发了录取通知书。

终于能修心心念念的机械专业,叶柔兴高采烈地给江尧打电话:"猜猜我打电话给你是因为什么事?"

那端的声音透着点倦:"想我了?"

叶柔大方承认道:"嗯,有点。"

"我明天坐晚班的飞机回去,后天早上见。"

"好。"

周五早上,叶柔没课,起早去了趟C大。她刚到江尧宿舍楼下,便见一个身材高挑的女生从那楼道里出来了。红色的吊带丝质长裙,露着纤细的脖颈,长发一撩,她脖子上青紫色的吻痕就露了出来。

女生是那天在机场见过的陈佳,她也认出了叶柔,高跟鞋敲着地过来,娉婷地和她打招呼:"来找江尧?"

叶柔点头。

陈佳拨了拨头发,一阵甜腻的香风漫到了叶柔鼻尖。她笑了笑说:"我还挺好奇的,江尧这人很难追啊,你是怎么追到的?"

叶柔说:"也没有很难追,我送了他一辆赛车。"

陈佳愣了愣,"扑哧"一声笑了,她连着拍了好几下叶柔的肩膀道:"原来是这样,我就说嘛,追江尧这家伙果然要花好多钱。"

说完，陈佳接了个电话，声音又嗲又媚："知道啦。唉，跟你出去玩一趟，都快累死我了，早知道出去一直要在床上待着，还不如在家待着呢。你那焦糖布丁在哪里买的，很好吃，我最喜欢早上吃热的甜品了……"

后面的话叶柔听不见了，陈佳上了一辆改装跑车，一路出了C大。

江尧很快下了楼。他依旧是惯常的休闲打扮，穿着一双蓝色的运动鞋，头顶倒扣着一顶蓝色的棒球帽，腕间的运动手环在太阳下反着光。

等走近了，他往叶柔怀里塞了个纸袋，随口道："喏，给你。"

叶柔打开，发现里面竟然是一份焦糖布丁。

她也不想乱想，可是心脏却像是被一根极细的线系住了。

江尧这些天不在，陈佳也和别人出去了几天；江尧回来，陈佳也回来了，而且一大早就出现在他宿舍楼下。还有去漠城比赛前的两个月，江尧一直和她在一起……

而且，刚刚她还说江尧难追。

待感受到布丁底下的热意时，叶柔指尖一抖，手里的袋子"啪嗒"一下落到了地上，里面的布丁摔碎了。

江尧弯腰将那碎掉的布丁捡起来，戏谑道："劲儿小得可以啊，这也拿不动。"

叶柔有心事，也没反驳他，只低低地说："太阳晒的。"

江尧闻言，摘了帽子，扣在她头上，低声笑道："这天气，是比我们那里热。"

"嗯。"叶柔把帽子往下拉了拉，借由那帽檐隐藏了她的情绪。

江尧握住她的指尖，说："走吧，吃早饭去。"

叶柔点头。

C大的食堂人来人往，买早饭的人排着长队。

江尧一只手拎着个托盘，另一只手牵着叶柔往前走。早饭的种类实在太多了，他一样一样地报给她选，偶尔还会点评一两句。

他看起来实在太坦荡了。

坦荡到……她想给他辩护。

"江尧，我刚刚在你们宿舍楼下碰到陈佳了。"

"嗯？"江尧抬眸看向她。

叶柔把棒球帽拿掉，对上他的眼睛，非常认真地问："你们最近见过面吗？"

"最近一次见面还是上次和你在机场。"

"那你这几天都去哪里了？"

"回南城买了点东西，顺便请王小东他们几个吃了饭。"江尧忽然意识到自己的女朋友在查岗，忙说，"要不我喊他们给你打个电话？"

"不用……"叶柔咬了咬唇，又问，"你刚刚的布丁是哪儿来的？"

"我舍友给他女朋友买，我让他带了一份，据说很好吃。转账记录给你看？"说话间他已经把手机屏幕转了过来。

叶柔想，也许她太多心、太敏感了。

她会不安，是因为她没有骗陈佳，她的的确确是靠着蓝旗亚追到的江尧。

如果没有蓝旗亚，江尧他真的会选择她吗？或者……当时有别人送了他车，他也会和那个人在一起吗？

那个她差点遗忘的问题，又冒了出来……她太容易受那种情绪影响了。

买早饭的队伍排到了他们，打饭阿姨催道："同学，吃什么啊？"

江尧把托盘放到大理石台面上，叶柔随便指了几样，话题也到这里结束了。

晚上，江尧领着叶柔去了一家电玩城。

他们之前也去过一些电玩城，但这家和之前见过的那些都不一样——

这是一家纯是赛车游戏的电玩城，红蓝主题色的装潢，乍看上去有点像电竞馆。

"这里全是赛车吗？"叶柔问。

"准确地说，它们是赛车模拟器。你开开试试，熟悉一下。等过两天，我们找个地方试试蓝旗亚，等到去参加环塔，我做领航员，我们换着开。"

"还可以换着开吗？"叶柔整张脸都亮了起来。

"当然，领航员和驾驶员的赛照是一样的，可以换着开。反正我们俩又不是奔着拿第一去的，不在乎这个。你要开吗？"江尧挑着眉，眼睛里尽是宠溺的笑。

叶柔眸光闪烁，就差跳起来说了："当然要！"

她开赛车带江尧跑环塔，想想都热血沸腾。

江尧嘴角勾着一丝笑，语气贱贱的："就知道你会喜欢，我是不是你肚里的蛔虫？"

　　"是！完全是！"

　　江尧笑着低头，凑过来，指尖在嘴唇上点了点。叶柔四下看了看，趁着没人，环住他的脖子，飞快地在他嘴上啄了一口。

　　江尧兑换了一篮子游戏币，领着她进了驾驶舱。

　　赛车的各个按钮，和普通车子都是不一样的，他教她在模拟器上启动。

　　叶柔的车子在虚拟的道路上跑起来，模拟器做得非常逼真，车子加速时有明显的推背感，那种引擎声也和真的赛车非常像。

　　"柔柔，再快点，这是假的，没什么好怕的，速度加到200码试试。"

　　叶柔把油门踩下去，车子疾驰出去，不过她不会在高速状态下拐弯，车头"砰"地撞在了一旁的护栏上，屏幕上很快跳出"**比赛结束**"四个字。

　　江尧蹲下去，继续给她投币，轻笑着说："没事，再来。"

　　叶柔依言又操作了一次，结果在同样的位置又"挂"了。这要是在真的赛道上，他们可能早翻车了。

　　叶柔皱眉，求助似的看向他，喊了声："江尧……"

　　江尧立刻领会她的意思，问："要帮忙？"

　　"嗯。"

　　江尧从副驾驶位跳过来，踩在椅子上，倾身靠过来，单手握住了她操控方向盘的手。屏幕里的车子重新回到赛道上，叶柔徐徐提速，入弯之前，他带着她猛地转了一个方向，同时提醒道："油门不要松，踩到底。"

　　"嗡嗡嗡——"虚拟赛车发出了和真实赛车时非常接近的轮胎摩擦地面的声音。

　　车头转了个直角进入弯道，江尧扫了眼仪表盘上的速度，在她耳边有节奏地说："松油门、踩油门、松油门、踩油门——"

　　叶柔照着做了，但是力度掌握得不行，虚拟赛车在路面转起了圈，再度撞上了一侧的护栏。

　　专业赛车的技巧，当然不是那么容易上手的，叶柔倒也不沮丧，转过脸来问他："问题出在哪里？"

　　江尧指尖在速度盘上点了点，说："松、踩油门的时候不要过猛，要把速度维持在一个范围内,这个比较难,可能要'挂'很多次。"

叶柔扭头问:"那要是成功了,我是不是就学会漂移了?"

驾驶舱内的光线昏暗,仪表盘上的光映在女孩眼睛里,像星星一样闪烁着。

江尧淡笑道:"嗯,是这样的。"

叶柔赶忙催他:"那你赶快投币。"

一篮子游戏币用了大半,叶柔终于找到了那种感觉,虚拟赛车没有打转,也没有失去动力,一个甩尾,"嗡嗡嗡"地进入了弯道。

江尧竟然比自己开车还要紧张,连忙提醒:"轻收油门!"

叶柔照着做了,车尾甩动的幅度降了下来——

"再深踩油门!"江尧说。

那一瞬间,车头沿着弯道漂移出了弯,怀里的女孩尖叫起来:"啊啊啊!江尧,我刚刚漂移成功了吗?"

"嗯,成功了,"江尧弯唇,毫不吝啬地赞扬,"很帅。"

叶柔解掉安全带,一把抱住了他。

隔着薄薄的衣衫,女孩的心跳得飞快,他在她头顶揉了揉,低低地叹了一声,道:"小玫瑰,该回家睡觉了,不早了。"

叶柔后知后觉地问:"几点了?"

江尧把手机摁亮了给她看——已经过了晚上十一点了。

这个点学校宿舍肯定是进不去了,叶柔跟他去了公寓。

去公寓的路上,叶柔的心绪还沉浸在刚刚的那个漂移操作里,她说了许多话,语气轻快,声音清亮,像只活泼的小麻雀。

江尧也不打断她,配合着她表演的动作,嘴里"嗡嗡嗡"地配着音。

两人演得太专注,被路上两个十几岁的孩子吐槽:"那个姐姐好傻啊。"

叶柔大窘。

江尧笑得肩膀发颤,一下把她打横抱起来,跑远了。

叶柔闷在他怀里,隔着T恤咬了他一下:"江尧,你太坏了,你还笑!"

江尧瞳仁漆黑,加快了步子,一路把她抱回了家。

进了门,灯还没开,叶柔环住他的脖子,亲了亲他的耳朵,在他耳边小声说:"江尧,我要沦陷在你的世界里啦。"

她喜欢飞驰，喜欢赛车，喜欢机械，喜欢和他有关的一切。

江尧把她放下来，掐住她的腰，将她摁在门板上亲。

他的玫瑰，在他怀里绽放，芳香四溢。

彻底寂静下来之后，叶柔趴在江尧心口，仔细听他"扑通扑通"的心跳声。

"江尧，是赛车的时候心跳快，还是现在快？"

江尧拨了拨她被汗浸湿的头发，说："现在快。"

"你很喜欢赛车？"

"嗯。"

"那是不是说明……你喜欢我要比赛车多啊？"

江尧低低地笑了声："嗯，可以这么理解。"

她吻了吻他眉骨上的那粒小痣，捧住他的脸，一本正经地说："江尧，我好喜欢你。"

月光下的眼睛，有着引人沉沦的魔力。

江尧喉结滚动，翻身过来，重新吻住了她的唇。

叶柔推了推他，说："还来啊？"

"刚刚是第一赛段，正赛都有至少八个赛段，你看不起赛车手？"

"没……"女孩的声音被吞没。

周末两天他们都在公寓里。

星期一早上，两人对着镜子刷牙，叶柔照了照，皱眉道："江尧，你这里有没有粉底液或者遮瑕膏？"

"我怎么会有那种东西？"

叶柔盯着镜子看了好久，苦恼道："完了，那我一会儿怎么去学校啊？"

江尧快速刷完牙，出去找了件夹克给她披上，说："拉链拉到顶，保证看不见。"

叶柔洗漱完，整理好拉链，他的衣服太大了，又长又宽，但确实盖住了脖子。

今天要赶场上课，叶柔的东西都是舍友帮她带来的，没有笔袋，她直接把笔丢在了江尧外套的口袋里装着。

等换到另一个教室后,她把东西一样样从口袋里掏出来。

一只流苏耳坠"啪"的一声掉到了桌上。

珍珠款。

这不是江尧的东西。

这个样式的耳坠,她正好见过一次。好巧不巧,是在陈佳的耳朵上……

一股透彻的凉意从后背漫向四肢百骸。

江尧早上也有课,舍友给他占了位子,问他:"江尧,你前两天是不是拿错了外套?"

"什么外套?"江尧问。

"一件咖啡色的夹克,我之前看你穿好看,买了件一样的,回来挂你椅子上了。"

江尧想了下,那件外套被叶柔早上穿回学校去了,皱了下眉说:"过两天带给你。"

40

中午,江尧发消息喊叶柔出去吃饭,被她以"有事"为由拒绝了。

晚上,她再次拒绝了他,理由还是"有事"。

隔天江尧把参加环塔要穿的赛车服照片发给她,叶柔没有任何回复。江尧察觉到了不对劲儿……

第三天早上,他径直去了叶柔宿舍楼下。江尧从早上七点等到中午十二点,一直没见叶柔下来。打电话不接,发消息不回。

他上了台阶,和那宿管员沟通:"阿姨,我女朋友可能生病了,我能上去看看吗?"江尧平常跩惯了,很少求人,表情有点不自然。

宿管员板着脸问:"哪个宿舍的?叫什么?"

"509,叶柔。"

她翻了翻手里的板夹,说:"你等她下来,女生宿舍男生不能进,这是规定。"

江尧哪里是那么好打发的。

"行。"他低头,神情散漫地倚在入口的塑料门上,阳光照着他耳朵上的碎钻，亮得刺眼，头顶的板寸根根竖立，像刺一样，整个人又邪又坏，"我就在这里等。"

江尧也不是真的拦路，有人进来，他会让开一点；等人走了，他重新靠回去，挡住入口。他那张脸又邪又帅，许多女生进门后没有立刻走，而是站在过道里看他。

那个宿管员阿姨终于绷不住了，缓和了语气说："小伙子，你到门口等，我给你找个人问问。"

过了一会儿，那宿管员打了通电话给叶柔的舍友。

舍友说她请假和朋友去玩了，不在学校，明天晚上回。

第二天傍晚，江尧又来了——

天气不太好，乌云积厚，看不到月亮，也不见一颗星，有风，却依旧热。

夏夜漫长沉闷，不知名的飞虫使劲儿地往那玻璃路灯上撞，时不时地发出"啪嗒"的轻响。

江尧从来没有这样等过谁，他倚在墙边，嘴里除了苦味再找不到任何味道。

晚上十点多，一辆黑色的卡宴停在了路边。

车门打开，一道熟悉的纤细身影从里面跳了下来，女孩穿着淡蓝色的薄纱裙，戴着一顶宽檐的帽子，裙摆被风吹得轻晃，脚上穿着白色的小皮鞋，露着一双洁白的小腿，脚踝上的玫瑰格外刺目……

江尧站了起来。

但他的视线很快凝固住了。

这辆车他认识，车牌后面有一长串的"8"。

他没有想到，和叶柔去玩的那个朋友会是秦温。

这就是她这几天不理他的原因。

江尧走过来，漆黑的眼睛盯住她，喜怒难辨地问了句："出去玩了？"

叶柔下意识往后退了一步。

江尧低头，面露倦色。他偏头，用下巴指了指一旁的秦温，道："和他一起去的？"

"对。"叶柔心口漫过一丝尖锐的苦涩，她撒了谎。

和她一起去的人是苏薇薇，秦温只是她刚刚在门口碰巧遇到的。

江尧眼里蒙着一层霜雪,声音更冷:"你们住一起了?"

叶柔没回答这句。

江尧压着火,手伸过来握住了她的下巴,他看着她,目光似漆黑夜色下翻涌的浪尖。

"问你话呢,叶柔,说话!"

凭什么?凭什么他是理直气壮的那个人?!

明明是他先撒了谎!

是他骗了人!

是他去见了陈佳……

是他的错!

该道歉的人应该是他!

叶柔心里憋着气,委屈、恼怒、求而不得的挫败感,齐刷刷涌了上来——

她用力推他、拨他的手,江尧不松。

有滚烫的眼泪落到了他的虎口上,灼热、滚烫,刺痛了他的心脏。

江尧忽然软了下来,松开她,连声音都低低的,带着些乞求:"解释一下……"

只要她解释,哪怕是哄他的、骗他的,他也决定原谅她,不计较,不生气。

可是,叶柔偏不。

"没什么好解释的,想去玩就去了。"

江尧的怒气被顶到了极点,爆炸了——

他抬腿,一脚踹翻了她边上的垃圾桶,塑料瓶、废物、易拉罐"乒乒乓乓"地滚了一地。

西风漫卷,那些瓶子"咕咚咚"地被吹到了各个地方,远处的天际划过一道闪电,将夜撕开了一道明晃晃的口子。

"叶柔,你什么意思?"他问。

"没什么意思。"叶柔吸着气,不让眼泪再落下来。

许久,江尧低低地问:"环塔还去吗?"

"不去了,没时间。"叶柔眼里的水汽上涌,喉咙里像塞着块海绵,堵着喘不上来气。

她拉过行李箱，绕开他往宿舍走，江尧一把扣住了她的手腕。

"叶柔，和他去玩就有空，和我去环塔没时间？"

叶柔脸上的肌肉微微抽搐着，心口发涩，她快要绷不住了。

秦温上前，拦在了叶柔和江尧之间，说："松手，尊重女生是基本的绅士风度。"

江尧松开叶柔，抡起拳头，照着秦温的脸猛地砸过去。

秦温还手，两人扭作一团，散落在地上的瓶子被踢得乱七八糟。

江尧下手很重，秦温根本不是他的对手，江尧已经将秦温摁到了身下，一拳拳地往他脸上挥。

这是她和江尧之间的矛盾，秦温是被牵连进来的无辜受害者。

再这么下去要出事。

"别打了！"叶柔过来，使劲儿拉江尧的胳膊。

他根本不听。

她猛地扑过去，死死抱住了他的手臂，江尧没来得及收手，叶柔被带着栽到了地上……

江尧目光一滞，赶紧要去拉她——

却见她在扶地上的秦温。

头顶闷雷滚动，西风越吹越烈。

少年的手无力地垂了下来，雨珠落在了他的脸上，一滴、两滴，打湿了他坚硬的轮廓。

他没忘记除夕夜时那些人说的话，叶柔最终会嫁给门当户对的人，他从一开始，就不是她的最优解。

少年的喉结滚了滚，声音有些哑，低低地说："小玫瑰……你确定了吗？以后选他了吗？"

叶柔费了好大的力气，才将秦温从地上扶起来，往车边走。

路过江尧时，叶柔停下来说："江尧，我们暂时不要见面了，各自冷静下。"

江尧哽咽道："好……"

卡宴重新亮了灯，开走了。

暴雨倏然而至，江尧站在雨里一动不动。

大雨浇透了他的衣衫,也浇灭少年满身的狂傲。

他俯身将叶柔落在门口的行李箱拎起来,送到了宿管员那里。

然后,他回到路边,将那个被他踢翻的垃圾桶扶正,弯腰把那些四下散落的、湿漉漉的垃圾一个个捡了回去。

脑海里冒出一句很久以前的笑话——

"小伙子,干垃圾、湿垃圾,侬是什么垃圾啊?"

6月剩下的日子,他们再也没有见过面。

很奇怪,Y大和C大明明只隔了一条街,他们却像是隔着一个跨越不了的世界。

不久,暑假开始了。

叶柔回了南城老家,江尧也回了南城,他的假期没结束,暂时没有回车队。

江尧心情不好,朋友们天天喊他出去玩。

歌唱腻了,饭也吃得快吐了,大大小小的游乐园也逛了个遍,各种派对开了一轮,江尧还是兴致缺缺。

有人看出了问题所在,总结起来就是两个字:"叶柔"。

江尧之前恨不得到哪儿都带着叶柔。

这回放假,两人都在南城,却一点联系都没有。

明眼人都看得出来,江尧这只高傲的孔雀,失恋了。

那天他们约了江尧去酒吧喝酒。

有人提议:"尧尧,我给你介绍个女朋友吧?清纯型的,贼正点,保证你喜欢。"

江尧陷在沙发里,"嗤"了一声,道:"不用,我有女朋友。"

"你和叶柔没分手啊?"

"我什么时候说我们分手了?"

"那怎么不带她出来玩了?"

江尧目光暗了暗,说:"她有事儿。"

王小东问:"吵架了?"

江尧沉默着,没说话。

"吵架就哄嘛，就你这样的，还能哄不回来媳妇？"

"就是，就你这张脸，这么帅，把她按墙上一亲，柔柔还不对你死心塌地？"

江尧烦躁地拨了拨头发，说："你们不了解她。"

叶柔看起来柔弱，其实内心非常刚强、执着，只是平时小软刺藏得好，没有露出来。她想要的，会拼命争取；她不想要的，谁也勉强不来。

有人打趣道："想不到我们尧尧第一次坠入爱河，就被爱河的水淹了个半死不活。"

江尧有些恼，踢了板凳一脚，骂道："滚蛋！"

也是在那天，叶柔冷静思考了一个月，决定去找江尧平心静气地谈谈。她觉得关于陈佳的事，她应该当面问清楚，关于秦温的事她也要讲清楚。两人继续走下去还是分手，都得有个答案。

她打了个电话，问到了江尧的去处。

黑黢黢的酒吧里，江尧背对着外面坐着，背影清瘦。

叶柔顿了步子，不得不承认，她虽然生他的气，但还是克制不住心脏的狂跳，她还是喜欢他。

众人都在喝酒，有人要往江尧杯子里倒酒，被他拦住了。

"尧，都来酒吧了，喝什么水啊？"

"你不知道，柔柔不让他喝，他早戒了。"

那人打趣道："哥，这么早就做'妻管严'哪？"

江尧嘴硬地说："玩玩的，当什么真哪？"

听到这句，叶柔眼里的光彻底暗了下去，心脏像是被人蒙住狠狠地开了一枪，痛到难以呼吸，耳朵里飞入千万只蚊子，嗡嗡作响。

玩玩？原来……她所珍视的喜欢，在他眼里只是玩玩。

那一刻，叶柔对江尧抱有的幻想，全部破灭了。

她一步步走过来，喊了他一声："江尧。"

江尧回头，有些错愕地对上她那双雾气蒙蒙的眼睛。

许久没见，他很想她，却也没忘记那天晚上的事。

叶柔看着他的眼睛，一字一句地说："江尧，我们分手吧。"

江尧嘴里传来一阵苦意："叶柔，问你一句，你当初为什么会喜欢我？"

叶柔强忍着心口传来的钝痛，一字一句地说："野性难驯、新鲜、刺激，我花了点小钱买了快乐，但是现在腻了。"既然他没当真过，她又为什么要当真？

野性难驯？新鲜？刺激？

哦，他确实是这样的。

玫瑰的花期，有四季。

她的喜欢，只有一季。

腻了？

他以为他的玫瑰愿意把根交给他，谁知道，她只给了他一朵花。

呵，这种短暂的喜欢，他江尧也不要。

江尧提起手边的酒瓶，低头"突突突"地倒了满杯，一口气喝完了，杯子"砰"地砸在桌上，他说："行啊，分手，你别后悔就行。"

叶柔平静地说："我绝对不会后悔的。"

她走后，江尧喝了整整三瓶白酒，没有一个人敢劝他。

环塔在那之后几天闭幕了，江尧没去，叶柔也没去。

高峰亲自来催江尧归队训练。

江尧把桌上那个装玉如意的盒子合上，准备带走。

高峰一眼认出来这是个宝贝，问："江尧，你这个玉如意是博物馆里的东西吧？我在南城博物馆见过。"

江尧语气淡淡地说："不是。"

"你等下，"高峰拍了照片，在搜索栏里检索后说，"我搜到了，这是叶家的东西，之前借给博物馆做过展览的，价值两个亿。据说老太太仙逝前，把它传给了孙女做嫁妆，怎么在你这里？"

江尧的眼睛猛地瞪大。

他把那盒子小心地盖上，一下飞跑出去。

他错了，他的玫瑰给他的根本不是一朵花，而是根，是她的全部。

第四章

玫瑰

41

江尧一路把车开到叶柔家,他在那铁制的大门旁敲了许久,才有人来开门。

叶朗夫妇出国旅游去了,叶柔不在家。

南城的盛夏,平均气温38摄氏度,酷热难耐,地面放个鸡蛋都能烤熟。他站在那骄阳里,一动不动。

高峰怕他中暑,劝了好多次,江尧不听,继续等。

天黑透了,江尧不走。

半夜了,不走。

天亮了,还不走。

高峰急了,骂了江尧一顿:"你到底在这儿干什么?"

"等人。"江尧说。

高峰有点无语:"我回去了。"

江尧在那门口等了三天三夜……

叶柔家二楼的灯始终没有亮,她一直没有回家。高峰跟叶家的保姆打招呼,求她给叶柔打个电话问问人在哪里。

叶柔在贺亭川家。

江尧闻言,转身要开车,一下栽在了地上。

高峰把他送去了医院,葡萄糖点滴打了一会儿就被他徒手给拔了。

高峰知道江尧疯,但不知道他会这么疯。

"江尧,你图什么啊?"

江尧一句话不说。

高峰看他这个样子,把那葡萄糖点滴的瓶子拿下来,拔了上面的塞子递给他,说:"直接喝吧,效果一样,喝完我送你。"

高峰照着江尧报的地址,把车子开了过去。

叶柔就在贺亭川这里,那辆Y2K停在院子里。

江尧敲门时,叶柔看到了他,但是她没有下去。

贺亭川也是个护犊子的主,叶柔不肯见江尧,他便吩咐家里的人不要开门。

叶柔倔,江尧更倔。她不出来,他就在门口等,一直等。

下午三四点钟,下起了倾盆大雨。

叶柔去关花房的窗户,看到江尧还站在外面的马路上——

大雨浸湿了他的头发和衣衫,她在窗边多站了一会儿,江尧看到了她……隔着滂沱的雨幕,两人四目相对。

江尧立刻向她喊话:"柔柔!你出来一下!"

叶柔没有任何回应。

"就见一面,好不好?小玫瑰,我错了,我喜欢你,很喜欢你,我们不要分手好不好?"

听到"喜欢"两个字的时候,叶柔眼睛里的水汽升腾了起来……那曾经是她最想听的告白,但是现在,她不想要了。

她爬上窗台,将那玻璃窗"咔嗒"一下合上了,大雨隔绝了一切声音。

江尧迟迟不走,贺亭川替叶柔下去了一趟。

黑色的大伞出现在视线里时,江尧以为是叶柔下来了,他立刻迎了上去——

谁知对上一双漆黑如墨的眼睛,男人气质矜贵,长相出众,轮廓坚硬,剪裁考究的西装在大雨里不沾一点水。

他看了一眼江尧,似笑非笑的,声音不大但带着极强的压迫感:"柔柔不想见你。"

江尧依旧站在雨里,眼皮上都是水:"我有很重要的东西要给她。"

贺亭川微抬了下眼皮,慢条斯理地吐出几个字来:"我们家买得起,你回去吧。"

"这不是买来的东西,是她的东西,很重要,你要征询她的意见。"桀骜的少年眼里尽是疲惫。

贺亭川略微抬起下颌,那种长期经商磨砺出来的气质,让他这个动作显得不怒自威。

江尧继续说:"我要亲口问她!"

贺亭川漂亮的眼睛里显出一丝不悦,他微微眯了下眼睛,道:"我妹妹不想见你,话我会替你转达。"

皮鞋有节奏地踏水而去,门廊里只剩雨水飞落的声音。

贺亭川回到楼上,敲响了花房的门。

"底下那个人说有很重要的东西要当面给你。"

叶柔没抬头,脸埋在膝盖里,声音里带着哭腔:"我不要了。"

贺亭川快步走下楼,转达了叶柔的话。

江尧把那个包裹严实的盒子从怀里拿出来,小心翼翼地递给贺亭川,说:"这个,请你带给她。"

贺亭川打量了他一番,沉声道:"抱歉,她说不要。"

别墅的大门"砰"地合上。

江尧追过来,隔着门叫住他:"你能……替我哄哄她吗?"

"她是我妹妹,我自然会哄,但不是替你哄。"说完,他收了伞,正了正衣领,打了个电话。

几分钟后,高峰和江尧被人摁进车里带走了。

窗外大雨滂沱。

路上干干净净。

天一点点黑了下来,叶柔还在花房。

晚饭做好了,屋子里尽是食物的香味,叶柔没去吃饭。贺亭川端着碗过来,在她边上坐下。

"柔柔,哥给你变个魔术?"

叶柔看着他,眼睛又红又肿,像两个水蜜桃。

贺亭川从口袋里拿出个手帕,打了个响指,变出一只雪白的小兔子。

叶柔捧着玩了玩,声音有点低:"这是怎么变的?"

贺亭川揉了揉她的头,哄道:"去吃饭,吃完教你。"

长桌之上,安安静静。叶柔一碗饭吃完了,抬眼看向贺亭川。她没问刚刚的魔术,而是说了别的事:"哥,我能求你件事吗?"

"说说看。"

"我想出国学机械,但不想告诉任何人,包括我爸、我妈。这件事只有你能帮我。"

贺亭川没有着急回答,而是淡淡地说了两个字:"理由。"

叶柔把手里的筷子放下来,郑重其事地说:"我喜欢机械,我想活成自己喜欢的样子,我想做叶柔,而不是叶家养尊处优的大小姐。"

贺亭川有些惊讶,他以为自己的妹妹会说失恋治疗情伤之类的话,她却没有说。

他第一次听叶柔说她喜欢什么、想要什么。在此之前,她一直逆来顺受,从没表达过这些。

贺家、叶家就像金丝笼,他们生下来就被困在其中,逃脱不了。但这个家里,终归还是得有个人是自由的。

如果这个人是叶柔,他倒是很愿意成全她。

贺亭川沉默了一会儿,说:"出国留学,不是小孩子过家家的游戏,你去,自己就要承担全部后果。去读书就得认真学,得吃苦,得靠它养活自己。要是你爸发现了,我顶多帮你扛两次打,把房子借你住几天,其他的都要你自己扛,我甚至不会给你一分钱的生活费。你考虑好了再回答我。"

叶柔抿了抿唇,迎上他的目光,语气坚定地说:"好。"

"行,我帮你安排。"

"谢谢哥。"

过了一会儿,贺亭川又问:"那个人还见吗?"

叶柔知道他说的是江尧,她缓缓地吐了口气说:"不见了。有些事总不能太沉溺其中。"年少无知一次就够了,她该长大了。

贺亭川做事讲究效率,从来不拖泥带水。不过几天时间,他就帮叶柔弄好了所有的留学手续。

叶柔去了德国最好的机械学校,也从江尧的世界里彻底消失了。

诚如贺亭川说的那样,学机械要吃很多很多的苦。

理论不难学,最难的是实际操作。

她是女生,天生力量不够,柔柔弱弱地活了二十年,连一颗大点的螺丝都拧不动,更不要说扛那些重得不行的汽车配件了。

整个专业就她一个女生。

那些可恶的男生还给她起了个绰号——娇花，整天嘲笑她。

叶柔特意请了专门的老师来帮助她增强力量，她逼迫自己增长肌肉，体重从85斤长到了96斤，衣服也从XS码换成了S码。

德国的学费不算贵，这也是贺亭川让她来德国的原因。

叶柔买了辆二手车，每天除了吃饭、睡觉都在捣鼓车。当然，她也会偶尔想念江尧，但那种想念是和思乡交织在一起的。

她从来不回避那种想念，即便是年少无知，即便疼痛难忍，即便满含泪水，那也是她的一部分，是她灵魂的一瓣。

这里四季分明，叶柔扎根在这异乡的土地上，恣意生长。

她背着包做了许多大胆的事，她去加泰罗尼亚流浪，去地中海蹦极，去阿尔卑斯山滑雪，驾船横渡了英吉利海峡，她还学会了四门外语，上过一次脱口秀节目……

她活成了自己想要的样子。

有时她想，她应该感谢江尧，是他亲手替她揭开了这世界的面纱。如果不是那天，他在那台阶上让她听过一次大漠的风声，她也不会对自由那么渴望。

很可能现在她还是叶家乖巧听话的小公主。

毕业证还没拿到，她就被"RED"车队相中了，工资开得非常丰厚。只是车队成员男性居多，他们有些歧视女性，动不动就说她长得漂亮不用做事。

叶柔试着换了几个车队，也都差不多，这儿和国内的氛围差太远了。

她再三考虑，还是回来了。

但国内的赛车文化太淡了，好的车队不多，能跑国际赛事的车队只有两个——"风暴"和"野牛"。

江尧在"野牛"，"风暴"是她最好的选择。

一声刺耳的喇叭声将叶柔从漫长的回忆里扯回现实。

一晃四五年过去了，南城的一草一木还是记忆里的样子，变的只有生活在这座城市里的人们。

机车在宽阔的马路上疾驰，后视镜里一辆越野车掉转方向跟了上来。

"哥,又跟她啊?这次再扣分,咱俩就跑不了比赛了!"李堡从后座把脸凑过来,皱眉道,"带刺的玫瑰这么扎手,你干吗不换一个?就你这条件,想找啥样的没有?"

"我就爱带刺的小玫瑰,不觉得扎人。"江尧的脸色已经冷了下来。

李堡自知失言,连忙说:"其实吧,她不肯来咱们队,你可以去他们队呀,死皮赖脸呗,谁不会啊?"

江尧没理他这句。

不远处,叶柔把摩托车拐进了维安赛道边上的一个小区里。

江尧一踩油门,跟了进去。

"哥,你的玫瑰就住这儿啊?我可记得这一片地痞流氓很多,晚上很不安全的。"

叶柔已经找地方把摩托车停好了,江尧只看到她进了个黑黢黢的楼道,具体是哪一层、哪一户看不清楚。

李堡一直在旁边咋咋呼呼,江尧嫌烦,低头给他发了微信红包。

"哥,这是啥意思?"李堡问。

"你打车回去,别在这儿吵人。"

李堡只好委屈巴巴地下了车。

江尧静静靠在车窗上,街灯下他的俊脸上泛着一层光,那双眼睛越发漆黑深邃。

42

天光一点点暗下来,潮湿的傍晚逐渐被黑夜捕获。秋天的夜晚似乎总是比其他季节浓烈些,更暗也更冷。

白色的越野车一直停在楼下没动,车窗敞着,里面一片漆黑。男人的眼睛彻底淹没在黑暗里,他的视线一动不动地盯着前面的那栋五层小楼。

这里位置稍微有点偏,房子的入住率不高,那栋楼里一共有两户亮着灯。

一户在五楼,一户在三楼。

江尧能确定叶柔就住在其中一户里。

五年了,他以为他能把她忘了,但其实根本没有。

玫瑰的根落在荒原里,越长越深。

叶柔边吃晚饭,边和苏薇薇视频聊天——

苏薇薇穿着粉红格子的小围裙,正举着刀拍案板上的鱼,表情严肃而认真,试了几次都下不去手。

叶柔说:"你买鱼的时候,可以让人家帮你杀的。"

"啊啊啊,你怎么不早说?"

"你家阿姨呢?"

"别人做的饭哪能突显出我的爱?你哥今天第一次来我家吃饭。"

叶柔笑道:"你不是说走肾不走心嘛,干吗对他那么好?"

"没走心啊,黑鱼给他补肾的。"门铃响了一声,苏薇薇也顾不得鱼了,赶紧摘了围裙往楼上跑,语速也快了许多,"柔柔,我不和你说了,我补个妆。"

叶柔笑着收拾了桌子,换了身衣服,下楼夜跑。

江尧看到那两盏灯里,有一盏灭掉了。

不久,楼道里的灯亮了起来,一抹纤细的身影出现在视野里——

叶柔穿着一身黑色的夜跑服,一只手插在外套口袋里,上衣的拉链敞着,脖颈纤细雪白,灰色的塑身背心下面露着一截漂亮结实的马甲线,腿又细又长。

她耳朵上戴着一个红色的耳机,栗色的头发松松地绑成了两股,走路轻盈带风,鲜活明亮,是他不曾见过的模样。

路过垃圾桶时,叶柔稍微停了一会儿,隔着两米多的距离,"砰"的一声将手里的黑色垃圾袋丢了进去。整个过程干脆利落,看也没看那辆几步之外的越野车。

江尧从车上下来,举步跟了上去——

叶柔出了小区就慢跑起来,江尧也跟着她跑,他们始终隔了十几米的距离,不至于跟丢,也不至于被她发现。

秋风萧瑟,但也舒爽宜人。

小区的西面有一个公园,那里都是晚上出来玩的人,叶柔脚步没停,绕着那中心亮着灯的湖一直往前。

叶柔不停,江尧自然也没停。

不久之后,江尧的运动手环振了振,提醒他今天已经完成了6公里慢跑。即便他是一个长期健身的人,也觉得有点累了,叶柔倒还好。

她在一个卖水的铺子前停了下来。

那铺子外面亮着一盏白色的灯,女孩脖颈里的汗水被照得亮晶晶的,仿佛被一层轻而薄的月光笼罩着。

叶柔买了瓶水,拧开盖子,仰头喝了几口,一抬眸看到了几步之外的江尧。她漂亮的眼睛看过去,带着几分晦暗不明的审视。

江尧也没回避她的目光,走到那灯光下面买了瓶水。

再转身,叶柔已经走了。

她走,他跟上。

叶柔有点恼了,顿了步子问:"你干吗又跟着我?"

"我夜跑、逛公园,不碍着你吧。"他说话时挑着眉,嘴角勾着,那股轻佻的跩劲儿和记忆里的少年别无二致。

叶柔视线扫过他脚上的鞋子,皱眉道:"你穿马丁靴夜跑?"

江尧"啧"了一声,语气淡淡的:"哦,是有点不舒服,下次换别的,谢谢关心。"

叶柔语塞。她刚刚那句话里,哪个字能听出关心?

路过一个儿童游玩区,叶柔在那里停下,拉伸腿。

江尧也弯腰跟她一起拉伸腿。

叶柔转身在那沙坑的台阶上坐下休息,江尧也跟了过来。

两人并排而坐,也不知是有意还是无意,他卫衣的袖子贴着她的外套,摩擦了一下。

运动让人心跳加速,血液滚烫。

叶柔往边上挪了一点,江尧也跟着恬不知耻地靠过来。叶柔往边上挪了一大截,手背碰倒一个水杯。

那水杯的主人立马从沙坑里飞跑过来,严正抗议:"姐姐,你和你男朋友靠近点坐!留点位置给我们小朋友!"

一旁的江尧轻笑出声。

叶柔抿了下唇,坐过去一点,和他保持安全距离。

"谈谈？"叶柔说。

江尧原本双手往后撑着，仰头看月亮，闻言，他抬起眼皮看过来，眼里映着淡淡的光，声音低低的，痞气十足："好啊，谈什么，谈恋爱吗？"

叶柔看着他的眼睛强调："江尧，我们早分手了。"

"嗯，我知道。"

"所以，你现在做这些没意义。"叶柔说。

江尧的眼睛看着远处黑沉沉的湖面，没说话。

两人陷入了长久的沉默。

沙坑里的两个小朋友玩起了飞盘游戏，塑料盘子里装上沙子，抛撒过去，一个抛一个躲。那个躲的小朋友比较狡猾，跑到台阶边上张牙舞爪地扭屁股，等那沙子撒过来的一瞬间，迅速躲开。

满满一盘沙，朝着叶柔撒落下来——

江尧一个箭步站起来，挡在了她面前，沙粒在他的牛仔裤上"啪嗒啪嗒"地响，像暴雨一样飞溅出去，被一旁的路灯照得亮亮的。

塑料盘子在沙子里滚了滚，停在了叶柔脚边。

江尧转过去，语气欠佳："喂，小鬼，走远点玩。"

"对不起，哥哥，我们不是故意要撒你女朋友的。"

江尧听到了"女朋友"三个字，愉悦地"嗤"了一声。

"哥哥，能帮我们把盘子扔过来吗？"

江尧弯腰过来捡——

叶柔也刚巧在捡那个盘子，他们的指尖碰到了一起。时间静止了一秒，叶柔触电似的把手拿走了，江尧轻笑一声，将盘子拿起来，转身，以一个飞牌的姿势将它飞了出去。

那两个玩飞盘的孩子顿时尖叫起来："哥哥好帅啊！"

"走吧。"江尧掸掉身上的沙子从那沙坑里出去。

叶柔坐在那里没动，她想等江尧走了再走。

江尧在那台阶上停了步子，叶柔没有回头。她听到江尧声音低低的，有些哑："有没有意义，我自己知道。"

叶柔嘴唇动了动，没说话。

晚风将她身上的汗吹干了，有点冷。

江尧停在她身后的位置，继续说："小玫瑰，我欠你一句对不起……那时候我太浑了，你跟我提分手，我就不应该同意。可你和秦温明明没什么，为什么要激我？那是你的初恋，也是我的初恋啊。"

叶柔眼睛发涩，无意识地捏紧了指尖。她以为这已经是很久之前的事了，听他这样说，心口还是会隐隐作痛。

她没说话，发丝被光照得亮亮的。

江尧站在那里，声音依旧很低，带了几分乞求："你既然回到我的世界里了，能不能给我个机会，这次换我追你好不好？你要是不喜欢我、讨厌我，随时提分手，你想怎么'虐'我都行，给我个机会好不好？"

叶柔没绷住，眼泪"啪嗒"一下落在了脸颊上。

江尧的声音也有些哽咽："你现在……也不用立刻回答我，别太便宜我了。"

他说完，迈着步子走了。

马丁靴踩沙的声音很轻，每一下都像踩在她的心尖上。

叶柔在那沙坑边上坐了很久很久。

等那些孩子全部被叫回了家，她才站起来，往回走。

大约是坐久了，腿有些麻，心口也是麻麻的。

到了家里，沈璐给她打来了电话，嘱咐她明天早点去队里开会。

这次 WRC 西班牙站，叶柔将随队去现场，沈璐有意让她做维修组的头儿。

工厂已经根据她之前提交的方案改进了车子，整车的质量减轻了许多，车速大幅度提升。车子启动速度比之前要快，但也有一个小麻烦，车子全速前进时轮胎会打滑，影响车手的整体操控。

沈璐说："叶工，需要你写份新的方案给我，明天早上我们开会讨论。"

叶柔看了下时间，已经晚上十点半了，但她依旧答应了。

沈璐在电话里欣慰地笑了笑，说："叶柔，你加入'风暴'是我的荣幸，希望我们可以一起实现梦想。我们'风暴'不是不跑沙漠赛，只是眼下，我只能选择最有利于车队的比赛。毕竟只有先活下去，才能选择活法。"

沈璐说的都是实话，这也是大多数车队的现状。

叶柔有些感动，因为沈璐还记得沙漠赛的事。

"沈经理,'风暴'会走出困境的。"说着,她打开电脑,重新设计改进方案。

之前那个方案,叶柔花了整整一个星期才弄好,要改还真挺不容易。质量、速度、安全性全部要重新考量一遍……

她目不转睛地盯着屏幕,一点一点地调整数据。

晚上快十二点的时候,微信一连串收到了五条消息。

全部都是江尧发来的。

五条都是视频。

视频的封面是漫天的黄沙,叶柔点开其中一条——

呼啸的风声顷刻间从扬声器里传了出来。

纯粹、干净的风声。

画面里是星空下的沙漠,星星在屏幕里时高时低地晃动着,似情人的眼睛闪烁摇曳。

夜晚的风卷着沙子流淌、滚动。

胡天朔漠,沙雪纷飞。

视频的结尾,有人在说话——

"小伙子,在拍视频啊?"

"嗯,录一录大漠的风声。"少年的声线清冽好听,非常具有辨识度。

"你这是第一次来参加环塔吧?"

江尧顿了顿,说:"第二次。"

那人笑着说:"第二次就跑完了全程,厉害啊。"

少年声音有些落寞:"可惜少了一个人。"

"谁啊?"那人问。

"少了一朵小玫瑰,我的玫瑰。"他低低地说。

视频戛然而止。

叶柔握着手机,眼睛没来由地一热。

一条放完了,她又去点下一条——车子停在一座陡峭的沙山上,他掉转成前置摄像头,身上、脸上都是沙:"小玫瑰,车轮全跑掉了,这次折路上了。"

第三条视频录的还是沙漠,却是雪里的沙漠,少年"嗞"声抽着气说:"小玫瑰,跑完啦,5月飞雪,有点冷。"
第四条……
第五条……
江尧都会在视频的最后说话——
"小玫瑰,好想放给你听。
"小玫瑰,我好想你,真的好想你。"
谁能告诉她,年少时喜欢过的人,要花多少年时间才能彻底忘记呢?
她早过了为爱发狂的年纪了,再也不想捕捉风了,那太耗费精力。
她也知道,过耳的疾风,只适合侧耳去听。
可她为什么还会哭呢?
海水倒灌,野草漫长,野风消失在荒原上。

43

叶柔的方案一直弄到了凌晨三点。

她只浅浅地睡了两三个小时,就起床了。

卫生间的窗户一夜没关,冷风从北面灌进来,潮湿阴冷。往外看可以看到灰蒙蒙的天空,云层积厚,秋风萧索,一场大雨正在悄然酝酿。

南城的"秋梅雨"要来了——

没有太阳,潮湿漫长的雨季。和盛夏前的梅雨比起来,秋梅雨更冷,更阴郁。

昨晚睡眠不足,叶柔照镜子时发现眼睛下面有两道青印,她化了个淡妆,换了身轻便保暖的衣服下楼。

摩托车在外面停了一晚,没盖东西,坐垫上全是水。她正想回去找东西来擦,一旁的马路上忽然响起了清脆刺耳的汽车鸣笛声。

她抬眸看过去。

一辆白色的越野车停在视线里,江尧摔门,从车上跳下来。

他穿着军绿色的飞行夹克,里面是一件黑色连帽卫衣,手闲闲地插在裤兜里,双眼皮特别明显,整个人看上去懒洋洋的,似乎也没有睡好。

他朝她略微抬起下颔,说:"骑车冷,我送你。"

"不用麻烦。"

"不麻烦，我顺路。"

叶柔退开一步道："我骑车就行。"

江尧耸了耸肩，转身回到车上，一拧钥匙，发动了车子。那辆线条硬朗的越野车转了个90度的弯，严严实实地卡在了路上。

叶柔停摩托车的位置往前是一堵墙，两侧全是车，江尧的车这么一堵，她的车就出不去了。

她过来敲响了他的车窗，江尧把玻璃降下来，咬了口煎饼馃子，神情又懒又倦。

"江尧，你往前挪一下车，堵路了。"

他微微抬了下眉梢，说："行啊，你上车，我就挪。"

"你怎么跟痞子似的？"

江尧被她这么说，也不气，低低地笑了声道："你以前不知道我是什么人？"

叶柔懒得理他，翻了手机出来打车。

只是这一带有点偏僻，司机接了单又打电话来请她取消。

"打不到车？"他问完，眉梢动了动，脸上的那抹坏笑更加明显了，"上车吧，我接单，再不走就要迟到了。"

叶柔愤愤地要去掀车门，江尧忽然在那里不紧不慢地补充了一句："忘了和你说，坐我后座的女生就得做我女朋友。"

叶柔手一顿，立刻往前去开副驾驶室的门。

几步开外有一个垃圾桶，江尧把手里的塑料袋团了团，远远地抛进去，垃圾桶上的一只小花猫被他打中了头，一下溜没影了。

叶柔回神，见他的手转动方向盘，一踩油门，稳稳地将车子开了出去。

她觉得自己就是那只被他砸中的猫。

江尧转着方向盘开车，手法娴熟，姿态慵懒。

晨风吹进来，又散了个干净。

叶柔一路上都不想和他讲话，江尧倒也没特意找话聊。一时间，车子里只剩早间广播断断续续的声音。

到了"风暴"基地的门口，江尧把车子停下，变戏法似的从那储物盒里拿出朵鲜艳的玫瑰给她,说:"喏,给你,早上摘的。"

叶柔看了眼,没伸手接。

"不要?"江尧撇撇嘴,把那朵花收回来,随手拧开一瓶矿泉水,把花插进去,然后在那花头上摸了摸,怪腔怪调地说,"我的小玫瑰,我稀罕你。"

叶柔明明知道他说的是玫瑰本身,而不是别的,但还是皱了下眉。

江尧上次来"风暴"的基地闹过一次,门卫大叔有点怵,见到他的车牌警惕地站了起来。江尧没进去,只是把车子停在了路边。

那大叔见叶柔从江尧的车上下来,盯着她打量了好一会儿,一副欲言又止的模样。

叶柔朝他点了点头,径直去了办公室。

"风暴"的维修组成员都聚集在沈璐的办公室里。沈璐见叶柔进来,把最前面的位子让给她,自己则坐到一边。

叶柔把新方案打开,讲解了一遍:"我重新改进了车前的翼子板,让它更平坦,这会增加前轮下压力,赛车也会更稳。为了保持速度,增加了尾翼上的导流引片,也改小了汽车反光镜,减小空气阻力,另外对于车子的避震和悬挂系统也都进行了微调……"

她每讲一个板块,都会放一些系统数据支撑,包括车子提速的范围,极限车速下车子的抓地力等。维修组的人在她讲解完一段后,都会提出自己的问题。

叶柔站在那里一一解答,思路清晰,语速不急不缓,大方且沉稳。

沈璐听完,和队里原本的维修工讨论了一会儿。

很快,叶柔的新方案通过了。

沈璐把手里的本子合上,笑道:"让工厂抓紧改,改完正好去西班牙试试车。"

叶柔看了沈璐一眼,不卑不亢地说:"沈经理,我建议先做一些测试再上路,西班牙站时间太赶了,心急吃不了热豆腐。"

沈璐眉头皱了皱,不置可否。

叶柔继续说:"前两天我去工厂看过,我们这次去西班牙的车,可以加装空气动力学套件。即便车子总体质量没有减轻,车速还是会提升很多的。"

沈璐点头,笑了。

很少有人能说服她，叶柔是其中一个。而且，这姑娘在来这里之前已经想好了应对策略。

叶柔从办公室出来，在门口碰到了童鑫。他戴着一副耳机，没抬头，全神贯注地在看一个赛车视频。虽然听不见声音，但是叶柔看到了屏幕里的那辆蓝旗亚。

那是江尧比赛的视频。

童鑫边看边感叹："这操作真牛。"

沈璐往外大声喊了一句，童鑫这才摘掉耳机应了一声，往里走。

路过叶柔时，他热情地和她打了招呼。

叶柔朝他点了下头，正要走，童鑫忽然叫住了她："叶工，我们下午去西山赛场试车，你要不要一起去兜风？"

"我下午得去趟工厂。"

"没事，晚点去工厂也没事，'风暴'在西山那里有个秘密基地，可以烧烤、野餐、露营，我们给你整个欢迎仪式。"

叶柔指了指头顶的乌云，笑道："还是等天晴了再去吧。"

童鑫挠了挠头，说："也对，下雨天没法搞户外烧烤，有点无聊……"

叶柔在工厂待到晚上才回去。

入秋之后，天黑得早了一些，她住的小区亮灯率不高，晚上格外静。

叶柔给自己做了份意面，边吃晚饭边看今天从工厂拿回的数据。

苏薇薇的视频电话就是这个时候打来的。她穿着一条松石绿的缎面裙，骨骼纤细，外面罩着件白色的坎肩，脖颈修长洁白，长睫卷曲，眼睑上的桃花色眼影闪闪发光，和耳骨上的粉色渐变耳坠遥相呼应。

叶柔笑了笑说："薇薇，我一开视频差点以为自己遇见了狐狸精。"

苏薇薇娇嗔地道："哎呀，我有正经事要和你说呢。"

叶柔忍住笑，说："嗯，讲。"

"你有没有让房东来给你重新换把锁？"

"还没。"

"晚上睡觉记得把门锁好，你床头柜里我放了些防狼喷雾，紧急时刻逃跑应该够用。"苏薇薇叮嘱道。

"知道啦，贺太太。"

苏薇薇笑得直打滚。半晌，她轻咳一声道："挂了挂了，我要去你哥家施展御夫大法了。"

叶柔拌了拌碗里的面打趣道："今天又是做黑鱼补肾？"

苏薇薇在那边尖叫起来："啊啊啊！柔宝，你变坏了。"

晚上八点，江尧又把车子开到了叶柔家楼下。

三楼的灯亮着，他把车子停在附近，隔着很远的距离，看向那盏亮着灯的窗户。

很奇妙的感觉，只是这么看着，他竟觉得宽慰。

如果不是下雨，说不定还能看到她下来跑步，还能和她说会儿话……即便她对他爱搭不理，他也觉得她可爱至极。

李堡他们晚上吃火锅，给江尧打了好几个电话，全部被他摁掉了。

众人问李堡："你哥最近是不是不爱你了？"

李堡往嘴里丢了个虾饺，含混不清地说："你们懂个头，我哥他在追老婆呢。"

"呵，稀奇了，江尧追老婆。"

"就是，我只看过江尧追车，没见过江尧追女人。"

李堡白了那人一眼，道："这有什么稀奇的，我哥总不能单身一辈子吧。"

追老婆的某人，在车里待了整整四个小时，几乎成了望妻石。

晚上十二点左右，叶柔关掉电脑，找衣服准备洗澡。

江尧看到她家客厅的灯灭了，而朝北的小窗户亮起一盏朦胧的灯，那是她家的浴室。再待下去好像有点变态，他发动车子，出了小区。

小区门口有家 24 小时便利店，他去买了包薄荷糖。

车窗敞着，雨夜寂静。便利店里出来两个人，一胖一瘦，满身的酒气，讲话声音特别大——

"真倒霉，今天没搞到钱。"

"我家后面那栋，三楼，最近来了个有钱的小姑娘，那小摩托车一看就值钱。"

"这你都知道？"

"废话，前两天去老王家玩碰到过。"

"行啊，明天我去蹲。"

"蹲什么蹲？一会儿就去，就一个小姑娘，好弄得很，我们摸了钥匙就走。"

"小点声。"

江尧听着听着，眉头蹙了起来……

再抬眼，那两个人已经骑着电瓶车进了身后的小区。

江尧把车子掉了个头，重新开进去。

那两人骑着电瓶车，晃晃悠悠地到了叶柔家楼下，江尧下车，跟了进去……

叶柔刚躺下睡觉，就听到屋外的防盗门"嘎吱"一声响了，紧跟在后面的还有窸窸窣窣的脚步声和低低的讲话声……

有人进来了！

而且不止一个！

叶柔心尖一颤，立刻警觉地坐了起来。

她掀开被子下床，弯腰从抽屉里拿了防狼喷雾握在了手里，轻手轻脚地躲到了房门后面。

因为害怕，她的心脏"怦怦怦"地跳着，胳膊上的汗毛根根竖立。

就在这时，外面响起来一阵"啊啊啊"的号叫声，紧接着她的房门被人敲响了。

房门打开的一瞬间，她迅速高举防狼喷雾一阵狂喷——

手腕被人握住，头顶响起一道痛苦且熟悉的声音："嘶——小玫瑰，是我……"

叶柔一把拍亮了房间里的灯，见江尧站在那里捂着眼睛。

叶柔吞咽了一下，问："怎么是你？"

江尧"嘶"地抽着冷气道："来你家抓小偷，本来是见义勇为，结果被你倒打一耙。"

地上那两人听到动静，立刻连滚带爬地跑了出去，江尧也没追，转身"砰"地把门合上了。

叶柔赶紧进卫生间拧了条湿毛巾出来给他，江尧接过去对着眼睛一通狂擦。

"你这喷的是什么玩意儿啊？"

叶柔有些尴尬地说："防狼喷雾。"

"嗷——早知道你这么猛，我就不来了，我眼睛要瞎了。"

毛巾根本不顶用，江尧绕过她进了厨房。

"借用下你家水龙头。"

"卫生间有热水。"叶柔提醒道。

江尧也没去卫生间，把水龙头一拧，用冰冷的水往眼睛上冲。

"江尧，要不还是去医院检查吧？"

"用不着，我躲得及时，你只弄进去一点点。"

过了好一会儿他才出来，眼睛依旧红着，短发上都是水，叶柔扯了纸巾递给他。

江尧胡乱在脸上抹了抹，把那纸巾丢进垃圾桶，拉了张椅子坐下来说："我刚才给你发了微信，你也不回我，我只好跟上来。"

叶柔连忙翻出手机看。

江尧确实给她发了消息，还让她打电话报警。但她睡前习惯断网，没看到他的消息。

叶柔连忙道歉。

江尧长长地吐了口气，看着她问："刚刚吓到没？"

叶柔抿了下唇说："是有点。"

江尧忽然伸手握住了她的手腕，往前带了带，脚尖一钩，将她困在了腿弯里夹住，掌心伸到她后背拍了拍。

太近了……

他的腿擦着她的腿。

叶柔闻到了他身上薄荷的味道，她吞咽了一下，想挣脱，江尧也在那一刻松开她。

叶柔问："你怎么会在这里？"

"我在门口买薄荷糖，碰到他俩，他俩说要来你家偷摩托车钥匙，我就跟来了。"

"你半夜到这里买薄荷糖？"

江尧抬了抬眼皮，不答反问："不能来啊？"

"能，谢谢你。"

江尧眼里闪过一丝狡黠的笑意，说："你真心谢我啊？"

叶柔点头。

"真心谢我，哪天把我那辆跑车修一修。"

"你的车怎么了？"叶柔问。

江尧语气平淡地说："追你那天进水了。"

叶柔家的门锁被撬，江尧打了电话报警，请了修锁的师傅来。

他一直等到换好了新锁才走。

到了门口，江尧又退回来，把身上的飞行夹克脱下来，丢给她。

"晒到门口去，告诉人家你有男朋友，增加点安全度。"江尧见她没动，"嗤"了一声道，"不晒也行，我明天搬到你对门住。"

44

江尧是凌晨一点钟走的。

叶柔受了惊吓，躺在床上翻来覆去睡不着。

她眼睛只要一闭上，脑海里就会情不自禁地冒出那些窸窸窣窣的声响，就好像还有人在开门、在走路……

她起来，重新点亮了客厅里的灯。

亮光驱散了黑暗，也暂时驱散了恐惧，但是一关上灯，那种恐惧又笼罩过来。

她索性起来，不睡了。

手机重新连上网，叶柔去国际汽车联合会的官网看了一圈。

WRC 西班牙站的比赛线路已经公布了，比赛时间为四天，地点在加泰罗尼亚区，一共有十七个赛段，全长 321 公里。

叶柔看了下维修区和轮胎区的位置，维修组的任务还是很重的。

网页拉到底端，跳出来一条资讯：

WRC 赛季虽未结束，但已经有人提前锁定了今年的年度冠军。

叶柔点进去，发现这个锁定了年度冠军的人，正是江尧。

在过去的十二个分站的比赛中，江尧一个人包揽了九个分站的冠军。

汽车联合会在底下贴了他在各站夺冠的照片，每一张照片里，他都捧着一顶印有玫瑰花的头盔。

有的画面捕捉到了他亲吻玫瑰的样子。

阳光灿烂，他的眼睛和太阳一样明亮，万丈荣光铺陈在他的脚下。

除了瞳仁更深邃了些，照片里的人几乎和记忆里的少年别无二致。

叶柔做了一年多的机械师，和江尧基本算是同行。Ron 这个名字，她听过无数次，却没有真的去看过一场他的比赛……

这时，叶柔的手机忽然收到一条消息：怎么还没睡？

叶柔本来不想回。

但是江尧又发来一条消息：我看到你家客厅的灯还亮着。

看到她家客厅的灯？在哪儿看到的？

叶柔起身往北面的阳台走去，江尧那辆白色的越野车就停在不远处。

叶柔给他发消息问：你怎么没走？

江尧只回了三个字：不放心。

叶柔：你回去吧，我没事了。

江尧：没事为什么不睡觉？还在害怕？

叶柔正斟酌怎么回这句，江尧忽然从车上下来，往楼道里走——

叶柔一阵紧张，她皱着眉，想一会儿该怎么拒绝他。

这时，江尧给她发了条语音消息："我正好睡不着，在你家门口坐一会儿，你睡觉去吧，别怕了。"

他没有提要进来，也没有敲门，恪守了应有的界限。

叶柔松了口气，关掉客厅的灯，重新去了卧室。

那些断断续续萦绕在耳朵里的可怕声音，终于都消失不见了。但是她还是睡不着，心脏怦怦跳着，因为江尧在门口。

许久，叶柔发消息问他：你走了吗？

江尧回了她三条简单的语音消息：

"还没。

"别怕。

"快睡。"

其实,叶柔并不怕……

她也不知道怎么形容那种情绪,薄薄的一层,笼罩在心脏上,像是覆盖着一层薄薄的羽毛。

她指尖在输入栏里打了一行字,又删掉,再写,再删……

江尧那端看到就是"对方正在输入",他挑了下眉,给她打了个语音电话。

叶柔犹豫了一下,点了"接听"。

"还不睡觉,要我哄?"江尧的声音低低的,带着浅笑和倦意。

夜太安静了,她竟然生出一种那些话是在她耳郭边说的的错觉,叶柔的嗓子有些麻麻的痒,耳朵也烧得滚烫。

"不是……"她说。

江尧低低地笑了声,说:"还在怕啊?胆小鬼一个。"

叶柔没说话,她的心在奇怪地跳着。

那端叹了口气,说道:"算了,我唱歌给你听,等你睡着我就走。"

叶柔很轻地说了声:"好……"

江尧唱的是很久以前发行的一首老歌——*The Rose*(《玫瑰》)。

他的声音很低,音色好听,似一缕清风穿耳而过,温柔满溢,又缱绻万分,一句连着一句:

"Some say love it is a razor.

(有人说爱如刀。)

That leaves your soul to bleed.

(能使灵魂流血。)

Some say love it is a hunger.

(有人说爱是如此饥渴。)

An endless aching need.

(即使疼痛也无法自拔。)

I say love it is a flower.

(我说爱是花。)

And you it's only seed.

(唯有你能使之绽放。)

……

In spring, becomes the rose.

（在春日，化作一朵玫瑰。）"

叶柔静静地听着，眼窝微微发热，却又无比安心。

她坠进一个绵长的梦里——

盛夏的早晨，

天气晴朗，

太阳还没出来。

风，

吹过露珠，

拂过蜘网，

小心翼翼地，

晃动了一朵玫瑰的枝丫。

很久很久，听筒那端只剩均匀的呼吸声。

"小玫瑰……"江尧低低地喊她。

没人应。

他很轻地笑了一瞬，眼里闪着光，低低地说："这次，你别想再跑啦，因为我会紧紧地握住你的枝丫。"

叶柔起床时，江尧已经走了。她把手机摁亮，微信界面还没退出去，和江尧的聊天窗口还打开着。

昨晚，他竟然在电话里给她唱了四十几分钟的歌。

又是一夜秋雨，今天比昨天更冷。

天晴了，路上已经有人穿起了轻薄的棉袄，遍地都是金黄的落叶，沿街的法国梧桐已经谢顶了，有些颓败。

叶柔一路把车骑到"风暴"的基地。

再过两天就要出发去西班牙了，叶柔他们维修组的任务非常重，既要整备好车，又要把可能出现的情况考虑进去，包括使用的轮胎种类、数量，需要更换的配件，人员安排，等等。

叶柔一整天都没看手机。

下班时，她才发现江尧给她打了六个语音电话，而她一个也没听到。

出于礼貌，她回拨过去。

江尧那边正好在开会，高峰讲得声嘶力竭："这次，西班牙站我们再赢一次，大家年底的奖金全部翻两番……"

江尧昨晚受了凉，有点感冒，鼻子不通气，原本正懒懒地倚在沙发里，看到叶柔打来电话，他忽然坐直了举手。

高峰看着他，眼皮跳了下，问："有事？"

江尧扯了扯嘴角道："嗯，接个电话。"

高峰说："一会儿再接。"

江尧痞痞地挑着眉道："那可不行，接晚了我老婆会生气的。"

哇！老婆？江尧的老婆？什么情况？熊熊的八卦之火点燃了每个人。

江尧也不解释，起身出去了。

会议室的人在他身后乱成了一锅粥。

"堡堡，你哥的老婆到底是谁啊？"

李堡说："一朵带刺的玫瑰，刚一见面，直接把我哥往警察局带，扣了他六分呢。"

众人眼睛都亮了，纷纷开始讲话："哇！这么带感？展开说说！"

高峰拔高了嗓音，连续骂了好几句，这群人才安静下来。

江尧找了个安静的小办公室接叶柔的电话，他身体陷在皮椅里，长腿架在桌上，声音温柔到能掐出水："小玫瑰，你找我有事啊？"

叶柔愣了愣，说："你先给我打的，有事？"

"就想问问你什么时候有空？去给我看看车。"

"今天就行。"明天队里更忙，再拖就要等到一个星期之后了。

江尧一下把脚拿下来，坐正了，声音带着淡笑："你刚刚说今天来？"

"你有空吗？不行就过两天，等到去完西班牙回来……"

江尧打断她，说："有，当然有。没有我也给你变出来。"

叶柔没接他这句，问："车子在哪儿？"

"在我家车库，我把地址发给你。"

江尧挂了电话，回到会议室，把外套往肩膀上一搭，冲高峰扬了扬下巴，说："老高，我今天得先走，有事。"

江尧平常也跷,但是这么明目张胆地从正赛会议溜走,还是头一次。

满屋子的人都惊呆了。

高峰脸色有点发青,问:"到底有什么事?"

江尧道:"叶柔。"

五年来,"野牛"的人换了一批又一批。只有高峰知道,"叶柔"这个名字对江尧来说意味着什么。

当年叶柔走后,他亲眼见到江尧颓了大半年。

二十岁的江尧一战成名,一跃成了WRC历史上最年轻的分站冠军,同年豪取七连冠。在那之后,他忽然不再碰车,满世界去找一个叫叶柔的姑娘。最后还是他把江尧哄回来的。

一眼看过去最没心没肺的人,其实藏得最深,情也最真挚,最痴。

高峰朝他摆了摆手,说:"去吧。"

江尧朝他点了点头,道:"比赛的事,晚点我打电话跟你说。"

江尧回家洗过澡,换了衣服,甚至还吹了头,打了发蜡,抓了发型。那种精心打扮自己的架势,简直跟开屏抖屁股的花孔雀没什么区别。

叶柔骑车出现在门口时,江尧已把别墅的大门推到底,对她做了个"请"的手势。

她的视线只在他身上停留了几秒钟,便问:"车呢?"

江尧摁了手里的遥控器,身后的车库门升了上去。

他这个车库非常大,里面停了七八辆顶级跑车,都是最新款式。除了那辆高底盘的越野车,他常开的那辆跑车是里面最便宜的车了。

叶柔脱掉外套,掀开引擎盖,检查了发动机的机油。机油已经成了乳白色,她怀疑是发动机进水了。

她皱了下眉,俯身逐一检查了空滤和空滤下壳体,管道里有明显的过水痕迹。

叶柔检查车子,江尧则抱着手臂站在边上,专心致志地看她。

为了方便日常工作,她在里面穿了紧身的T恤,俯身的时候,衣服下摆缩上去一段,露出一截纤细的腰。

还是很瘦……

以前他们在一起的时候,他试过把她按在怀里,她的腰他一只手就能环过来,现在流行叫"A4腰"。不过现在,她看上去更健康了一些,还有若隐若现的肌肉。

夕阳洒满了庭院,也落在她的身上,江尧的眸色越来越深。

半晌,他走上前去,和她一起弯腰查看发动机。

"怎么样了?"他说。

叶柔没料到江尧突然靠近,一偏头,鼻尖碰到了他的下巴,很轻的一下。

两人离得很近,江尧看到她的睫毛在金色的光芒里颤了颤,像蝴蝶翅膀似的,要飞不飞。他心口发痒,喉结跟着滚动了几下。

叶柔一抬眼,正好撞见这一幕——金色的阳光像是在他身上涂了层蜜,脖子那里尤其亮,他的喉结上下动了动,性感且勾人。她脑海里闪过一些浮光掠影的片段……

叶柔连忙别开了眼睛,站直了,清了清嗓子说:"情况不太妙,火花塞进水潮湿,发动机气缸壁有积碳的痕迹。这车当时是不是熄火了?"

江尧也跟着站了起来,点头道:"对,是熄火了。"

叶柔没敢看他的眼睛,继续说:"发动机泡水严重,建议你返回原厂修,走保险的话,你的那些车明年都会面临高额的保费。如果不走保险,维修费估计也够买好几辆普通车了。"

江尧捕捉到了她脸上一闪而过的慌乱,轻笑道:"好,谢谢。"

"抱歉,我帮不了什么忙。"叶柔"砰"地将那金属盖合上,转身要拿放在旁边车子上的外套。

在她的手即将碰到衣服时,江尧忽然捏住了她的手腕。

"手上有机油,小心弄脏衣服。"他提醒道。

叶柔低头看了看,手上是有机油。她刚刚心里慌乱,没注意到。

"去里面洗一下吧。"说着,江尧拿着她的外套直接将她牵了出去,他力气大,叶柔又瘦又轻,几乎是被他拽着往里走。

影子在地上被拉得老长,时间好像以某种方式倒流了。

45

　　叶柔一路被他拉进了别墅。

　　江尧的这栋别墅用了大面积的透光玻璃，临近黄昏，屋内的光线依旧很好。和贺亭川的别墅比起来，江尧家大而空，冷清又沉闷。

　　这一点也不符合他热爱刺激和冒险的性格。

　　江尧一直把她带到了卫生间门口才松手。

　　叶柔进去，背对着他洗手，江尧抱臂倚在门框上看她，一双眼睛漆黑深邃，浸润在薄暮的日光里，如鹰隼一般。

　　谁也没说话，"哗哗哗"的流水声在狭小的空间里响着。

　　卫生间里的光线比外面暗一些，叶柔正站在那片阴影里。

　　江尧拍亮了头顶的灯。

　　灯光亮起的那一刻，叶柔抬头——两人的视线在镜子里撞上了。

　　江尧依旧保持着抱臂的姿势没动，他略微挑了下眉梢，眉骨上的那粒暗红的小痣微微动了下。

　　"亮点看得清楚。"他随口说了这么一句，算是对他突然开灯的解释。

　　叶柔点头，抿了下唇。

　　其实不用开灯她也能看清，只是洗手而已，根本用不着这么亮的光。

　　叶柔不知道江尧的心思，他开灯其实是为了更清楚地看她。他太想念她了，想看她，想看清楚她身上的每一个细节……

　　和五年前比起来，叶柔变化最大的地方是眼睛，那里面的柔光还在，却多了一分果敢与坚定。

　　女孩的手臂依然纤长，但隐隐可见的肌肉透着股力量感。从前那个乖巧的女孩，好像脱胎换骨了一般。

　　手心的机油比较难洗，叶柔低头搓来搓去，还是没有洗干净。

　　已经过了好一会儿，江尧还在看她。

　　叶柔只要一抬眸，就能在镜子里对上一双锐利的眼睛，她顿感如芒在背。

　　她低头关掉水龙头，决定先不洗了，正要拿纸巾擦手——

　　江尧忽然进来，从身后扣住了她的手，将她的手腕提上来，掌心反转过去，对着光照了照。

"还有机油没洗干净。"他低笑着点评。

这个姿势尤其暧昧，就好像她被他的胳膊半抱在怀里。江尧说话时，温热的呼吸落在她的头顶，微微发痒。

他掌心宽阔温热，而她的手背冰凉……皮肤对体温的感知也尤其鲜明。

叶柔挣了挣，想把手抽回来，却没有成功。

"江尧——"叶柔喊他，语气并不好，还有些愠怒。

江尧却在她喊他名字的那一刻，弯唇笑了。

从前，小姑娘朝他撒娇的时候，也是这样喊他的。

不过那时候，她的眼睛里会笼着一层薄薄的水雾，委屈巴巴，楚楚可怜，他常常担心她会哭。

此时，两人都对着镜子站着，江尧比她高出许多，俊脸上的表情一览无余。

他在笑，是那种又坏又痞的笑，蛊惑人的笑。

叶柔的心尖颤了颤。

不等她说别的，江尧的指尖往下滑，灵活地捏住了她潮湿冰凉的指节。

"我来帮你洗。"说完，他空了一只手出来，挤了洗手液，覆上去，再将她的两只手合在手心，细细地搓……

这下，叶柔几乎是被他完全箍在了怀抱里。

绵密的泡沫腾起来，他挑开她并拢的手指，一根根地捻着搓弄、摩挲。

慢条斯理，又极具耐心。

水龙头打开，透明的水珠在交叠的双手上飞溅出去。

叶柔从耳尖到脖颈全红了。

"我自己洗。"她说。

"但是你刚刚偷懒。"

叶柔前面是水池，身后是他坚硬的怀抱，无处可躲。她悄悄吸了一口气，想让自己冷静下来。

江尧却忽然低头，将下颌轻轻压在她的肩膀上，漆黑的眼睛在镜子里凝视着她，鼻尖贴着她纤长的脖颈，似有若无地擦了一下。叶柔只觉得一股电流沿着皮肤侵占了心脏，麻麻的，蔓延到了四肢百骸。

他低笑了一声："叶柔，只是洗手而已，你脸红什么？皮肤也很烫，隔着衣服我都感觉到了，像炭火一样烧着了，滋滋滋，滋滋滋，都熟了……"

叶柔看了眼镜子，下意识地吞咽了一下。

那一瞬，她脑海里冒出很多画面。

无垠的草原上，一头狮子盯上了一头老角马，躲在草丛里伺机而动。它猛地追出来，一口咬断了后者的脖颈……

她大气都不敢出一下。

江尧关了水龙头，抽了几张纸巾，捏着她的指尖一点点擦干了，还不忘把她的手掌翻过来，仔细检查。

"嗯，现在干净了。"他说。

江尧重新站直，把手放进了口袋，身体也不再贴着她。

水池里的水沿着管道一点点地漏出去，"哗啦"一声，空了。

水龙头上残留的水，还在往下落。

"滴答——"

"滴答——"

他将那几张纸巾丢进了纸篓，转身出去了。

叶柔松了口气，提着外套出去。

太阳已经坠到了地平线上，凉意侵袭，她吸进一口冷风，骤然清醒过来……

叶柔将外套穿好，戴上头盔，跨上机车。

江尧单手插兜走出来，抬起眼皮看她，残阳将他的眼睛照得亮亮的。

"要回去了？"他问。

"嗯。"

叶柔转动了钥匙，正要拧油门，江尧忽然往前走了几步，摁住了她握着油门的手。

"等会儿再走，我有话问你。"

叶柔动了动唇说："问什么？"

江尧深深地看着她的眼睛。半晌，他开口道："你走的那年，我去找过苏薇薇，她说你跟她出去玩那次哭过。你为什么哭？"

"这些早就不重要了。"叶柔语气淡淡的，没什么情绪。

江尧摇了摇头说:"不,这对我很重要。我被你判了死刑,你却没有告诉我我犯了什么罪,这不公平。"

叶柔略微抬起下颌,近乎嘲讽般地笑了。

"我记得我和你说过分手的理由,新鲜感过去了,没意思了。"

"你觉得我会信?"他舌尖抵着腮帮子转了转,神情有些高深莫测。

叶柔反诘道:"你信不信和我有什么关系?"

"我只要一句实话。"他说。

叶柔低头把车子熄了火,迎上他的目光,轻哂道:"好啊,想知道就告诉你。江尧,你还记得陈佳吗?"

"陈佳?"江尧蹙了蹙眉头,依旧不解道,"说清楚,我和陈佳到底怎么了?"

"我在你外套的口袋里,发现了她的耳坠。你偷吃,应该把嘴擦干净。"说完,叶柔也不等他解释,一拧油门,将车子骑了出去。

太阳缓缓落到了地平线下,天光彻底暗了下来。

江尧怔了怔,转身拿了钥匙,开车追了出去。

一串串街灯在摩托车后视镜里倒退。

秋风冰凉刺骨,叶柔伏在车上,脸上没有任何情绪。

原本陈佳的事她当年就想说出来的,但是后来发现,完全没有必要。有没有陈佳,她和江尧都会分手。

那不过是导火索。

根本原因是,她和江尧有着两个完全不同的灵魂。

一个是海水,一个是火焰。

注定不合适。

分开才是他们的最优解。

叶柔到了自家楼下,发现那辆白色的越野车停在了路边。江尧倚在车门上,目不转睛地看着她。

叶柔没打算和他打招呼,径直往楼道里走。

江尧快步追上去,拦住了她。

"叶柔,你对我的判决有误,我和陈佳没有任何亲密关系。"

叶柔看了看他的手,不置可否。

江尧继续说:"我记得你那天和我说过,在楼下碰到了陈佳。她不是来找我的,她找的是我舍友,他们俩已经结婚了。你从我家穿走的那件外套,就是那个舍友的,我现在让他给你打电……"

叶柔打断他:"不用了。"

江尧要握她的手,叶柔往后退开一步,避开了他的触碰。

"江尧,这些早已经不重要了,我不是从前的叶柔,你也不是从前的江尧,让一切都过去吧。"

江尧喉结滚了滚,哽住了。

叶柔没说话,绕开他走了。

楼道里的灯,一层层地亮起来。

江尧在车里待到了凌晨一点,叶柔家的灯还没有灭。他沿着台阶走上去,在她家门口坐了下来。

他给她发消息:还怕吗?

叶柔没回。

江尧:我给你守着门。

叶柔还是没有回。

次日一早,叶柔开门,见门口坐了个人,人高马大的,结结实实地拦住了她的去路。再一看,这人竟然是江尧。

听到开门声,江尧睡眼惺忪地站起来,靠到了一旁的墙上,连续打了两个喷嚏,俊脸上有些病态的潮红,待看清叶柔,他微眯着眼睛,稍微清醒了一些。

"你怎么在这里?"叶柔问。

江尧吸了吸鼻子说:"抱歉,不小心睡着了。"他冻了一夜,感冒加剧,鼻音很重,双眼皮格外明显。

叶柔朝他点了点头,绕开他要走,江尧忽然扯住了她的手腕。

叶柔回头,江尧忽然靠过来,把脑袋蔫蔫地架到了她的肩膀上。

"你干吗啊?"叶柔有些手足无措。

"我头晕,难受……"他喘着气,有气无力地说了这么一句。

叶柔推了推他,江尧非但没有松开她的意思,反而伸手环住了她的腰。肩膀上的脑袋转了转,他的额头贴到了她脖颈的皮肤。

滚烫的热意传过来,叶柔僵在那里,皱眉道:"你发烧了。"

"不要紧。"他的声音又干又哑,很浑浊。

叶柔看了下时间,说:"我先送你回家。"

"好。"江尧在她肩膀上说。

他嘴上说了"好",但身体却没动。

叶柔挣脱腰间的禁锢,说:"你站好,别靠着我。"

江尧难得听话,往后退开一步。只是他依旧没什么力气,摇摇晃晃,背靠着门,坐在了地上。

他也没再纠缠,额头压在膝盖上,朝她摆了摆手,声音依旧是哑的,像被火烤过一样:"你不用管我了,走吧,我坐会儿就走,不耽误你的事。"

叶柔点了点头,转身下了楼。

她刚把手机连上网络,江尧昨晚给她发的消息便一条接着一条地跳了出来。

说到底,他是因为她才冻感冒的。

叶柔长长地吸了口气,转身,回到了楼上。

江尧还保持着她离开的时候的姿势坐着,病态且虚弱。

"江尧。"她喊了他一声。

江尧有些意外地抬头看向她,女孩逆光站着,初升的太阳照亮了她耳畔的碎发,温暖又柔和,和记忆中的女孩渐渐重叠起来。

他后背倚在门上,长腿屈着,低低地笑了声,说:"怎么又回来了?难不成是关心我?"

叶柔没接他这句调侃,拿着钥匙开了门。

江尧往边上挪开一点位置,好方便她进去,叶柔却俯身将他架了起来。

"干吗?"

"到里面休息。"叶柔说。

"真关心我啊?"江尧问。

"没有。"

46

时间还早,室内光线昏暗。

叶柔把江尧安顿在沙发上,转身去里面找药箱。再出来,便见他仰面靠在沙发靠背上,嘴唇苍白,脸却跟烧红的炭火似的。

叶柔泡好了退热冲剂喊他。

江尧病恹恹地抬起眼皮看了她一眼,没动。

叶柔把手里的马克杯递过来说:"喝药。"

江尧撑着手坐起来,单手接了杯子,"咕嘟"灌了一口,俊眉顿时皱起。"好烫……

叶柔也没想到江尧会这样大口直接灌,药是用开水泡的,但她在杯子里放了汤勺。

江尧放下杯子,软绵绵地靠回沙发里,再度合上了眼睛。

他是真的很难受,咳嗽声一阵接着一阵,胸腔起伏。

"你趁热把药喝了。"叶柔说。

"太烫了,不喝。"

"这个药凉了就没有效果了。"

江尧眉头皱了皱,没睁眼,没说话,也没动。

叶柔得去车队,没时间跟他在这里一直耗着。她俯身端了那杯子,提起里面的勺子,舀了一勺,吹凉了,送到他唇边,说:"替你吹过了,不烫。"

江尧眼睛睁开一道缝看她——

女孩脸上笼着一层朦胧的柔光,脸颊上的绒毛被光照着,似是起了一层薄薄的水雾。

他就着她的手喝了一口药,瞳仁里微光闪烁,汹涌的情绪隐没在长长的睫毛下面。叶柔又喂,他又低头靠过来喝……

江尧虽然病着,但头脑很清醒,他的视线一动不动地停在她绯红的嘴唇上。

细节被放大了十几倍……

因为吹气,女孩的唇微微嘟着,像果冻一样。微风拂过,褐色的药在汤勺里轻晃，荡起层层细碎的波纹。

他的心也在那波纹里荡漾、晃动。

叶柔吹完，把汤勺送到他唇边。江尧的嘴唇和她莹白的指尖靠得很近，鼻尖捕捉到了她手上淡淡的水果和奶油混合的香味。

他略微抬了下眼皮，舌头探出来，从她的虎口往上轻轻舔到她食指的第一个指节——

温热、潮湿又蛊惑人。

仿佛他舔过的地方不是她的手指，而是她的心脏……

叶柔一惊，手里的汤勺"啪嗒"一下落在地上，摔成了三段。

再垂眸，她对上一双漆黑深邃又充满欲念的眼睛。

江尧轻笑一声，点评道："这个护手霜的味道，果然是甜的。"

叶柔怔住。

所以，他舔她的手指，是为了尝她的护手霜？

叶柔重新拿来一把汤勺，连同那个杯子一起塞到他怀里，说："你自己喝吧。"

江尧接过来，象征性地吹了几下，一口气喝完了。

叶柔扫走地上的碎瓷片，俯身过来收桌上的杯子。

江尧仰靠进沙发里，两条长腿闲闲地伸出去，将叶柔困在了腿、沙发和桌子围成的小圈子里。

他的小腿贴着她的，靠近再徐徐收紧，两人都穿着牛仔裤，布料轻轻摩擦着……

叶柔觉得被他碰过的地方有电流通过，麻麻的痒意从皮肤一直侵入血管。

下一秒，她的手腕被江尧从身后握住了。

他的烧还没退，体温依旧高，掌心里是无法回避的滚烫。

叶柔一阵心慌，要走，他却将脸隔着衣服埋在了她后腰上。

她长期健身，那里有一个凹陷下去的腰窝。江尧的鼻尖隔着衣服，贴在那个窝上，深深地吸了口气。女孩身上的味道和从前一样，香香的，很甜。

叶柔僵着不敢动。

江尧看到了她发红的耳尖。

他嘴角邪气十足地勾了勾。半响，他移开腿放她出去。

叶柔也没回头看他,去房间里抱了床被子丢给他,说:"我得去基地了,你可以在这里休息一会儿再走,门直接关上就行。"

江尧低低地应了一声。

叶柔走后,他卷着她的被子,在沙发上睡了一会儿。

女孩的被子也是香的。

江尧整张脸埋到被子里,使劲儿嗅了嗅。

好软,好香。

就好像抱着的是她……

叶柔下班回来,江尧已经走了。

沙发上放着一床新的被子,不是她早上拿给他的那床。

朝南的窗户敞着,桌上的玻璃花瓶里,多了一朵鲜艳的玫瑰。玫瑰的叶子一片不少,坚硬的小刺浸泡在水里。

玻璃花瓶下放着一张卡片,上面潇洒地写着一行字:你那被子太丑了,给你换了床新的,旧的我带走扔了。

10月底,叶柔随"风暴"前往西班牙比赛。

西班牙站的比赛地点在加泰罗尼亚,位于西班牙东北部,地处地中海沿岸,冬季温和多雨。

叶柔他们来这里的第一天,就遇见了一场倾盆大雨。冬天的暴雨在南城很少见,在这里却是家常便饭。

叶柔一行人没带伞,下了车一路冒雨跑进酒店。

沈璐正在前台办理入住手续,其他人坐在酒店一楼的大厅里等候。

这里距离赛道起点很近,不少车队都选择在这里过夜,排队入住的人也有些多。

衣服湿着,到底有些冷,叶柔打了个喷嚏。

童鑫不知道从哪里变出包纸巾递到她手边,说:"擦擦吧,怪冷的。"

叶柔道了谢,抽了几张纸巾按在头顶上。纸巾略微吸掉了潮湿的水汽,皮肤上的凉意丝毫未减。

"未来三天都有雨。"童鑫看了天气预报,担忧道,"明天试车,后天排位赛,车肯定很难开。"

"大家都一样，不用太焦虑，平常心对待就好。"叶柔说话的声音不大，语气也很温和。她笑起来的时候，唇角的梨涡浅浅，莫名给人一种安心的感觉。

童鑫点了点头，略感轻松。

又过了一会儿，叶柔偏头看了眼外面潮湿的路面和黑沉沉的天空，说："这种天气，有时候也是一种机遇。听过阿喀琉斯之踵吗？"巨人其实也有弱点，他们的弱点往往就是别人的机遇。

童鑫似懂非懂地挠了挠头，然后，他看到了叶柔那双盛着光的眼睛——水波潋滟，清澈明亮，似汇聚了整个宇宙的光芒。

他看呆了，心脏"扑通扑通"地跳起来。

这时，"野牛"的人也来了，他们人数比"风暴"多出整整一倍。叶柔远远地在人群里看到了江尧，他戴着黑色的口罩，短发清爽，目光锐利，只是还有点咳嗽。

她只淡淡地看了他一眼，很快就移开了视线，眼睛里没有太多的情绪变化。

沈璐给每个人发了一张房卡，看了看手表，说："大家先去休整下，一个小时后集合。"

叶柔回房间换了身干爽的衣服下楼。

在电梯里，她碰到了江尧和"野牛"的几个人。

天气虽然冷，江尧身上穿的却不多，白衣黑裤，肩膀上搭着一件凯利绿的卫衣，双手插在裤兜里，神情惬怠又散漫。

见她进来，江尧往里退了退，给叶柔留了个足够大的位置。

叶柔道了声谢走进来。

江尧听到她说谢谢，低笑着说："还挺客气。"

叶柔没回这句，两人保持了恰如其分的距离，就像两个陌生人。

"野牛"的那几个人正在聊天，声音很大——

"一会儿我们开车去巴塞罗那逛逛吧？"

"好啊，巴塞罗那的城市布局据说是全球最治愈的。"

"我想去偶遇个西班牙女郎。"

"老杨,看不出来,你还有这样的志向。"

"江尧去不去?"

"人家尧尧什么时候跟你去过那种地方?"

……

那几个人说笑着,江尧全程没有接一句话,仿佛是对这个话题不感兴趣。

电梯停下,上来一大批人,叶柔被挤着往后退了几步,她和江尧之间的距离忽然近了许多。她在前,他在后。即便不回头,耳朵也能清晰地捕捉到他的呼吸声。

叶柔面前站的都是些外国人,来自各个国家,全是男性,身上喷着各种香水,味道刺鼻又浓烈。

电梯里不透气,有点窒息。叶柔轻掩鼻尖,往后移了移,无意间踩到了江尧的脚尖。

她连忙回头,小声说了句:"对不起。"

江尧低笑着在她头顶说话:"熏到了?"

有热气在她头顶拂过,很轻,很痒。

"嗯。"叶柔应了一声,没再和他说别的话。

江尧忽然握住她的手腕,身体一侧,将她带到了身后。刺鼻的味道没有了,取而代之的是清爽的须后水的味道,像是薄荷味又像是柠檬味。

熟悉的味道勾起了叶柔久远的回忆——

江尧一直用的都是这个牌子的须后水,但他并不是每次都会把胡须剃干净,有时会故意留点细小的胡楂,幼稚地蹭她的脖子、脸颊还有蝴蝶骨,常常惹得她发笑……

电梯"叮"地响了一声。

叶柔猛地回神,她徐徐地吐了口气,将那些旖旎的画面赶出了脑海。

人群呼呼拉拉地下去了。

叶柔跟着人群去三楼吃饭,江尧则继续往下,到了二楼。

"风暴"和"野牛"的会议室都在这里。

门口的长廊里人来人往,江尧远远地看到了沈璐和童鑫。

两人正在谈话——

"沈经理,"童鑫挠了挠头,欲言又止,"我这次要是拿了冠军,可以追求叶工吗？"

沈璐余光瞥到了不远处的江尧，她笑了笑说："能拿冠军的话当然可以啊。"

江尧闻言，嘴角勾着，冷淡地"嗤"了一声。他脚下的步子没停，一路进了自家车队的会议室。

47

周二下了场小雨。

各家车手都在抓紧时间试车。

每次正赛前，车队都会对赛车进行一些优化和改良。有些独创性的设计，甚至会保密到赛前才会公布出来。

拉力赛难度大，里程长。

车手试车，除了要测试改良后的新车的性能，还要了解赛车的脾气变化。同时，根据开车习惯调整座椅的高矮、反光镜的角度以及方向盘灵活度，等等。

叶柔跟车测试。

等童鑫把基本的内容测试完，她下车把赛车的轮胎换成几种不同的组合——全是雨胎、全是软胎、三硬一软，等等。

雪铁龙加速、过弯、上坡都很顺畅。

回去的路上，他们碰见了江尧的那辆蓝旗亚。

车子疾驰而去，消失在了赛道上。

江尧在西班牙站连续四次夺冠，也收获了大批的本土粉丝，蓝旗亚驶过之后，车迷们聚集在赛道两侧，激动地聊着天——

"Ron 的车引擎声还是和去年一样，一点没变。"

"你不知道吗？Ron 的蓝旗亚虽然每年都改良，但是发动机从来没有换过。"

"他用五年前的发动机，还能赢现在的比赛，这才是最牛的地方。"

叶柔有些惊讶，江尧竟然从来没换过发动机。

江尧是"野牛"的当家车手，他的车子武装到汗毛都不为过。再者参加WRC非常废车，车手或者领航员的一次小小的失误，就可以直接报废一辆车。

五年还用同一个发动机的赛车，不是闻所未闻，而是根本不可能。

多半是一些不负责任的媒体神化了江尧。叶柔也只是随便听听，没有当真。

周三，又是暴雨，全天勘路。

暴雨影响可视距离，李堡和江尧在赛车服外面套着雨衣，每开一段，都要下来仔细看一看路面。

李堡插着腰叹气道："后天正赛，不知道下不下雨，这个鬼天气勘的路都不准确，沙土路都是水，坑坑洼洼的。"

江尧说："没事，弯道和坡路准确就行。"

像这种高规格的比赛，即便勘路准确，也会遇到很多不确定因素，这也是赛车这项运动的魅力所在。

江尧他们勘路结束，又对照路书跑了一趟，再回到赛道的起点，已经是晚上九点了。

大雨未歇，赛道上积水没过了脚踝。

赛事组委会允许每个车组配一名机械师，带上一些简易的工具，在终点等候。

"风暴"给童鑫配的机械师，正是叶柔。

她穿着红色的队服，举着伞站在大风大雨里等了许久，冷风吹得牙齿打战。见有车回来，叶柔连忙抬高伞面往外看去。

谁知竟对上一双似笑非笑的眼睛。

那眼睛的主人，正隔着黑沉沉的雨幕看过来。

他身上的白色赛车服罩在黄色的塑料雨衣里，雨珠在他周身飞溅，打湿了他额间的碎发和睫毛，但他身上自带的那股气场并没被大雨削弱。

那些雨珠在他线条流畅的轮廓上滚过，闪着潮湿的光晕，也将他身上那股玩世不恭的野劲儿衬托到了极致。

在他身后不远处，蓝旗亚徐徐开上了运输车。

江尧朝她挑了下眉，问："还在等童鑫他们？"

叶柔点头。

天冷风大,她呼出的热气很快变成白雾消失在了夜色里。

江尧觉得沈璐的安排非常不合理,"啧"了一声,道:"你们'风暴'就没个干活的老爷们儿?深更半夜,下着暴雨,喊你一个姑娘来这儿受罪?"

叶柔并不觉得有什么,说:"这是之前就安排好的,总不能因为下雨不来。"

江尧上下打量她的衣服,再看看她冻红的鼻尖,略微皱了下眉。

"你就穿这么点出来?不冷?"

叶柔刚要说不冷,江尧低头"啪嗒啪嗒"扯掉了身上的雨衣,走了过来。

叶柔还没反应过来,江尧已经和她脚尖相抵了。

太近了,她伞尖落下的雨水,落到了他赛车服的袖子上。

"伞举高点。"他轻笑着说。

叶柔把手里的伞往上举了举,试图把伞分给他一半,奈何两人的身高差距太大,她给他打伞特别费力。

江尧弯腰,钻进她的伞里,轻嗤一声道:"几年没见,还是没长高。"

叶柔被他说得有些窘。

江尧"哗啦"一声将手里的雨衣抖开,披在她的肩膀上。

"这个挺扛风的,给你吧。"他说。

那雨衣被江尧穿了一整天,里层还残留着他身上的余温。暖融融的热意沿着外套往里渗,驱散了后背的凉意。

叶柔手里拿着伞,没法套两侧的袖子。

江尧抬手,指尖掠过她白净的耳郭,拎住雨衣帽子的顶端,将它敞开罩在了她头顶。做完这些,他又低头,提着那雨衣的领口,一粒一粒地替她扣胸前的白色按扣。

潮湿温热的指尖贴着她下颌上的皮肤擦过去,带起一阵麻麻的痒意,叶柔的心缩了缩,又麻又涩。

江尧已经帮她扣好了第二粒扣子。

叶柔吞咽了一下,正要拒绝他往下扣。

江尧忽然松开手,说:"剩下的你自己扣吧。"

"嗯……"叶柔猛地松了口气。

江尧把她手里的伞往后推了推,将伞下的空间全部还给她,自己则重新回到了暴雨中,他单手插兜,道:"我先走了。"

叶柔这才后知后觉地发现,江尧把唯一的雨具给了她。

她追上去,要把自己的伞给他。

江尧停了步子,在她的伞面上弹了一记,说:"伞你自己留着打吧,我又不是来和你交换的。"

叶柔垂眸,无意识地捏了捏衣角,低低地说:"你感冒不是还没好?"

江尧掀开伞面,深深地看了她一眼,笑了。那双漆黑的眼睛映着光。

"担心我啊?"

"当然不是。"她只是不想欠他人情,一来一回纠缠不清。

"哦。"江尧扬了扬眉梢,轻笑出声,"不是的话我也高兴。"

"野牛"派来接他们回酒店的车在赛道外面,走过去路程挺远,江尧步子迈得大,李堡几乎是一路竞走才跟上。

到了车里,李堡忍不住吐槽:"哥,她都有伞,你还把雨衣脱给她干吗?"

"我乐意。"江尧表情淡淡的。

李堡继续吐槽:"你咳嗽本来就没有好利索,到时候万一整个肺炎出来,就糟糕了……"

"没事。"江尧的视线越过玻璃,看向很远的地方。感冒顶多两个星期就好了,有些事可不是两个星期就能好的。

他甚至有点幼稚地想,或许得个肺炎也不错,叶柔说不定会因为愧疚来看望他。

转念一想,他又被自己的想法逗笑了。

李堡见他笑,忙说:"哥,你的小花在'风暴'养着,早晚被猪拱了,'风暴'那几个小子可不是好东西。"

"就凭他们?她看不上。"

"那倒也是,她连你都看不上,他们肯定得靠边站。"李堡说。

江尧挑了挑眉毛,问:"什么叫'连你都看不上'?"

李堡轻咳一声,赶紧往回圆:"我的意思是她眼光不好。"

江尧纠正道:"她眼光很好。"

周四,天终于晴了,车手和领航员们继续勘路。

西班牙站是 WRC 全球赛事里唯一一个设置混合赛道的,一半是沙砾路,一半是柏油路。

两种路面,需要使用不同的轮胎、悬挂系统、避震和不同的差速器。在沙砾路面转柏油路面之前,维修队要将赛车调整为柏油调校①。全部的东西换一轮,再加修理坏掉的配件,一共只有七十五分钟时间。

周四的勘路一结束,所有的车队都在开会。

"野牛"是大车队,维修人员充足,而且都是一等一的好手,高峰简单说了几句就散会了。

"风暴"的人员精简,维修组的任务非常重,安排起来也困难。

沈璐的会议一直开到晚上十点钟,他们只能集中火力在柏油调校那里。因此,周六叶柔需要独自一人负责一整个维修区。

晚上,江尧出去吃夜宵,在中餐厅里碰见了正在吃晚饭的童鑫和叶柔。

童鑫语气轻快地说:"叶工,虽然我们车队精简了点,但我们的赛车和江尧他们的车造价是差不多的,我会努力在比赛时超过他的……"

江尧单手插兜,走到旁边的桌边,"砰"地踢了个凳子出来,打断了童鑫后面的话。

童鑫抬眸,对上江尧那双狭长的眼睛。

江尧敞着腿坐下,挑着眉梢,拖着语调,语气又跩又狂:"哦,原来车子造价差不多,就能赢过我啊?"

童鑫没料到江尧会出现在这里,脸色有点发绿。

正赛上,比蓝旗亚配置高的车数不胜数,但能赢过它的车却寥若晨星。

车子的配置只是一部分原因,主要的原因还是谁在驾驶操控。

江尧瞥了童鑫一眼,冷嗤道:"我们俩车子的差距不在配置上,而在别的方面。"

"什么方面?"童鑫问。

江尧抬起眼皮,意味深长地看了眼叶柔,说:"蓝旗亚是我心上人送

---

① 柏油调校就是对发动机、底盘、悬挂系统之类做一定的调整,让各种参数达到要求。

的，充满了爱意，而你的雪铁龙是品牌商赞助的，没有感情。"

童鑫辩驳道："谁说我的车没感情了？我的车是叶工亲自改装的，我开起来，也觉得充满了温暖的爱意。"

"听起来，你好像单相思叶工啊？"

"这不关你的事。"童鑫有些恼羞成怒。

叶柔喝了口水，没参与他们的对话。

江尧忽然伸手过来，将她唇边的杯子拿走，若无其事地喝了一口，道："怎么不关我的事，我也在追叶柔。"

48

周五，第一个正赛日，大雨初晴。

凌晨四点，叶柔跟车去往她负责的第一个维修站。

一路上，他们遇见无数徒步前进的车迷。

今天是比赛日，赛道封闭，除了组委会的工作车，其他车辆都是不允许进入赛道的。车迷们想要看比赛，就只能早起徒步或者提前开车过来露营等候。

工作车里坐着的是各家的机械师，山路蜿蜒，工作车开得摇摇晃晃，沙砾路面潮湿泥泞，弯儿又多，跟坐船似的。

叶柔被晃得想吐。

那些机械师正叽叽喳喳地用英语聊着天——

"今天这路恐怕不太好开，又滑又湿。"

"我已经预感到今天会是极其忙碌的一天了。"

"这种路最容易出意外。"

"希望不要太惨，不然二十分钟的维修时间，根本不够用。"

"风暴"在这个维修站安排了两个维修技师，一个是叶柔，还有一个是年龄稍长一点的孙印。

孙印竖着耳朵听了半天，除了那句"oh shit"以外，一句也听不懂，他扭过头来想问问叶柔，却见她不太舒服。

"怎么了？"

"有点晕车。"叶柔说。

"呀,没带晕车药。"

"没事。"叶柔把窗户拉开一道缝,靠在窗框上,缓缓地吸着气。

天还暗着,山里没有灯,花草树木都是一团团模糊的黑影。冷风吹进来,她稍稍将那股难受劲儿压了下去。

工作车上了个坡,到了视野开阔的地段,深蓝色天空上挂满了明亮的星星。

"明后天应该都是晴天。"孙印自言自语道。

叶柔点头。

不久,天光一点点地亮起来,太阳从大山深处冒出金边,很快被各色的云彩挡住了。

好不容易到了维修区,车子停下来,维修技师纷纷奔向各家的维修点做准备。

上午八点钟,赛道起点。

无数媒体人架着摄像机在直播,车子一辆辆从镜头里飞驰出去……

大雨浸泡过的沙砾路简直是噩梦,第一个赛段就有两辆车发生了事故,其中一辆车摔断了防滚架,直接淘汰。

今年西班牙站的发车顺序,是按积分榜倒序发车,江尧又是最后一个离开起点的。

刚上路,李堡就爆了句粗口。

大雨过后的路面本就泥泞,又被无数车碾轧过,这路简直跟搅拌均匀的芝麻糊似的。

蓝旗亚开出去几十米,已经成了一辆泥车,风挡玻璃上落了无数细小的泥点。

江尧油门踩到"飞起",李堡丝毫不敢怠慢,路书几乎报成了说唱。

配着那嗡嗡作响的引擎声,倒真有点摇滚乐的味道。

第二赛段是今天最长的赛段,也是弯道最多的赛段,全程28公里,急弯一个接着一个,山路一侧是悬崖,另一侧是遮挡视线的岩石峭壁。

靠近悬崖的这一侧,不知什么时候多了块大石头,这是路书上没有的障碍物,应该是从山上飞落下来的。

如果按照原定路线开,肯定会损伤底盘。

李堡皱眉道:"哥,有落石,要不咱停下?"

江尧说:"没那个时间。"

这种情况,只能丢车保帅。

江尧目视前方,手脚灵活配合,车子切弯往里避,蓝旗亚紧贴着左侧的悬崖擦过去……坚硬的岩壁如刀一般砍掉了左侧的后视镜,在车门上留下一道长长的痕迹。

山壁上的藤蔓"哗啦啦"打在风挡玻璃上,零七八碎的部件飞出去,滚了一地。

李堡头皮都在发麻。

"哥!你好歹降点速……"

江尧说:"我降了5迈。"

这个路段,要是正常人开顶多30迈,江尧开到70迈,还好意思跟他说降了5迈?

用亡命之徒来形容江尧,都是在夸奖他了。

要是他刚刚出现一点点操作失误,他们俩现在要么在悬崖下面等救援,要么已经见阎王了。

李堡觉得自己得赶紧找地方买点速效救心丸了。

毕竟心脏被吓停了,也是会死人的。

江尧他们最晚发车,见到的事故也最多——滚进山底的丰田,撞烂了脸的大众,发动机着火的标致……

第四个赛段结束,江尧把车开进了维修区。

李堡粗略地扫了一眼,几乎所有的赛车都出现了不同程度的损伤,完好无损的车根本找不到。

"风暴"的维修区和"野牛"的维修区紧靠着。

江尧把蓝旗亚开进来时,"风暴"的机械师正在车底检修雪铁龙的底盘,地上散落着撞烂的后保险杠。

一旁的童鑫满眼焦灼地看着手表,边上的领航员在和他说话。

李堡不禁感叹道:"今天这破路开得真费钱。"

江尧跳下车,走到雪铁龙边上,蹲下往车底看了一眼。

他很快发现,修车的人是叶柔。

底盘下面光线不亮,只够看个大概。女孩仰头躺在地上,正在紧底盘上的螺丝。手里的电动螺丝刀摁上去,"嗡嗡嗡"响了一阵再松开,动作麻利又迅速。

李堡摘掉头盔透了口气,问道:"哥,在看什么呢?"

江尧站起来,把手插进口袋,笑了一声说:"在看我的小花。"

叶柔关掉电动螺丝刀,正好听到江尧的这句话。她扭头往外看了一眼,刚刚站在那里的人已经走掉了。

叶柔往前挪了挪,继续拧前面拆卸下来的螺丝。

"野牛"的维修技师正在检修蓝旗亚,江尧靠在门边目不转睛地盯着不远处的那辆雪铁龙。

很快,叶柔从车底钻了出来,她把手里的扳手、螺丝等东西一股脑儿丢进外面的工具箱,金属零件"噼里啪啦"响了一阵。

江尧这才完全看清了叶柔。

她的手上沾满了黑色的机油,脖颈雪白,头发扎得很高,一根碎发也没落下。紧身的工作服恰到好处地修饰了她的身形,纤细窈窕,非常飒,却也意外地很漂亮。

叶柔转身拿胶带,一抬眼,撞进一双漆黑的眸子里。

隔着七八步的距离,两人四目相对——

江尧神情慵懒,他略微抬了下眉梢,问:"挺忙?"

"嗯。"叶柔没有聊天的欲望,也没聊天的时间。

她拿了胶带,快步走到雪铁龙边上。

车顶盖上有些地方裂开了,维修时间有限,来不及更换,只能用胶带暂时补一补,车子能上路就行。

童鑫进维修区的时间早,也结束得早。重新坐回车里后,他朝窗外的叶柔比了两个大拇指。

"谢谢叶工!"

叶柔朝他笑了笑,说:"比赛加油!"

两个维修区离得不远,他俩的对话江尧全都听见了。

叶柔对童鑫说"加油"的时候,江尧拧着眉毛,有点不高兴。

以前,叶柔只给他一个人加油。

太便宜童鑫了。

江尧的蓝旗亚只损坏了一个反光镜,"野牛"的机械师不一会儿就将它恢复了原样,剩下的时间他们都在检车加聊天。

越是顶尖的车手,越爱护车。车辆损伤越小,相应的维修工作量也越小。

江尧趁着这个时间,去"野牛"的餐车拿了午饭。

只有像"RED""野牛"这些大型车队有自己的餐饮卡车,其他车队都是组委会统一安排的伙食。

江尧他们回来的路上,正好遇到"风暴"的另一个技师,他在打电话,声音很大:"组委会的午饭都是些啥呀?除了炸鸡就是可乐,除了可乐就是炸鸡,看着都没胃口……"

江尧忽然顿了步子。

他记得叶柔也不喜欢这两样。

江尧回头去组委会的就餐区买了一份午饭。

李堡有些惊奇地说:"哥,你吃得完这么多啊?"

江尧没理他。

蓝旗亚已经检修完毕了,维修时间还剩四分钟,江尧把车子开了出去。路过"风暴"的维修区时,他把车子踩停,朝外面喊了声:"小玫瑰!"

叶柔抬头看过来。

江尧胳膊肘架在车窗上,修长的指节懒懒地在后视镜上敲了两下。

"吃饭了吗?"他问。

"还没。"叶柔实话实说。

江尧从车里拎出个塑料袋,把那袋子一系,朝她抛了过去,随口道:"这个给你,接着。"

叶柔再抬眸,蓝旗亚已经打完卡,加速出了维修区。

塑料袋打开,里面是他在"野牛"拿的那份午餐。

叶柔吃饭的时候,孙印问了一堆问题:"叶工,你这午饭哪来的?怎么这么丰盛？"

"不是和你的一样吗？"叶柔笑。

"组委会提供的都是炸鸡、汉堡、可乐，谁乐意吃那些玩意儿。"

叶柔闻言怔了怔，她也不喜欢吃那些。

下午的四个赛段结束，第一个比赛日就结束了。

江尧的比赛时间最短，暂时排在第一位。他难得有兴趣往下看了下积分榜，童鑫排在第十一位。

参加 WRC 的中国人非常少。

高峰禁不住点评道："童鑫今年的表现可圈可点，得了两个第二名，三个第四名，未来可期。"

江尧把手插在口袋里，偏头看着他说："老高，要是拿他换我，你愿不愿意？"

"当然不愿意，拿他们整个'风暴'来换你，我都不愿意。"

江尧挑挑眉说："我们的合同快到期了。"之前那个超长合同，也只签了五年。

高峰笑了笑："你小子啥意思？想走？"

江尧撇了撇嘴，有些不耐烦地说："嗯，你这儿没叶柔，她不好光明正大地给我喊加油。"

高峰眼皮狠狠地跳了几下，这是他听过的最奇葩的转队理由了。

不过，这倒也挺符合江尧的性格。要是中规中矩地按套路出牌，就不是江尧了。

高峰连忙安抚道："要不……你等等，我想办法把'风暴'全队收过来。"

江尧问他："要多久？"

"要多久？"高峰哽了一下，"这哪能确定？"虽然他确实有心去合并"风暴"，但也得和沈璐去谈，得拟合同。而且，沈璐那个人特别难说话，不是那么容易的事。

江尧耸了耸肩膀，说："明年的蒙特卡洛站，如果叶柔不能给我加油，我就去'风暴'了。"

高峰自以为一针见血地说："'风暴'没钱。"

江尧"嗤"了一声,眼里尽是张狂的笑意。

"那有什么关系?我给他们挣。"

"尧尧,我们好歹也是有感情的吧?"高峰觉得这事太棘手了,只好打感情牌。

江尧点头道:"有,但是不多。"

高峰想了想,说:"要不我给你介绍个女朋友?比叶柔漂亮的也有很多啊。"

江尧把手里的钥匙往前抛了抛,转身道:"我看等不到明年了。"

高峰赶紧追上去,说:"行,蒙特卡洛站就蒙特卡洛站,成交。"

49

第一个比赛日结束,所有的车子返回大本营。

组委会对每一辆进站的赛车都有严格的时间限制。每个车队,有且仅有四十五分钟时间来大修车子。

这是一天中维修人员最忙碌的时刻。

"野牛"有顶尖的维修团队,平常这个时间段,江尧都在接受各种采访,今天他把那些采访推掉了,特意去看修车。

李堡也跟了过去,他很快发现,江尧根本就是"醉翁之意不在酒"。

他根本不是来看修车的,而是来看修车技师的。

而且,看的还不是自家车队的技师。

"野牛"的维修区在"风暴"的正对面,江尧直接搬了把椅子放在门口,旁若无人地坐进去,长腿交叠着,眼睛直勾勾地看向不远处的叶柔——

女孩正屈着一条腿半跪在地上,她的背影纤细柔弱,但手里的动作却一点也不含糊,利落又干脆。

不过几秒钟的时间,她就把雪铁龙的左前轮卸掉了,手掌按住轮胎边沿,麻利地往后一滚,立刻有人上前,把轮子接走了。

接着,她绕到车头,三五下卸掉了雪铁龙的前保险杠。

那个金属块看着就不轻,叶柔抱起来却并不费力,甚至还笑着和边上的人聊天。

江尧的目光移到了她的唇角，微微显现的梨涡非常甜美。

江尧想再多看两眼，叶柔已经又钻进了车底。发动机的位置比较低，要从下面检查，江尧的角度只能看到叶柔的腿。

维修区外面围了很多的车迷，他们拿着相机，正在拍照。

很快，有人发现了江尧。

他们绕过"风暴"的维修区，转到另一侧，把江尧围在了中间。

江尧有点不高兴，他被这些人堵得连叶柔的腿都看不见了。

他签了会儿名字，皱眉，用英语抗议："抱歉，你们能不能让让，挡住我视线了。"

所有人都以为江尧是在看车，直到叶柔从车底钻出来，有人"哇"了一声——

"天哪，这个机械师真漂亮。"

"中国女孩神颜！"

"确定这真不是车模吗？"

"好可爱！"

见有人举着相机要拍叶柔，江尧忽然从椅子里站起来，走上前，捂住那人的镜头，用英语说："偷拍不礼貌。"

那人愣了一下，再抬眼，女孩已经钻进车底看不见了。

晚上，各家车队都在开会。

"风暴"在讨论明天轮胎的使用策略，大部分技师都主张使用软胎，因为软胎跑得快，适合冲名次。

叶柔举手说："我建议使用硬胎。"

沈璐不置可否："不进前十，可没有积分。"

叶柔不卑不亢地说："明天天晴，气温回升快。"

立刻有人反驳道："我看了天气预报，不热。"

叶柔的视线转向说话的人，她说："沙地比热容低，地面温度肯定要比气温高，软胎轧上去磨损得很快，可能坚持不到维修区，车子就'挂'在路上了。"

沈璐看向旁边的童鑫，问："阿鑫，你怎么看？"

童鑫说："我觉得叶工说得很有道理。"

一众技师都在摇头、叹气。

只有沈璐力排众议，说："就用硬胎。"

次日，是个大晴天。

加泰罗尼亚的天空湛蓝透亮，不见一朵云彩。

早晨的温度很低，那些等在路边的球迷都穿棉袄和羽绒服的。

沈璐端了杯热可可，在赛道起点处观察了许久。除了雪铁龙以外，其他车子全部都使用的软胎，包括江尧的。

昨晚一起开会的人，心里纷纷开始打鼓。

"姐，我们的硬胎要吃亏啊。"

沈璐笑了笑说："输就输，没什么输不起的。"

那人讪笑着不说话了。

过了上午九点，山里的气温迅速回升。骄阳炙烤着大地，车迷们的衣服脱了一件又一件，所有的人都在抱怨这天太热了。

赛车里没有空调，李堡边报路书，边把手当作扇子往脸上扇风。

江尧开过两个赛段，发现了问题。

加泰罗尼亚的山道上，起码有30摄氏度，轮胎在快速磨损，并逐渐失去抓地力，速度快到一定程度，车子会打滑飞出去。

其实，在江尧看不到的地方，已经有数十辆车因为失去抓地力冲出了赛道。

很快，李堡发现江尧的车速降下来了。

"哥，开平地油门不焊死，在这里做什么孙子啊？"

江尧"嗤"了一声，把油门踩到底。蓝旗亚在前面的转弯处原地转了180度，差点飞出去，蹲在那里看比赛的车迷都吓得跑远了。

李堡吓得讲话都不利索了："哥，这……这是怎么回事啊？"以他的水平，根本不可能出现这种低级失误。

江尧说："没怎么，天太热，轮胎要化了。"

李堡张了张嘴，问："那怎么办啊？"

江尧启唇，简明扼要地说了两个字："保胎。"

然后，江尧亲自演示了他的保胎大法，过弯的漂移没了，跟高铁比谁跑得快的速度没了，蓝旗亚一路龟速行驶到轮胎区，李堡差点以为他们是来旅游的。

李堡忍不住吐槽道："哥，我妈怀我的时候都没这么保胎。"

江尧语气很淡："嗯，我妈怀我的时候，也没有。"

过了轮胎区往后开了两个赛段，车子进维修区进行柏油调校。车手们在休息时间都在抱怨今天的温度，只有童鑫说今天跑得很顺利。

李堡打听过后才知道，童鑫在前面的赛道上用了硬胎。

李堡吹了一会儿牛回来，边喝水边看边上的江尧，最后还是忍不住开口道："哥，你知道是谁让童鑫用硬胎的吗？"

江尧挑了下眉，问："谁？"

李堡说："叶柔。"

江尧握着瓶子的手顿了一下，旋即笑了，她还挺有先见之明，这都能想得到。不仅想得到，她还能说服沈璐和技师团队，确实不容易。

李堡皱眉，叹了口气："哥，你这前女友牛是牛，但我怎么感觉她是来'虐'你的呢？"

江尧瞪了他一眼，道："纠正一下，她可不是我的前女友，是我还没娶的老婆。还有，我还挺乐意被她'虐'的。"

李堡嘴角抽了抽。

江尧就是有病，还病得不轻。

柏油调校后的三个赛段，江尧几乎是用全速在开，漂移、切弯、钟摆、飞跳，怎么快怎么来。以第一视角看车子行动轨迹的李堡，血液都在往脑子里涌。

李堡咽了咽口水道："哥，我其实……还是挺怀念我们上午的保胎时间的。"

江尧面无表情地说："少废话，报路书。"

江尧把油门踩下去，蓝旗亚的车速飙到了210km/h，车窗里刮进来的风跟台风似的往脸上压，呼吸都不太顺畅，要不是连着耳麦，李堡报的路书根本听不清，声音都被风带走了。

最后的赛段报时，江尧落到了第四位，而童鑫则一跃成了今天的第一名。

赛后的记者采访时间,所有的车手都说自己选择轮胎失误了,只有童鑫对着镜头说:"我今天能反超实属运气好,真心感谢我的幸运女神,我们队的机械师,叶柔。"

江尧边吃晚饭边刷今天的资讯,看到童鑫的这段采访,他的脸都绿成了橄榄色。

"放屁!"

对面的李堡吃得正香,忽然听到这句咒骂,他抬头看向江尧,问道:"哥,骂我啊?"

"不是。"江尧眼里有着显而易见的烦躁。

李堡扒了口海鲜饭,说:"哦。"

"你赶紧吃,吃完跟我去改路书。"

李堡差点以为自己听错了,问:"改路书?"他们现在的路书,是他们完整跑了两趟才写好的,现在都看不到路了,哪能说改就改?

"照我们原来的跑法,明天得'跪'。"

李堡咽下嘴里的饭,不情不愿地说:"那你打算怎么改啊?"

江尧往后仰了仰,指尖在桌案上敲了敲,道:"改激进点。"

"我们原本的路书就很激进了。"

"那就再激进点,有轮子能到终点就行,老高给我的奖金给你一半。"

李堡在心里骂了句"疯子"。

周日,最后一个比赛日。

今天一共有四个赛段,其中三个普通赛段,一个超级加分赛段,中间配备了一个维修区。

有了昨天的教训,今天所有上路的车,都换上了耐摩擦的硬胎。

上午十点,各家车队的车子陆续出了维修区。

忙了好几天的维修技师们终于有时间来看比赛直播了。

叶柔也在看。

直升机在头顶轰轰作响,车子一辆接着一辆从低矮的灌木丛中飞驰而过。

在屏幕的左侧,可以看到排在前十名的车手和对应的耗时数据。

童鑫的名字还在第一位，江尧已经从第四名上升到了第三名，满屏的"嗡嗡嗡"声响个不停。

画面刚好切到了蓝旗亚。

叶柔注意到江尧今天只用了两个硬胎，左后轮和右前轮用的都是软胎。

既提升速度，又避免轮胎遭受不可承受的摩擦。

这样做有好处，也有不好的地方，四个轮子受力是一样的，但轮胎的承受能力不一样，极端情况下容易发生意外。

车子经过连续的弯道，江尧掉转车身，快速切弯，蓝旗亚过弯时速高达135km/h，车身并没有走在沥青路的中心，靠外的车轮压在旁边的排水渠上。

排水渠和沥青路面有两三厘米的高度差，轮胎上下滚动时，摩擦出一串金色的火花。解说员在不停地叫着："哇哦！这个过弯太丝滑了！"

丝滑且快！比传统的漂移要快许多。

摄像画面切换了车内的第一视角，江尧他们行驶到一段直线路面。蓝旗亚的实时车速达到了260km/h！

前面是一串障碍物，领航员报路书的速度非常快，第一视角看过去，格外刺激……

江尧的操作非常娴熟，加速点、刹车点把握得恰到好处，当你以为要迎面撞上障碍物时，他一个灵活的切弯甩尾，"嗡嗡嗡"地绕了过去。

俯拍的角度，车子如一条灵活轻快的鱼，在那些障碍物间穿梭、游动。

蓝旗亚一离开障碍区，车速立刻提到200km/h，引擎声格外地悦耳，非常刺激。

即便隔着屏幕，叶柔的血液也好像被点燃了。

维修区那些看直播的人，也在疯狂地尖叫。

这时，屏幕里的解说员用西班牙语连续说了几个感叹句："Ron 第二名了！距离第一名还差2秒！"

左侧的姓名栏已经改变了，江尧的名字紧紧地跟在童鑫后面，变成了银色。名字后面的耗时数据还在飞快跳动着。

画面切换到了童鑫，他的操作也很流畅，只是过障碍物时，车尾扫翻了几个袋子。

十几分钟后，画面再次切换到了江尧——他已经进入了最后的超级加分赛段。

视频是第一视角,蓝旗亚开了十几秒钟,车内明显抖动了一下,与此同时李堡骂了一句。

叶柔心脏猛地缩了一下,她大概猜到发生什么了。

镜头往外,一个轮毂飞了出去。

李堡扯着嗓子在里面喊:"哥,咱们的左后轮没了。"

江尧完全不减速,脸上是狷狂的笑。

"那就不要了!"

直播的主持人在那儿又叫又笑,像疯了一样。

那个飞出去的轮毂在沥青路面滚了滚,立马有不要命的车迷们冲过去,把它捡了回来。再抬眼,仅剩三个轮子的蓝旗亚已经消失在了视野里。

镜头给了观众一个特写,他们全部在呐喊。

蓝旗亚已经到了最后一个弯,少了一个轮子,还是干脆利落地过了弯。

解说员还在兴奋地叫着:"超过了!快了0.2秒!赢了!!"

蓝旗亚冲破终点线,立刻有人拎了灭火器来,掀开引擎盖一阵狂喷。

与此同时,叶柔看到左侧的姓名栏里,江尧的名字变成了金色,还有一个王冠戴到了上面。

解说员的声音还在继续:"让我们恭喜 Ron 成为西班牙站的五冠王!什么是伟大?这就是!"

直播还在继续——

江尧从车里下来,摘掉了头盔,将它对着天空高举起来。

汗水在他额头和脸颊上滚动,潮湿的碎发被骄阳染成了金色。

许久,他将那头盔收到怀抱里,深情地吻了吻。

记者将话筒送到了他唇边,用英语问:"你已经提前锁定年度积分榜第一名了,今天为什么要跑得这么拼命?"

江尧抬了抬胳膊,用赛车服袖子擦掉了俊脸上的汗,笑着回答道:"没办法,要是跑得不够快,我的幸运女神就要被人抢走了。"

"最后,幸运女神还是眷顾了你。"

江尧转过来,含情脉脉地对着镜头。微风拂动着他额间的碎发,那双漆黑深邃的眼睛在太阳底下闪着光,专注又深情。

半晌,他用右手食指指了指自己的心脏,像是告白也像是回答:"从过去到现在,我的幸运女神,她一刻也没离开过我的心房。"

50

主办方的颁奖仪式,一直弄到了傍晚。

夜幕降临,一群年轻人把车开到了巴塞罗那的一家小酒馆里。

这里晚上有著名的弗拉门戈舞表演,因此也聚集了大批的游客。

露天的桌子,幕天席地的舞台,头顶是通明的灯火,耳朵里是深情款款的情歌。漂亮洒脱的西班牙女郎合着节拍,轻快地舞蹈。

众人一边喝酒一边吹牛——

李堡声音最大:"我哥只剩三个轮子都不减速,我当时在车里,害怕极了。"

"'风暴'这次出尽了风头,好几个厂队都想挖童鑫过去。"

"他们新来的机械师,还是有两把刷子的。"

"那可不?据说童鑫正在追她。"说话间,那人把手机拿了出来,翻了翻,转过来,"你们看看,童鑫那小子正在整告白仪式,瞅瞅这满屋子的玫瑰花……"

江尧敞着腿坐在椅子里,没说一句话,手里金属打火机的盖子掀开又合上,"咔嗒咔嗒"地响着,脸上的神色越来越冷。

李堡见状,赶紧把话题岔开了:"你们说,这跳弗拉门戈舞的怎么都是熟女?"

"废话,年轻小姑娘哪有那种韵味?"

江尧把手里的气泡水一口喝光了,转身拿了椅背上的衣服,没打招呼就走了。

有人皱眉说:"尧尧怎么了?今天赢了比赛还甩脸子。"

李堡抿了口酒道:"你们踩我哥的雷了,'风暴'新来的机械师叫叶柔,是我哥的心上人。"

众人笑得发疯。

"想不到有生之年,竟然还有机会看江尧吃瘪。"

有人提议："要不咱们打个赌，看童鑫和江尧谁先追到那姑娘。"

李堡撇嘴道："那肯定是我哥。"

从小酒馆出去就是巴塞罗那著名的兰布拉大道，也叫流浪者大街。

这里聚集了各国来的艺术创作者、画画的、做音乐的、做街头雕塑的和人体艺术的。

江尧给叶柔打了个语音电话。

海风从港口吹来，让他的声音听起来有些空："在哪儿？"

叶柔随口答："外面。"

"外面哪里？"江尧追问。

"流浪者大街。"叶柔说。

"我也在这边。叶柔，你在原地不要动。如果我在十分钟内找到你，你今晚只能收我送的玫瑰。"

兰布拉大道全长1800多米，分为整整五段，店铺罗列，人潮拥挤，要在这里随机找人，和在大海里找一滴水没什么区别。

见叶柔没有回答，江尧又问了一遍："行吗？"

叶柔犹豫了一会儿，说："好。"

"电话不要挂。"江尧看了下手表，继续说，"现在是八点零三分。"

他环顾四周，先去了趟花店选了玫瑰，又在隔壁的滑板店里买了滑板，滑板店老板送的那些护具，他一样没拿。

叶柔在电话里听到有人用西班牙语大声喊："注意安全！"

江尧出门，将滑板往地上一扔，灵活地踩上去，滑远了。风将他的夹克鼓动着往后，如同一只欲飞的大鸟。

这条路上随处可见那些卖艺的流浪者，他们面前都放着一个盛钱的容器。

江尧边滑边扔钱，滑板经过的地方，萨克斯、小提琴、电吉他、手风琴、长管依次响了起来……

叶柔那边安安静静，她不在这条路上。

滑板继续往前，江尧如法炮制。连续过了三个路口，他终于在听筒里听到了轻快好听的小提琴声。

他从滑板上跳下来,沿着那小提琴声附近的店铺一家一家地找。

终于,在一家卖陶瓷工艺品的店里,他看到了叶柔。

江尧看了下手表,长长地吐了口气,对电话里的叶柔说:"现在是八点十二分,我找到你了。"

叶柔转身,见江尧抱着滑板,长身玉立站在门口的光亮中。他喘着气,脸上尽是潮湿的汗水,眼睛像星星一样,短发戳在眼皮上,笑容恣意而张扬。

在他身后,流浪的歌手在重复着单调而炽烈的歌曲:

"No puedo vivir, no puedo vivir,
(我将要死去,我将要死去,)
Morie sin tu amour.
(若无汝之爱。)
Contigo vivir.
(与你相守,方能永生。)"
……

叶柔眼窝莫名发热。

那一刻,她甚至觉得眼前的江尧,和记忆里那个抱着篮球朝她走来的少年,重叠到了一起。

江尧快步走进来,低头从敞开的外套口袋里抽出一朵鲜艳的玫瑰,递给她。

叶柔伸手接过玫瑰的一刹那,江尧一把将她拉到怀里抱住。

叶柔有些意外,推了他一下。

"你今天喝酒了?"

"没有。"他说。

"你现在有点不理智。"

江尧打断她:"我当初就是太理智,才会连一句喜欢你都没来得及说。那年冬夜,我见你第一面就喜欢你了。柔柔,求你,再给我一次机会好不好……"

他越说声音越低,就像是在祈求。

冬雪在荒地里消融,太阳炙烤潮湿的土地。

她第一次看到那掩藏在地底的绿芽。

许久,叶柔说:"江尧,我可能没有那种热情和精力去探险了。"

飞蛾扑火、蜡炬成灰、一生一次、至死方休的那种勇气,她早没有了。现在的她更爱自己,也更理智。

江尧目光灼灼地道:"没关系的,我有热情,我有精力,给我一次机会好不好?"

叶柔笑了笑说:"江尧,你会遇见更好的女孩,不一定是我……"

"不会。这世上没人像你,也没人是你。"江尧轻轻握住了她的手腕。

"可我现在可能只会和你做普通朋友。"

"没关系,那就从普通朋友做起。"总比什么关系都没有好。

他们从那家工艺品店出去,又回到了那条热闹的兰布拉大道上。

海风拂过头顶的悬铃木,叶影婆娑,空气里有股海水特有的咸腥味。月亮在头顶上,满满一轮,又圆又亮。月光照着平静的港湾,微风拂过,无垠的海面金波流淌。

叶柔是出来给苏薇薇买结婚礼物的。

她把花鸟鱼虫市场逛了个遍,江尧踩着滑板,一路跟着。叶柔买了许多东西,江尧全部抢过去提着。

叶柔还是不知道苏薇薇到底喜欢什么,她打了个电话过去。

苏薇薇的声音又嗲又甜:"你帮我和你哥画张画吧。"

几分钟后,苏薇薇发过来一张她和贺亭川的结婚照,还搭配了一条超长的语音消息:"柔柔,你看你哥,拍婚纱照都不笑。你一会儿记得让画师把他画得谄媚点,把我画得高冷点。"

等画师作画的时间有点长。

叶柔坐在那个小凳子上,玩了会儿手机。

国际汽车联合会发布了新一年度车子排放量等新的标准,评论区骂声一片。国际汽车联合会每次有这种标准性的改动,他们做机械师的就基本不能睡觉了。

叶柔看手机,江尧则立在旁边看她,目光极其温柔。

旁边摊子上的画师闲来无事,把他们两个画了下来。等他们要走时,那画师将那幅画取下来,送给了江尧。

画里的女孩恬静温柔,男孩深情地凝望着女孩,画的名字叫:沉默的眼睛。

叶柔看向江尧,眼睛里带着一丝探究,问:"是你让他画的?"

江尧轻笑一声说:"没有,他自己主动画的。"

叶柔用西班牙语和那画师聊了几句。

那画师指了指江尧说:"这位先生刚刚看了你整整一个小时,但没有说一句打扰你的话。人的眼睛不会骗人,他很喜欢你。"

叶柔要给他钱,江尧已经把口袋里所有的钱掏出来,递给了他。

那画师笑得更开心了,说了一长串话:"在巴塞罗那表白的恋人,会永远相爱。祝你们幸福。"

江尧听不懂西班牙语,依旧用英语和他道了谢。

走出去一段,江尧忽然问叶柔:"刚刚那个人说了什么?"

"他说欢迎你来巴塞罗那玩。"叶柔胡编道。

"你骗我,他刚刚说的分明是让你赶紧和我在一起。"

"不是……"她没想到江尧猜到了那人的意思,有些耳热。

"可你脸红了。"江尧轻笑道。

"我没有。"叶柔停了步子,反驳道。

江尧也停了步子,扬了扬眉梢,只是笑。

到了路口,叶柔拦了辆的士打算回去,江尧帮她把东西放进去后,顺势坐在了她边上。

叶柔皱眉道:"我还没说要去哪儿呢。"

江尧懒懒地靠进座椅里,漫不经心地说:"哦,那有什么关系?你去哪儿,我就去哪儿呗。反正咱俩现在是朋友了。"

叶柔倒是没去别的地方,而是返回了酒店。

她买的东西太多,江尧执意要送她到门口。

长廊尽头,有人正在打电话,是个西班牙的体育记者,是来这里蹲江尧的,他在电话里说怀疑江尧有女朋友,要搞条大新闻。

"就是不知道他住哪一层,还没看到人。"他说。

叶柔闻言,赶紧把东西从江尧手里接过来,动作麻利地刷卡进门。

江尧在她关门的一瞬间,用手挡住了房门。

"你干吗这么着急啊?一句谢谢也不说。"他讲话的声音有点大,叶柔连忙踮脚捂住了他的嘴。

江尧还要说话,叶柔一把将他扯进了房间。

身后的门"咔嗒"响了一声,那名记者听到动静转身,长廊上已经空了。他继续打电话:"我去楼上等。"

房间里的灯还没开,只有从远处街道上漏进来的一些光亮,被晃动的窗帘隔着,影影绰绰的。

空气里有股甜丝丝的香气,反应过来是在哪里后,江尧略显轻佻地笑了声道:"柔柔,你邀请我进你房间啊?"

叶柔只觉得一阵热意涌上了大脑。

冲动是魔鬼!

她下意识地想逃,但是脚下的袋子实在太多了,光线又暗,她刚迈出去一步,就被狠狠绊了一下。

江尧在她摔倒前拉住了她的手腕,用力把她往怀里一带,叶柔被他结结实实地揽在了怀里。

她的脸颊紧贴着他的胸口,如擂鼓一样的心跳在她耳畔响起。

江尧在黑暗里轻笑起来。

"小玫瑰,你还是喜欢我,被我发现了……"

51

就在这时,房门被人从外面敲响了。

叶柔推开江尧,凑在猫眼上往外看,发现来人是童鑫。

江尧倚墙站着,食指钩过她落在后背上的一缕长发卷了卷,懒懒地问:"谁啊?"

叶柔说:"我同事。"

平常沈璐开会,都是不发消息,直接来叫人。

大晚上的，让别人看到江尧在她房间不太好，她拍亮灯，转身把他往里推。江尧知道她为什么要推他，倒也不恼，嘴角勾着一丝笑，长腿配合着往里退。

叶柔环视一圈后，发现房间里没有可以藏人的地方，正发愁，江尧提醒道："卫生间。"

只能这样了，她一按门锁，将江尧推进去，关上了门。

朝外的房门打开，童鑫和叶柔在门口说话："叶工，我有事找你。"

"什么事？"叶柔问。

"也不是什么大事啦，你跟我来就知道了，可能算是个小惊喜。"

江尧舌尖抵过腮帮子，冷嗤了一声，有点不高兴。

叶柔还没来得及拒绝，手机忽然在口袋里响了起来——是江尧。

叶柔直接挂断。

江尧揉了揉眉心，吐了口气，又打。

叶柔再挂，江尧还打。

童鑫摸了摸脖子，说："叶工，要不你先接电话吧？我不急。"

叶柔点了接听键，童鑫礼貌地往外退了一步。

江尧声音有点痞，夹杂着水流的"哗啦"声："终于肯接我电话了？"

"你干吗？"叶柔有点恼了，语气也不好。

江尧语气又懒又浑，故意拖着腔调道："没干吗呀，放水洗澡，不信你听——"

他打开淋浴房的花洒，故意把手机开了扩音，放到花洒旁边。

"哗哗哗"的水声瞬间传进叶柔的耳朵，她扭头瞄了眼浴室，脑袋都要炸了！

江尧根本没锁门。

没锁门，还在她房间里洗澡！

叶柔看了眼外面的童鑫，压低了声音，对电话里的江尧说："你疯了？"

"嗯，是快疯了。"江尧关掉花洒，皮靴踩进水里，语气跩得没边，"你让他走，我就不洗。"

叶柔想冲进去打人！

江尧见外面迟迟没有动静，继续说："那我可脱衣服了啊？你这浴室还不错。"

叶柔拔高了音量："江尧你要乱来，我们连普通朋友也做不成。"

童鑫愣了一下。

叶柔挂掉电话走到门外，和童鑫说："抱歉，我今天有点事，没法跟你出去。"

童鑫挠了挠头，尴尬地说："没事，回国我再弄，你先忙。"

童鑫刚走，江尧就从里面出来了。

他倒是没洗澡，但是鞋子上、裤子上都是水，指尖也是湿的。

叶柔也不想和他废话，板着脸道："你走吧，我要睡觉了。"

江尧倚在墙上，转过头道："叶小柔，你偏心。"

叶柔不太理解他的逻辑，眉毛很轻地皱了下。

江尧撇撇嘴，继续说："童鑫追你，我也追你。你对我很凶，对他就很温柔。"

"你是小学生吗？还比这个。"

"你看，你还骂我。"

"我真要睡觉了。"叶柔懒得跟他讨论这个幼稚的话题，推着他往外走。

江尧叹了口气，把左手伸到她面前，用近乎撒娇的语气和她说："我刚才被热水烫到了，手痛，你给我吹吹我就走。"

他手背上确实有一片红印。

但是……痛？吹吹？江尧还是第一次用这种语气和她说话，叶柔怀疑他是不是吃错药了。

"你这是在……撒娇？"

江尧无所谓地耸了耸肩膀，道："嗯，是在撒娇，不行吗？"

"行……"就是有点毛病。

江尧见她不为所动，故意拿话激她："哦，我知道，你不想吹，想让我留下来。"

叶柔立刻捉了他的手，低头凑近，鼓起腮帮子，非常敷衍地吹了一下。

温热的呼吸拂过手背，风都是香的、软的。江尧根本没被水烫着，他手上的红印是蚊子咬的，被她这么一吹，不仅皮肤痒，连心脏都在发痒、发麻。

叶柔吹完，一推门，用力将他推了出去。

江尧反应过来时，面前的房门已经合上了。

他在门口站了一会儿，低头看了看手背。半晌，他在那红印上亲了一口，说："真是只好蚊子。"

"风暴"回国后不久，高峰就联系了沈璐，他开出的条件也非常不错。

不过，沈璐还是想问问队里人的意见。

"风暴"如果并入"野牛"，所有人的工资都会大幅上涨，车队会得到大量赞助，他们再也不用担心钱的问题。除了名字不能再叫"风暴"，似乎也没什么不好的地方。

沈璐说完，让众人谈谈自己的想法。

叶柔最后一个发言："我反对。既然'野牛'这么好，大家一开始为什么不直接加入'野牛'，而要加入'风暴'呢？"

"他们瞧不上我们啊。"有人沮丧地说。

"是啊，他们的技师多的是，水平高，车也多的是。"

一场雨，倘若落在干旱的沙漠里，它是人们渴盼已久的甘霖，人们对它寄予无限期待。但如果它落在了海里，顷刻间就被吞没了，没人会在乎它到底去了哪里。

众人沉默了一会儿，有人开始说话——

"我反对，我不想并入'野牛'。"

"我也是，我已经在'风暴'待了十年了，我哪儿也不去。"

"我也不去'野牛'，大不了重新回家开汽修店。"

沈璐握着手，叹了口气道："我也不想并入'野牛'，但国际汽车联合会出了新政策，我们现有的赛车，要花大量的钱来升级、改造……"

童鑫这次的表现虽然不错，但来赞助的都是些小赞助商，而且要求特别多，赞助时间也很短，不能长期维持"风暴"生存。

叶柔说："沈经理，如果只是钱的问题，或许可以想别的办法，我可以试着去帮忙拉赞助。"

"你？"沈璐有些惊讶。

叶柔点头道："我试试，如果不行，我们再考虑并入'野牛'的事也不迟。"

叶柔下班后,径直去了贺亭川的别墅。

苏薇薇和贺亭川办完婚礼后,一起搬到了这里居住。她见叶柔来,差点扑上去亲叶柔,但碍于贺亭川在边上,只得装淑女,低声喊了句:"柔柔。"

叶柔把从西班牙带回来的礼物递给她。

贺亭川接了个电话,苏薇薇半掩着唇小声问:"那张画画了吗?"

叶柔指了指袋子,神秘地说:"画了,在里面呢,我哥非常、非常谄媚。"

苏薇薇打开袋子看了一眼,笑得发颤,一抬头见贺亭川正盯着自己,连忙正色道:"咳,达利的画是比较难买,能买到这个也很不错了。"

贺亭川不知道自己的老婆和妹妹在聊什么,轻咳一声,问道:"晚饭吃了吗?"

叶柔说:"吃过了。"

苏薇薇切了一大盘水果端过来,她叉了块芒果给叶柔,又顺手喂了贺亭川一粒剥了皮的葡萄。

贺亭川有非常严重的洁癖,不要说吃别人手里的东西,就是坐别人坐过的椅子,他都要先擦过几遍才肯坐,但是他丝毫没抗拒苏薇薇的投喂。

叶柔有些惊讶。

"薇薇说你找我有事?"贺亭川开口道。

叶柔立刻坐直了,斟酌措辞道:"哥,你有兴趣赞助个车队吗?"

贺亭川抬了下眼皮,问:"赞助你们车队?"

"嗯。"叶柔点头。

"叶柔,我是商人,不做亏本买卖。"他往沙发里靠了靠,表情有些放松,声音依旧低沉,"国内的赛车氛围不浓,WRC 在中国都不设分站。拉力赛烧钱,不是汽车制造商,谁会一年花几个亿在上面?"

一旁的苏薇薇连续吃了几粒葡萄,冰得打了个寒战,贺亭川把她的指尖捉过来,慢条斯理地拢在手心里焐着。

叶柔说:"国内不重视,我们可以去国外跑,国外的车迷很多,媒体关注度也高,可以给你拓宽国际市场。"

贺亭川笑了笑道:"宣传请明星就好了,简单又好管理,这个明星过气了就换下一个。车队可不一样,我没时间管你们赢了几场比赛。"

苏薇薇抱着他的胳膊,嗲声嗲气地说:"我还挺喜欢看赛车的。哥哥,你记不记得,我们第一次见面就是在看比赛。"

贺亭川揉了揉她的脑袋:"你还记得?"

苏薇薇眨着一双桃花眼,声音甜得腻人:"当然啊,我当时可是对哥哥你一见钟情,可惜国内都没几个跑国际比赛的车队,这点回忆也快没了。"

贺亭川低笑道:"想看就给你养一个?"

苏薇薇立刻朝叶柔使了个眼色。

叶柔立马心领神会,举手自荐道:"哥,我们车队支持挂满车爱心转圈告白、结婚纪念日环山亮灯庆祝、孩子满月贴地飞行祈福,还有各种纪念日,你想怎么弄都行。"

苏薇薇鼓了鼓腮帮子,娇滴滴地感叹了一声:"哎,听起来好浪漫啊,可惜太费钱了。"

贺亭川将她揽到怀里,指尖似有若无地滑过她的细腰,轻笑道:"谁说费钱了?叶柔,你明天叫'风暴'的负责人来签合同。"

"好。"

贺亭川忽然将苏薇薇打横抱着,站了起来,走了几步,扭头冲叶柔说:"你先回去吧,我还有事。"

非礼勿视,叶柔立马溜了。

别墅里的光暗了,冷月照进情人的眼睛。

"喊我一遍。"贺亭川吻着苏薇薇的眼睛说。

"老公?"

"不对。"他含住了她的唇瓣。

"哥哥……"她的声音淹没在夜色中。

贺家成了"风暴"的幕后金主,高峰合并"风暴"的想法直接宣告破产,这事他也第一时间告诉了江尧。

"老高,我得转队。"江尧直截了当地说。

"江尧,你现在处在巅峰期,'风暴'的那一套太陈旧了,沈璐的眼光不够长远。而且据我所知,贺家人对赛车并不了解,投资车队也只是一时兴起。"

"我知道。"江尧垂着眼睫继续说,"但她偷偷拿嫁妆成就了我的梦想,我不娶她,不算男人。"

高峰第一次听说其中的渊源,有些惊讶。他回想起几年前江尧满世界找叶家女儿的样子,忽地明白了。

"那姑娘是值得的。"

"是值得。"江尧很轻地笑了。

高峰叹了口气,站起来,在他肩膀上拍了拍道:"去吧,结婚的时候别忘了叫我去喝酒。"

"一定。"

第二天傍晚,江尧去了趟"风暴"。

那门卫大叔见了江尧,依旧一脸紧张。

江尧把车停在路边,走到那玻璃窗户前,塞进去两包烟说:"叔,麻烦登记下,我找沈经理有点事。"

那大叔看着他,一脸的不可置信,心想到底是这小子转性了,还是今天的太阳打西边出来了?

江尧指节在玻璃上轻叩几下,那大叔才慢吞吞地递了本子出来。

江尧签完字,把本子递进去,问:"沈经理在哪儿?"

"直走,第一个办公室。"

沈璐正凝神在看叶柔提交的改装方案,江尧站在门外,敲了敲门。

沈璐抬头,有些错愕地看着江尧。

江尧开门见山,表明来意:"沈经理,我和'野牛'的合同到期了,毛遂自荐来你们队,你收吗?"

"你想来'风暴'?"

"嗯,你欢迎吗?"

沈璐连忙站起来说:"当然欢迎。你在'野牛'是什么样的待遇,'风暴'不会少一分。"

江尧淡笑道:"不着急,你照'风暴'的制度来就行,等我赢了比赛,再来谈这些。"

沈璐没想到江尧竟然会这么好说话。他的成绩和名气摆在那里,只要他想,全世界任何一家车队都会对他敞开大门,而且条件随他开。

"你是为了叶柔?"沈璐问。

"我似乎从没向你隐藏过这点。"

沈璐尴尬地笑了下,她也确实动过别的心思,但她没想到江尧会真的做到这一步。

江尧笑了笑说:"我现在能去见见她吗?"

太阳已经落到了西边,天还没完全暗下去,月亮早早地挂在天上。深秋的傍晚,冷风侵骨,那些刚下班的人都穿上了厚厚的外套。

叶柔还在车底忙活。为了方便照明,她在头上戴了个矿灯帽,光在车底轻晃。

金属撞击的声音一阵阵传出。

江尧蹲在那里看了许久,车底的女孩太过专注,根本没发现外面有人。他俯身钻进去,和她并排躺在车底。

叶柔发现边上多了个人,漂亮的眉毛蹙了下,再看发现这人是江尧。

"你怎么在这里?"

"我过两天就是'风暴'的成员了,过来和你说一声。"

"你转队了?"她关掉手里的电动螺丝刀,有些意外地道。

叶柔头顶的矿灯有些刺眼。

江尧伸手过来,摸到她头顶,将那灯摁灭了,继续说:"没办法,你不肯跟我去'野牛',我只好跟你来'风暴'了。"

"可是'风暴'没有'野牛'专业。"叶柔说,"'野牛'是老牌车队,身经百战,有些东西不是靠钱就能堆积起来的。"

江尧往她边上靠了靠,和她头挨着头,低叹一声道:"可是这里有你啊,'野牛'没有。"

叶柔长睫颤了颤,不知道该怎么形容这一刻的感受。

过了一会儿,她别过头说:"没必要的。"

"怎么没必要?"江尧伸手轻轻扳过她的后脑勺,迫使她在黑暗中转过脸来。

两人靠得很近,鼻尖相抵,呼吸缠绕,他的唇一点点靠了过来……

叶柔随手抓起一个扳手,挡住他的嘴唇。

江尧亲了一嘴冰冷,不禁哑然失笑。

这时,童鑫来了。他知道叶柔在车底,直接开口道:"叶工,你在吗?"

叶柔说:"在。"

"今天有空一起去吃晚饭吗?最近上映的电影票房很高,我买了票,一起去看呀?"

江尧有点吃味,他重新凑近,衔住了她的耳骨。

他用气音和她说话:"不许去,饭我请你吃,电影我请你看……"

"叶工?"童鑫见叶柔一直没有反应,蹲下来喊了一声。

叶柔连忙说:"我不去了,我有事。"

52

童鑫走了,叶柔摸了个扳手,照着江尧的脑门敲了一记。

"哟——"江尧吃痛,叫了起来,"哎哟,痛死了!明天肯定要起个大包。"

叶柔往外挪了挪,嗔怪道:"活该,谁让你乱亲我。"

江尧搓了搓脑门,又凑过来哄她:"别忙了,我请你吃晚饭、看电影,赔礼道歉行不行?"

"没空,我今天得弄完,后天在江城有盘山路比赛。"说话间,她重新打开帽子上的灯,手里的电动螺丝刀"嗡嗡嗡"地响起来。

江尧把手枕在头底下,看着漆黑的底盘,叹了口气,说:"行,那我在这儿陪你。"

叶柔手里的动作没停,拒绝道:"我不用你陪。"

"我就看看,又不打扰你,你忙你的,我刚好学习下修车。"

拉力赛容易出意外,车子坏在半路几乎是家常便饭,车手和领航员会一些应急的修车技能是很有必要的。

因此,江尧说要学修车,叶柔也没拒绝。

太阳西沉,天光一点点暗了下来,车底更黑了。

叶柔帽子上的那盏灯是唯一的光源。女孩神情专注地检查发动机上的每一个零件,眼睛成了闪烁的宝石,纤细的指尖被光照得发亮。

万籁俱寂,只剩"叮叮咚咚"的响声。

冷风不断刮进来,车底成了一座冰冷的孤岛。江尧想,如果他不在这里,叶柔还是会把它弄完。

枝叶细软的玫瑰亲尝了风雨雷电,早已不是温室里的娇花,她独立而坚毅,每一根刺都闪着光。

即便这样,他还是心疼她,舍不得她。

在车底忙完了,叶柔钻出来安装车轮。

江尧也跟着出来。

"冷不冷?"他问。

"还行。"

"那无聊吗?"

"早习惯了。"她说。

江尧开口道:"要不我给你讲故事吧?"

叶柔还没来得及拒绝,江尧已经开始讲了:"很久很久以前,有只饥饿的狼碰到落单的小猪,它磨尖了爪子打算扑过去撕碎小猪,结果你猜怎么着?"

叶柔头也没抬,配合着说:"怎么着?"

江尧笑着往下说:"这只小猪得了绝症,它一心求死,大灰狼觉得太没成就感,就对它说等你病好了我再吃你。可是小猪得的是绝症,根本好不了,大灰狼等啊等……"

他讲故事的语速不快,语气非常温柔,到了一些有趣的地方,还会故意停下来问她,叶柔竟然真的把这个胡编乱造的故事听完了。

叶柔也忙完了,她合上引擎盖,洗过手,换了身衣服。

宽松板型的黑色皮夹克搭配尖领衬衫,让她看来又帅又酷。

江尧跟上来,说:"我送你。"

"不用。"

"你晚饭打算怎么吃?"

"自己做点。"叶柔说完,跨上摩托车,指尖伸进黑色的漆皮手套。

江尧单手插兜,走到她车头前面,问:"小玫瑰,我能上你家蹭顿饭吗?我家没人做饭,我给你帮忙择菜、洗碗、擦桌子。"

"我家没菜。"叶柔说。

"那还不简单,菜我买。"江尧眉梢轻扬,语气有些跩,"小爷我可是南城的买菜小王子,保证买的菜新鲜又健康。"

叶柔转动了钥匙,隔着头盔看了他一眼,说:"还是算了,你会乱来。"

江尧急了,一把捏住她拧油门的手。

"我保证规规矩矩!你可以把你家的防狼喷雾放在桌上,随时喷。再不行,我给你去车底下找个扳手,你就放口袋里,随时打。"

"行,那我先去找个扳手。"说完,她当真下来往回走。

江尧跟在后面号叫:"喂,你还真找啊?"

"不是你让我找的?"

叶柔没骗江尧,她家确实没菜了。

两人把车停在一家超市门口,江尧找了辆购物车,和她并排往里走。两人的颜值都很高,一路上吸引了不少人回眸。

到了买菜的地方,江尧低头在那菜架上认认真真地选,他去4S店选车都没这么认真。

"小伙子靠谱,会过日子。"一起买菜的阿姨禁不住夸赞道。说完她还不忘拍了拍叶柔,"小姑娘真会选男朋友。"

"阿姨,他不是我男朋友。"

那阿姨八卦之心被点燃,语速也变得快了起来:"那赶紧收了,这小伙子长得这么帅,你不要那么挑。"

江尧忍着笑,点头附和:"对,赶紧收。"

江尧选好了菜,还顺便去买了一堆东西——洗衣液、大米、油盐酱醋、纸巾……装了满满一车。

叶柔见他买的实在太多了,阻止他:"江尧,这些我家都有的。"

江尧边研究牛奶盒上的成分表,边懒懒地和她说:"知道你家有,这些你用完了来买不累吗?我难得给你做一回免费劳动力,要人尽其才。"

两人出超市的时候,装了满满两车东西,跟置办年货似的。

江尧提着购物袋一袋一袋往车上放,叶柔要帮忙,被他拦住了。

"你的力气留着修车用,这些我来就行。"

街灯明亮,照得他的轮廓清晰明朗。

叶柔忽然想到她刚去德国念书的那年,中国的驾驶证暂时不能使用,买车需要考取德国本土的驾照。她住的房子离城区很远,每次去超市都会大买特买。

回去的路上,那些沉重的购物袋就是灾难,碰到雨雪天更难受⋯⋯

江尧已经把东西收拾好了,他合上后备厢,转身朝她扬了扬眉毛,说:"走吧,回家了。"

叶柔回神,说了句:"好。"

到了小区楼下,江尧一手拎起几个大购物袋,径直往楼上跑,丝毫没给她帮忙的机会。

叶柔爬到了三楼,见江尧站在走廊里等她。他眉梢挑着,低低地叹了声气,语气却还贱得没边:"叶小柔,你再慢点走,小爷我可就饿死了,指不定明天早上还能变出个蝴蝶、蜻蜓来。"

叶柔被他的语气逗笑了。

江尧见她笑,自己也笑。

四目相对,两人眼里满是温柔。

江尧探出指尖,在她鼻梁上刮了一下,垂眸道:"好久没见你对我笑了。"

他只碰了一下,就把手收了回去。

叶柔拿钥匙开了门,江尧把大包小包的东西拎进去。

超市逛得太久,两人都饿扁了,根本不想做饭。江尧提议煮面,叶柔也同意。

叶柔烧水,江尧背对着她洗青菜,等水开了,叶柔放面条,江尧站在她边上撒青菜、打鸡蛋、放培根。

两人的袖子都卷着,手臂贴到了一起,一冷一热,轻轻摩擦过后又分离。

面条在锅里"咕嘟咕嘟"地滚动着,谁也没说话,时间变得非常缓慢,却也不沉闷。

许久,江尧拿了碗来捞面。

那些青菜、培根、鸡蛋被他摆成了漂亮的造型。半晌,他笑了一声道:"一个人住的时候家里总会有面。"

叶柔若有所思地笑了笑说:"嗯,因为方便偷懒吧。"

氤氲的白气往上冒,笼罩着她漂亮的眼睛,水光盈盈。

江尧舔了舔唇说:"要不……我从明天开始来给你做饭吧,你别吃面了。"

叶柔看了他一眼,反问:"你会?"

江尧被她看得心虚,轻咳一声,说道:"不会我就学呗,以后咱俩结婚了,总不能让你来照顾我,到时候……"

"江尧——"叶柔低声打断了他。

江尧自知失言,耸了耸肩,说:"行,知道了,不调戏你。你那扳手打人可真疼。"

姗姗来迟的晚饭,两人吃得都不快。

叶柔是习惯使然,而江尧是舍不得吃快,因为吃完他就得走人了。

灯光明亮,照得对面女孩的脸颊柔软可爱。单看这张脸,是很难和风吹日晒的修车工联系到一起的。

江尧忍不住问:"你那时候怎么会突然跑去学机械?"

叶柔拨了拨碗里的面,说:"也没什么特别的原因,就是喜欢。"

"当年你走了,我在哪儿都找不到你。老高说要站在最亮的地方,才能让你看到。"他舒了口气,凝视着她的眼睛问,"那几年,你……看到过我吗?"

叶柔握着筷子的手忽然顿住了,嘴唇很轻地动了动,很快被她掩饰过去。

"看到过,去年,在芬兰。"她说。

叶柔在"RED"工作时,Ron这个名字几乎都要被人念烂了,她偶尔也会在屏幕上看到江尧,但她从没有特意去看过他的比赛。

因为性别歧视,她只去过一次比赛现场。

去年的芬兰站,冰天雪地,气温零下30摄氏度。无数赛车在比赛中打滑,冲出赛道,撞得面目全非,只有蓝旗亚是完好无损地进维修区的。

车子飞驰进来,碎雪飞溅。

蓝旗亚进站时,那些维修工都在尖叫。

那是对强者发自内心的崇拜。

叶柔从前的同事也是江尧的车迷,他冲过去找江尧要了签名。

她站在那里,远远地瞥见了他瘦削高大的背影。

山高水长，寒夜漫漫，她只遥远地见了他一面。

江尧指尖微微发颤。许久，他吞咽了一下说："你看到我，怎么也不喊我一声？"说完，他又低头，自顾自地补充了一句，"哦，也是，你还在生我的气。"

叶柔说："其实也不是生气。是我没勇气，怕见了你，我会哭。"

江尧别开脸，吸了吸鼻子。

许久，他隔着桌子摸了摸她的脸颊，有些哽咽地说："小玫瑰，对不起，都怪我……"

53

江尧吃得再慢，碗里的面还是见了底。那碗面就像个倒计时的沙漏，提醒着他该走了。

他等叶柔吃完，抱着碗筷去了厨房。

叶柔跟进来说："你别弄了，我自己收拾就行。"

江尧打开了水龙头，回头看了她一眼，淡淡地说："洗完碗我就走，就多赖两分钟，行不行？"

叶柔点头。

其实她也没有要赶他走的意思，他是客人，帮她洗碗好像有点奇怪。两人没再说话，屋子里静悄悄的，只剩水声和锅碗瓢盆的碰撞声。

叶柔站在几步之外，视线停在了他身上。

为了方便洗碗，他衬衫袖子挽上去一截，小臂结实，线条坚硬，水珠和泡沫从他指尖飞溅出去……

他好像没有什么变化，却又好像变了许多。他的外貌没变，气质没变，性格也没变。但是，从前那个高傲的江尧，就算是饿死也不会在家做饭，更不会洗碗。

最后一个碗擦干，江尧转身，撞上女孩略带探究的目光。

他愣了一瞬，笑了。

"在监督我洗碗啊？"

"不是……"叶柔慌忙地移开了视线。

"那是?"

"时间不早了。"叶柔说。

江尧点了点头,走出来,提起椅背上的衣服,叹了口气,笑道:"行,不赖在你这儿了。"

叶柔送他到了门口。

临下楼时,江尧又回头问她:"晚上睡觉还怕吗?"

叶柔说:"还好,物业公司在楼下装了摄像头。"

江尧看着她,有些恋恋不舍。半晌,他清了清嗓子道:"你早点睡,我就在楼下的车里,有事打电话给我。"

"你早点回去吧,天冷,别又冻感冒了。"

江尧闻言挑了挑眉,很轻地笑了一声,道:"心疼我?"

"没……"叶柔正要反驳,江尧忽然伸手捂住了她的嘴唇。

他刚才洗碗时碰过冷水,掌心冰冷,而女孩的嘴唇温热柔软。强烈的反差让江尧心口发痒,他差点要俯身过来亲她。

但他到底还是克制住了,他礼貌地把手插进口袋,抬了抬眼说:"我开玩笑的,别生气。我走了。"

江尧到了楼下,却没立刻走,那辆越野车始终停在原地。

叶柔去厨房烧水时瞥见了它。

睡前下了小雨,她起来关窗户,又看到了它。

叶柔有些心烦意乱,把手机翻出来给江尧发消息:我睡了,你回去吧。

江尧收到她的消息,有些意外。

他回她:走了,祝你好梦。

夜太静了,车子点火启动的声音格外清晰,叶柔这才渐渐平静下来。

只是她一合上眼睛,脑海里又是他。

一帧帧的,跟放电影似的,从过去想到现在。

人的记忆很奇怪,明明是过去很久的事,却又好像发生在昨天。

她起床找了瓶冰水,灌下去大半瓶,才把那奇怪的感觉压了下去。

隔天,童鑫他们前往江城参加山地汽车越野拉力赛。

小比赛,赛道里程短,只有短短 30 公里,不另外安排维修区。沈璐直接给忙碌许久的维修组放了假。

江尧虽然还没正式加入"风暴",但消息却很灵通。

叶柔放假,他也正好空闲。一大早,他就把车子开到了她家门口。于是,叶柔下楼丢垃圾时,又发现江尧那辆越野车。

江尧从车上跳下来,转了转手里的钥匙,和她打招呼:"早啊,叶工。"

"早。"叶柔说。

"王小东他们知道你回来,想喊你一起聚聚。王远前年结婚了,生了个很可爱的宝宝。"

叶柔和江尧在一起时,他的那些朋友也成了她的朋友。两人分手后,那些朋友她便没再联系过。忽然听到那些名字,她觉得陌生又亲切。

"王远都生宝宝了?"叶柔问。

"嗯,生了,小娃娃有点笨,见了人,不管是男是女都喊妈妈。"

"也喊你妈妈?"

江尧撇了撇嘴说:"喊啊,然后被我吓哭了。开玩笑,我哪能给他做妈妈?"

叶柔被他的语气逗笑了,他确实做不了。

江尧见她笑,又试探着问了一句:"去看宝宝吗?"

"好啊。"叶柔说。

江尧喜出望外,他立刻给王远打电话,没过几分钟,便把所有人都叫齐了。

小聚的地方在王小东家。

王小东眼尖,进门就看到了江尧额头上的红印,问:"尧尧,你这额头怎么了?"

江尧看了眼叶柔,随口胡编:"没怎么,昨天走路撞电线杆上了。"

"不会吧,你开车都不撞杆,走路能撞杆?方向感这么差?"王小东满眼的不相信。

江尧被他说烦了,扯着嘴角说:"你今天话有点多。"

一旁的叶柔憋着笑,江尧头上的红印不是撞的,而是她昨天拿扳手打的。

待看到江尧边上站着的叶柔,王小东有些不确定地看了眼江尧,问:"这是……柔柔啊?"

"嗯。"江尧声音很轻,眼里却带着显而易见的笑意。

"真是好久没见了,柔柔变化好大。"

江尧踢了踢他道:"好久没见,倒糖水会不会?"

王小东笑着说:"行,别说糖水,神仙水都行。你说要带柔柔来,我特意去西山买了只老鹅,今天给你们炖鹅吃。"

王小东进去倒水,江尧凑到叶柔耳边小声说话:"叶小柔,你还好意思笑,你都把我打破相了。"

温热的呼吸淹没耳郭,麻麻的痒,叶柔往边上挪开一段距离。江尧看到她的耳根微微泛红,不再逗她。

不一会儿,王远来了。他怀里抱着个软乎乎的宝宝,小家伙进门就开始喊:"麻麻(妈妈)。"王小东握着他的小手纠正道:"拔拔(爸爸)。"

小家伙在王远怀里使劲儿蹬腿,一直朝着叶柔伸手。

叶柔把他抱了过来。

一直喊"麻麻"的宝宝,忽然开始不停地朝叶柔喊"拔拔"。

江尧敞着腿陷在沙发里,扬着眉懒懒地说:"看吧,我就说他笨。"

叶柔白了他一眼。

江尧很受用,自觉地闭了嘴,但唇角的笑意并没收敛,那股痞气很明显。

小家伙太喜欢叶柔,江尧怕她累着,伸出手道:"来,给伯伯抱。"

他蹬着腿,吐着泡泡喊江尧:"麻麻。"

江尧捏着宝宝的小手,嘴角带着明晃晃的笑。

"算了,算了,'麻麻'就'麻麻'吧,好歹和你'拔拔'是一对儿,下回不说你笨了……"

王远他们在聊天,并没听见江尧的这句话,只有叶柔听到了。

她看了眼江尧,昨晚那种乱七八糟的心跳又开始了。

江尧也在这时抬眼看了过来,叶柔避开他的眼睛,扭头看墙上的电视。

他坐在那里,很轻地笑了一声。

叶柔被那声笑激得耳朵红了。

12月初,江尧正式加入"风暴"。

李堡的合同也到期了,"野牛"的其他车手虽然也很厉害,但他总是觉得配合起来不舒服,索性跟着江尧去了"风暴"。

最近的大赛在12月底,车手和领航员并不忙,有的出去做别的工作了。

忙的是叶柔这些机械师。

国际汽车联合会出了新规,所有的车都在改装。

之前叶柔减轻车子重量的方案,几经改良,终于弄好了。

沈璐安排江尧去山里的赛道试车。

临出门时,江尧远远地喊叶柔:"叶工,你自己的改良成果,不去现场验收吗?"

叶柔转过身来说:"要去的。"

江尧本打算开车去,但他看见叶柔去找摩托车,立马把钥匙收进了口袋,朝她说:"叶工,我的车在山上不好开,我跟你骑车过去吧。"

叶柔觉得有点荒谬。

一个国际顶尖的WRC车手,竟然说自己的车不好开山路。

江尧见她不信,抬了抬眼皮,解释道:"民用车的减震不行,摇得难受,我怕晕车。反正你骑车,带上我就行。"

这下不光是叶柔,连李堡的嘴角都在抽搐。

见过老鹰抓兔子,见过老鹰跟兔子要亲亲、抱抱、举高高的吗?这也忒不要脸了。

江尧的表情倒是自然得很。

叶柔说:"行,我带你。"

"那就麻烦叶工了。"江尧笑着跟上去。

机车从院子里"嗡嗡嗡"地驶出去,叶柔伏在车上。

江尧本来规规矩矩地扶着后面的把手,但是她的头发太香了……

叶柔提速上大路时,江尧伸手从身后搂住了她的腰。叶柔半趴在车上,他的前胸紧紧地贴着她的后背。风在耳畔呼啸而过,叶柔回头,隔着头盔瞥了他一眼。

江尧的声音很大,又乖张又坏,笑意明显:"抱歉,你开得太快了,我有点怕。"

拉力赛盲开的人说害怕?鬼才信。

机车上了高速公路,时速达到了80km/h,叶柔的发丝"啪嗒啪嗒"

地敲在江尧的头盔上。

江尧空出一只手，捉了一缕飞扬的头发，在指尖绕了绕。

叶柔又扭头看了他一眼。

"江尧——"

"知道，我没乱来。"他把那缕长发松开，笑了。

他越笑越放肆，整个胸腔震动起来。

"你干吗笑？"叶柔问。

"高兴呗。"

试车不需要领航员，叶柔直接坐在了他的副驾驶座。

江尧打了火才问："主要改了哪些？"

叶柔说："重量轻了8.2%。"

江尧一脚踩下去油门，立刻感受到了不一样。这车提速非常快，引擎的轰鸣声悦耳。

"嚯，带劲儿，变速箱的声音也好听。"他禁不住夸赞道。路过一个弯道，车子漂移过弯，流畅顺滑，江尧继续点评，"抓地力也很不错，轴距短，很灵巧。"

他在用比赛时的速度试车，叶柔的耳朵浸泡在那持续不断的"嗡嗡嗡"声里，浑身的血液都在沸腾。

连续过弯后，江尧说："转向反应快，幅度舒适。"

路过一个长坡，他手脚灵活地来回切换，车子在坡顶顿住，然后腾空飞了出去，叶柔看到了远处山底红得欲燃的枫叶。

前轮着地后，车身紧接着稳稳落地。

"避震也不错，下面让我们来看看它的极限。"江尧说。

往前是个急弯上坡，他没怎么减速，一路飞驰过去。车身倾斜，叶柔明显感觉到重心在往左偏移，右边的车轮已经离开地面了，这是翻车前的预警……

叶柔心跳加速，大喊一声："江尧——"

江尧低低地笑了声，语气却有些宠溺："知道啦。"

话音刚落，他的手在方向盘上轻轻一带，"砰"的一声，车身回正，赛车急速越上了坡顶。

叶柔长长地吸了口气,发现后背出了一层汗。

江尧说了真实感受:"防滚架要加固,这也就是我开,要是换作旁人,刚刚就翻车了。"

叶柔点头,车子重量轻,确实容易翻车。

江尧偏头看了她一眼,问:"怕吗?"

叶柔有些恍惚地摇了摇头说:"不怕。"

到了山顶,江尧把车子停了下来。

叶柔耳朵里"嗡嗡嗡"的声音许久都没有消散。

江尧坐在引擎盖上,拧开一瓶水递给她,说:"这条赛道,你给我领航过,你还记得吗?"

"嗯。"她记得。

"一会儿你要不要试着自己开下去?我给你领航,你慢点开,自己感受下它。"

"咳——"叶柔被一口水呛住了。

江尧替她拍了拍背,说道:"不敢啊?"

"不是,我怕把它开坏了。"

江尧笑出了声:"没事,坏了我赔。"

下山的时候,叶柔和江尧换了位子。

江尧帮她调整好了座椅,又把所有部件教她使用了一遍,叮嘱道:"慢点开,不要紧张,它和普通车没区别。"

叶柔点火,雪铁龙在身下"轰轰轰"地响了起来。她是机械师,自然知道自己开着的是有怎样速度的怪兽。

"油门轻轻踩。"江尧在边上提醒,"别怕,开40迈不会有事。"

叶柔照做了,车子在山道上往下走,江尧有条不紊地给她报着路书,车开了一圈又一圈。

"很好,稍微加点速度,开到60迈试试。"他说。

叶柔又照着做了。

虽然没有变化什么花样,但是叶柔平稳地开到了山底。

江尧摘掉头盔,靠在敞开的车窗上看她。

"你后来开过赛车吗？"他问。

"没有。"

"那开成这样很不错了。"

要收车了，叶柔的心绪还没有完全平复，江尧解掉安全带，侧身过来帮她解头盔。

山风从敞开的车窗里吹进来，瞬间将她的长发吹到了他的指尖。

日头正盛，那些碎发在他手上闪着光。

女孩的额头上尽是汗水，一片晶莹。江尧伸手替她将那潮湿的水汽一点点抹掉，两人的距离也在一点点靠近……

她的鼻尖紧贴着他的鼻尖，眼睛也靠得很近。女孩的睫毛被镀成了金色，红唇在阳光里像两片艳丽的花瓣。

他笑了声，问："柔柔，你带扳手了吗？"

"什么？"叶柔有些错愕。

江尧往前靠了靠，低语："那现在给你三秒钟时间拒绝我，3、2……"

叶柔还没来得及说话，温热的吻便落在了唇瓣上。叶柔要推他，江尧控制住她的后脑勺，轻轻地吻她，气息在彼此的唇上过渡。

山间野风漫卷，光在风挡玻璃上流淌、融化。那一刻，两颗心都在发颤。